绿色之旅三十年

30 YEARS OF GREEN TRAVEL

夏堃堡 著

文化艺术出版社
Culture and Art Publishing House

图书在版编目（CIP）数据

绿色之旅三十年 / 夏堃堡著 . -- 北京：文化艺术出版社，2017.12
ISBN 978-7-5039-6408-4

Ⅰ .①绿… Ⅱ .①夏… Ⅲ .①游记—作品集
—中国—当代Ⅳ .① 1267.4

中国版本图书馆 CIP 数据核字 (2017) 第 286869 号

绿色之旅三十年

著　　者	夏堃堡
责任编辑	张月峰
书籍设计	李　鹏
出版发行	文化艺术出版社
地　　址	北京市东城区东四八条 52 号 100700
网　　址	www.whyscbs.com
电子信箱	whysbooks@263.net
电　　话	（010）84057666（总编室）84057667（办公室）
	84057691—84057699（发行部）
传　　真	（010）84057660（总编室）84057670（办公室）
	84057690（发行部）
经　　销	新华书店
印　　刷	北京圣彩虹印务有限公司
版　　次	2017 年 12 月第 1 版
	2017 年 12 月第 1 次印刷
开　　本	710 毫米 ×1000 毫米 1/16
字　　数	237 千字 140 余幅图
印　　张	15.25
书　　号	ISBN 978-7-5039-6408-4
定　　价	52.00 元

版权所有，侵权必究。印装错误，随时调换。

序

　　人生在世，无不处于各种各样环境——自然的、社会的、文化的、家庭的，以及诸多因素交织的独特环境之中。环境和人，如影随形；环境对人，影响殊深。随着时代变迁，环境经常变换，但对大多数普通人而言，这种变换是常规的、一般的，暑往寒来，随遇而安。

　　唯有在时间轨迹或空间领域遭逢特殊际遇，才会有非同寻常的经历。曾先后担任中国常驻联合国环境规划署副代表和联合国环境规划署驻华代表等职，长期从事环境外交和环保领域国际合作工作，被称誉为"环境大使"的夏堃堡，就是这样一位阅历新奇、见闻独特的外交达人。尤可贵者，他还是一位业余作家。

　　这部书，就是他作为"环境大使"巡回世界各地的旅行笔记。

　　在三十多年环境外交生涯中，夏堃堡访问过几十个国家和地区，参观过许多自然景观和历史遗迹，见识过无数天然和人造的珍稀奇宝。

　　他曾到访美国十多次。在联合国总部，他观赏了各国赠送的各有特色的贵重礼品。在纽约，他目睹了"九·一一"事件后世贸中心的重建。在夏威夷，他感受了和美国朋友一起海滩散步的舒畅。在拉斯维加斯，他领略了游客天堂和赌徒地狱的博彩之城风情。

　　夏堃堡的足迹，遍及世界各地。他参观了塞舌尔国宝海椰子自然保护区，见到过泰国大王宫、庙宇和在街头化缘的僧侣。他游历了世界奇迹印度尼西亚的婆罗浮屠、柬埔寨的吴哥窟、埃及的金字塔和卢克索古城。他见识了俄罗斯、法国、德国、瑞士、瑞典、西班牙、巴基斯坦、阿根廷、土耳其、匈牙利、摩纳哥等诸多国家大城小镇的自然风光和文化古迹。

　　在联合国环境规划署总部所在地内罗毕，他生活和工作过七年。在号称

"天然动物王国"的肯尼亚,他游遍了那里的几十个国家公园和野生动物保护区,见到了许许多多的大象、棕狮、野牛、犀牛、狒狒、羚羊、斑马、野猪、蹄兔、鳄鱼、长颈鹿、非洲豹、非洲狐狼等千奇百怪的野生动物。他看到了成千上万只火烈鸟飞起时染红了半边天的壮观场面,目睹了万头野牛激烈奔腾的雄伟情景,以及猎豹和狮子追逐捕食羚羊,秃鹫围着狮豹吃剩的动物大嚼特嚼的瘆人境象。

这部书,还收入了作者参与自然保护中外合作活动的纪实性文章,讲述了在我国已消失八十多年之珍稀动物麋鹿返回故乡的故事,记叙了我国与国际组织合作开展阿尔金山自然保护区考察的业绩。

这部书,描述了作者在异域的所见所闻、所思所感。其反映的事件,活灵活现,栩栩如生;其抒发的情意,深沉凝重,动人心弦。那些事和情,一般人一辈子未必能得见其一斑,而今在这里都得以煌煌再现。

这部书,内容丰富多彩,文笔流畅生动,插图别致鲜亮。既是科学的著述,又是文学的读物;既是知识的课本,又是艺术的画廊。它会吸引你愉悦地看下去,它会增强你保护自然和历史遗产的自觉和信心。

请你跟随这位"环境大使"一路同行,迈向你独特新奇的人生旅程。

崔道怡

《人民文学》原常务副主编
2017 年 5 月

目 录

非洲篇

内罗毕联合国大院
　　——绿色的典范 3
内罗毕天然动物园漫游 8
火烈鸟的乐园 11
肯尼亚的动物、海滨和歌舞 14
寻觅塞舌尔国宝海椰子 21
察沃国家公园游记 24
从阿斯旺到卢克索 28

亚洲篇

阴差阳错访问卡拉奇 37
曼谷风情 41
泰姬陵和其他 49
高棉的微笑 53
蓝色清真寺、旋转舞和其他 60
巴厘岛神猴和凯卡克舞表演 65
在婆罗浮屠和普兰巴南游览 70
闹市旁的绿洲
　　——香港米埔自然保护区纪行 76
阿尔金山自然保护区考察 79
麋鹿还乡 85
八里河风景区 89
从圆明园的雨果像说起 91
美丽常熟故乡行 94

欧洲篇

万国宫
——联合国欧洲总部所在地 101
首访英国 107
瑞典的一个住宅区 110
再访布达佩斯 112
从马德里到托莱多 116
袖珍国摩纳哥掠影 120
法国小镇依云和伊瓦尔 125
莱茵河畔 129
瑞法三镇游 134
从圣彼得堡到莫斯科 142

美洲篇

纽约联合国总部
——多元文化的艺术殿堂 153
参观世贸中心重建 162
拉斯维加斯印象 167
圆梦夏威夷 172
布宜诺斯艾利斯散记 177

附篇

探访以色列：行走在历史和现实之间 187
古巴：那些人那些事儿 193
安哥拉：战后重建艰难起步 196
莱索托：三重威胁困扰山地王国 200
"中国礼物"帮扶孟加拉国贫民 203
与中国联合国蓝盔部队一起感受东帝汶 206
来自阿富汗的报道 212
冬日中探寻德累斯顿文化和艺术之美 222
瓦努阿图：另一种时间 另一种步调 226
遇见丹麦：童话世界的绿色旅行 232

非洲篇

内罗毕联合国大院
——绿色的典范

在东非美丽国家肯尼亚首都内罗毕的吉吉里区，有一个联合国大院。它是联合国环境规划署和联合国人类住区规划署总部以及联合国内罗毕办事处所在地。

联合国环境规划署，简称环境署，成立于1972年12月，是联合国系统内负责组织全球环境保护领域国际合作的主要机构。

联合国人类住区规划署，简称人居署，其前身是1977年12月成立的联合国人类住区中心，2002年1月升格为联合国人类住区规划署。它的主要任务是组织全球可持续城市发展领域的国际合作。

环境署和人居署是世界上唯一两个总部设在发展中国家的联合国机构。

联合国内罗毕办事处是联合国秘书长在内罗毕的代表机构，其主要职责是为环境署和人居署以及其他联合国驻肯机构提供行政和其他支持服务。

1981年，我第一次到内罗毕参加环境署的会议，后来又来过这里几次。1996年，我被任命为中国常驻联合国环境署副代表。中国常驻环境署代表处离联合国大院不远。我经常去联合国大院开会或办事。1999年，我被环境署录用，成了它的一名高级职员。我搬到了联合国大院对面的沃威克中心居住，每天到联合国大院上班。2003年，我被任命为联合国环境署驻华代表，离开内罗毕回到北京。2004年退休以后，我加入了国际可持续发展研究院报告部。2005年到2011年，我曾三次重返内罗毕联合国大院，为环境署理事会会议和其他联合国会议撰写《地球谈判报告》（*Earth Negotiation Bulletin, ENB*）。我与内罗毕联合国大院结下了不解之缘。

30年中，我目睹了大院的变迁。

大院建在肯尼亚政府捐赠的100英亩土地上，其第一期工程于1975年完成。

作者在内罗毕联合国大院

后来，又先后在1979—1984年和1991—1993年扩建了新的办公楼和会议中心。2001年2月联合国环境署理事会第21次会议通过了在内罗毕联合国大院新建办公楼的决定，获得联大批准，大院再次扩建，增加了新的办公楼和服务楼等建筑。

2009年，联合国决定在内罗毕联合国大院建设一座"绿色"建筑。这座建筑于2011年初完工。这是一个完全节能、碳中和的建筑。它是一个值得大书特书的事情。

大楼楼顶装有6000平方米的太阳能电池板，为整栋大楼提供电力供应。内罗毕几乎一年四季都沐浴在阳光中，这为大楼提供了取之不尽的能量来源。太阳能光伏板能够将太阳能转化成电能，为办公楼中的电脑、照明、食堂和大楼的其他设施提供电能。过剩的电能会提供给联合国大院中的其他办公楼。

大楼中装有节水的水龙头和卫生设备。屋顶装有雨水收集系统，收集的雨水足够用于灌溉大院内的花草树木。

新办公楼为三层，中庭贯穿了整个大楼，能够最大限度地利用自然光。此外，每个办公区都采用了由钢化玻璃制成的半透明天花板，让自然光线能够穿透至底层。新大楼还采用了耗电量低的节能灯泡和实时监测控制器，能节约高达70%的照明耗电量。

新办公楼的地毯由百分之百可回收的材料制成。办公楼的墙壁用环保型涂

绿色建筑中庭　　　　　　　　　　　　　　　　绿色建筑联合国环境署总部办公楼部分

料粉刷，不会对室内环境造成任何污染。周边的园景区内种上了当地的原生树木。在新大楼内要求使用笔记本电脑，而非台式电脑，其用电量可节约1/3左右。

这座新建成的节能型环保办公楼分为两组，一组为联合国环境署总部办公楼，另一组是联合国人居署总部办公楼。两组建筑连为一体。

2011年3月31日，联合国秘书长潘基文在肯尼亚内罗毕宣布联合国环境署和联合国人类住区署的新办公大楼正式启用。潘基文与肯尼亚共和国总统齐贝吉一道，为这座能源中和大楼揭幕。这座大楼已经成为非洲可持续发展建筑的新的里程碑。

在世界各地的联合国大院中，内罗毕这个大院是最大的，也是最漂亮的一个。

走进大门，在通向会议中心的主干道旁，有一条小路，路的两旁，掩映在绿树丛中的五颜六色的联合国会员国国旗迎风飘扬。会议中心前面，联合国旗帜高高升起，旁边矗立着"KaribUN"字样，Karibu是斯瓦西里语，意为"欢迎"，KaribUN就是欢迎来到联合国的意思。

一年四季，联合国大院内总是花木葱茏，奇花异葩，馨香沁人，生机勃勃。木棉树花红似火，棕榈树高耸入云，仙人掌婀娜多姿，香蕉树果实累累。许多三色梅，种在了大院周围的篱笆边上，红黄白各种颜色，十分美丽。这里的树木，由于温暖的热带气候，大多能开花。院内有几棵名叫蓝花楹的大树，树冠很大，四五月份开花的时候，长满了紫色的花，掉到了地上，地上满是花瓣。各种鸟

中国政府赠送的大熊猫挂毯　　　　　　会议中心入口上方悬挂着一幅中国赠送的儿童彩墨画长卷

儿在院子中飞来飞去，叽叽喳喳，还有猴子在树上或地上跳来蹦去。这大院就是一个大花园。我在联合国环境署任职期间，每天上班后，习惯打开窗户，观赏窗外的美丽景色，呼吸一会儿新鲜空气，然后顿觉精力充沛，遂开始一天的工作。

在后花园里，可以看到一些外国国家元首、政府首脑以及联合国秘书长植的树，其中有几棵是中国领导人种下的。这反映了各国领导人对环境保护的重视。

在一号会议室外边的墙上，悬挂着一幅绣着一对大熊猫的挂毯，这是中国政府二十多年前赠送给联合国环境署的。那时我在国家环保局国际合作司工作，组织了挂毯的制作和赠送，具体工作是由当时国际司的一位老干部梁思翠负责执行的。绣品上面的画是吴作人的一件名作。北京工艺美术厂的工艺师花了半年时间制作完成。这件作品，有很高的艺术价值。

在会议中心入口的上方，挂着另一件来自中国的礼品。这是一幅彩墨画长卷，题为《府南河畅想》。这幅画是由中国著名少儿美术教育家刘玉林策划、主持和辅导30个学生通过收集素材、写生，共同创作而成的。画卷全长16米，高13米，表现了成都的昨天、今天和明天。此画于20世纪初以成都市市长的名义赠送给联合国人居署执行主任，悬挂在会议中心入口处已有十多年了。当人们

智利赠送的《食指》雕塑作品　　《极地之急》大型雕塑

进入会议大厅参加联合国的会议时，总要在这里驻足抬头欣赏这幅画卷。

大院里有一件智利1988年赠送给联合国环境署的名为Index Finger（食指）的雕塑作品，这是一个高高竖起的食指，它警示人类要保护其赖于生存的环境。这也是一件来这里参观的人们必定要观赏的艺术品。

在内罗毕联合国大院中还有一件由中国著名雕塑家袁熙坤所创作的《极地之急》大型雕塑。这件艺术品现已成为联合国大院的镇院之宝，吸引着来自世界各地的参观者。该雕塑于2009年2月16日在联合国环境署总部揭幕。雕塑作品《极地之急》中最下面的是变暖的地球，地球上面是倾斜融化的冰川，冰川上面是惊恐万分的小北极熊以及它们无奈的妈妈。整个作品反映的是气候变化这一严峻的环境问题。揭幕仪式上，袁熙坤先生还向联合国环境署赠送了六个琉璃小雕塑《极地之急》，环境署将此作为其"地球卫士"奖项的奖杯。联合国环境署执行主任施泰纳、中国驻肯尼亚大使兼常驻环境署代表张明以及袁熙坤先生等近百人出席了揭幕仪式。施泰纳对袁先生的作品表示高度赞赏，称这一作品反映了正在环境署总部举行的环境署第25届理事会/全球部长级环境论坛讨论的主题——全球气候变化。

联合国内罗毕大院现在对外开放，这是一个向人们进行环境教育的课堂。

内罗毕天然动物园漫游*

离肯尼亚首都内罗毕八公里的地方，有一个天然动物园，称为内罗毕国家公园。1981年6月初，我随参加联合国环境规划署理事会第九届会议的中国代表团，漫游了这个飞禽走兽的自由天地。

我们乘坐的旅行车，在公园内纵横交错的泥土公路上缓慢行驶，我略带着紧张的心情，注视着窗外。展现在我们面前的是一望无际的草原，上面长满了茂密的青草，翠绿的热带灌木，苍劲的刺槐树，中间点缀着朵朵白色、黄色、粉红色、紫色的小花，一股清香的花草气息扑鼻而来。这里是那样安谧、宁静，又绚丽多彩。在离汽车200米的地方有一头羚羊正在散步。这位迎接我们的天然动物园的第一名主人，立即使我们情绪高涨起来。

在这里观看动物，同在北京动物园观看动物的滋味完全不同。人坐在汽车里，失去了自由，而各种动物却可自由自在地，或昂首阔步，或展翅飞翔，或追逐嬉戏，或静卧歇息。第一头羚羊，曾给我们带来了巨大的喜悦。我们后来还看到了成群的羚羊。羚羊的种类繁多，我们看到的就有南非羚、狷羚、瞪羚、独角羚和牛羚等。这里还有各种鸟类、野兽和爬虫。

公路两旁到处竖着不准下车的牌子。在这个天然动物园内，只有三个地方游客可以下车休息。这三个地方凶猛的野兽不知什么原因是从来不去的。其中一处叫作河马塘，在一片林子的深处。我们就在这片树林边上停了下来，下了车，打算休息一下。这时，忽然从树林中走出几群猴子，有大有小，大的叫狒狒，特别招人喜欢。它们围着我们吱吱叫，有的几乎要爬到我们身上来了，毫不怕人的样子。这些可爱的小东西引起了我们极大的兴趣。有的人拿着面包逗它们。

---

* 本文原载1981年8月16日《人民日报》。

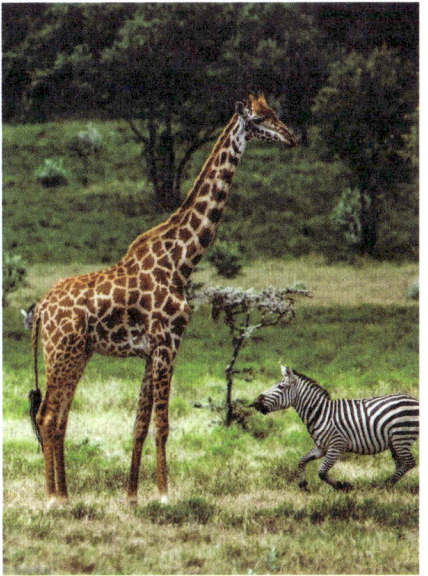

内罗毕国家公园内的野生动物

2000年10月，作者与儿子和妻子在内罗毕国家公园销毁象牙纪念碑前合影

这时旁边也在休息的外国人微笑着向我们摇着手，并指着旁边的一块木牌要我们看。木牌上写着："严禁投喂猴子"，"投喂猴子会使它们产生不怕人的习性，从而会发展为向人袭击，以致造成人身伤害"。知道这一规定的游人一般是不会逗耍猴子的，但由于这里游人众多，它们还是发展了"不怕人的习性"。

休息了一会儿，我们踏着泥泞的林间小道，按照路标所指的方向，向河马塘走去。没走多久，就到了塘边。水塘的两岸，长满了高大的热带林木。河马经常趴在水底，不浮出水面，所以很难看到，但我们的运气可算好的了。我们在那里等了十多分钟，只见一个巨大的身躯在水面上露出，并徐徐向前爬动，看上去同北京动物园的河马没有太大的不同。

这个天然动物园的动物得到了很好的保护。打猎和伤害动物是被严格禁止的。谁要违反，要受到严厉的刑事处分。

我们的汽车在内罗毕国家公园漫游了足足六个小时，但还没有游遍整个公园。我们带着惜别的心情，离开了它。

火烈鸟的乐园*

肯尼亚的纳库罗湖是东非大裂谷中的一个盐湖，它因美丽的火烈鸟以及其他许许多多的鸟类而闻名于世界。纳库罗湖连同周围的草地、沼泽、树林和山地于1960年被肯尼亚政府划为鸟类保护区，并于1968年辟为国家公园。我在1981年年底，访问了这个火烈鸟的乐园。

纳库罗国家公园里栖息着350多种、数百万只各种各样的珍禽。其中数量最大的是火烈鸟，这是一种粉红色的群居鸟。有时，湖岸上可聚集150万只到200万只，甚至一群就多达50万只。除火烈鸟外，还有褐鹰、长冠鹰等食肉鸟和滨鹬、矶鹬等候鸟。另外，在湖边的树林中，还有杜鹃、蜂虎、翠鸟、欧椋鸟、太阳鸟等。这里被人们称为鸟类学家的天堂，每年都有众多的鸟类学家从世界各地到这里考察研究。

站在纳库罗湖畔，大自然的无限美景一览无余。远处是连绵起伏的山峦，山坡上长满了开着紫红色、淡黄色花朵的仙人掌；远处是一片广袤的大草原，挺立着一棵棵开着白色小花的刺槐树。野草丛中，灌木林下，出没着各种各样的兽类。这里一群羚羊，那里一队野鹿，还有从我们面前跳跃而过的狒狒……湖光山色，蓝天白云，野草青青，花香阵阵。但我们的眼光却始终集中在那62平方公里的纳库罗湖面上。

展现在我们面前的是一个鸟的世界。鹈鹕、鸬鹚、鹭鸶、鹳、野鸭、野鹅……各种各样的水鸟，有的成群结队，有的孤独而行，有的扑扑翻翔，有的缓缓游动。两只老鸦停息在一根干枯了的树杈上；一群白鹭贴着水面飞舞，白的、黑的、灰的、绿的、粉红色的，把纳库罗湖编织成了一幅色彩斑斓的地毯。

---

* 本文原载1981年12月26日《北京晚报》。

纳库罗湖里的火烈鸟

作者在纳库罗湖边

突然，远处传来了一阵呱呱的叫声。啊，那一群正在起飞的鸟，似晨曦中的彩霞，似初绽的玫瑰，不就是火烈鸟吗？我们放慢了脚步，生怕再惊走了在岸边浅水中的火烈鸟。这时我们才发现，火烈鸟真美呀。它们有纤细的身躯，细长的脖子，大大的翅膀，短短的尾巴。它们的羽毛呈淡淡的粉红色，而翅膀的颜色则深些。所以，当它们停在水面的时候，几乎是一片白色，而飞翔的时候，则又是一片粉红。湖岸上到处是从它们身上掉下来的红白相间的羽毛。它们生长粉红色的羽毛，据说是因为吃了一种能使羽毛变色的海藻。一群群的火烈鸟排成了整齐的队伍，站在水中正呱呱地叫着。它们的叫声节奏明朗，时缓时急。在纳库罗湖的东北角，有几头河马正在水中嬉戏。若在其他国家公园中，它们一定会吸引许多游人，但在这里却很少有人问津。这里的佼佼者是那无数色彩缤纷、千姿百态的鸟类。看着这些生活在大自然环抱中的无数飞鸟禽兽，我们深深感到肯尼亚为保护鸟类做了很好的工作。

肯尼亚的动物、海滨和歌舞

1981年我第一次访问肯尼亚，此后曾多次赴内罗毕参加联合国环境规划署的会议。1996—2003年我在它的首都内罗毕工作，走遍了肯尼亚的山山水水，与非洲东部的这个美丽国家结下了不解之缘。

肯尼亚地处赤道，它的东南部濒临印度洋，西部有非洲最大的湖泊维多利亚湖，神奇的非洲大裂谷从中穿越而过。苍翠的群山，飞泻的瀑布，茂盛的咖啡园、茶园、菠萝园、腰果园……构成一幅幅绚丽多彩、风光旖旎的图画。

肯尼亚最吸引游客的是那遍布全国的成千上万的野生动物。肯尼亚号称"天然动物王国"，全国共有国家公园和野生动物保护区36个，在那里栖息着的五大兽——大象、棕狮、野牛、非洲豹和犀牛就有近200万头。此外还有不计其数的长颈鹿、非洲狐狼、狒狒、羚羊、斑马、野猪、蹄兔、鳄鱼等。

动物最多、最吸引人的一个自然保护区叫马赛马拉国家公园。马赛马拉离内罗毕270公里，乘车四五个小时可以到达，公园面积1510平方公里。这里隐藏着80多种野生动物，五大兽和其他动物应有尽有，其中牛羚、瞪羚和长颈鹿三种动物最多时可达250万头，鸟类有记载的450多种，是世界上罕见的。每年到此游览的外国游客络绎不绝。

每年7月，50万头牛羚从肯尼亚南部的坦桑尼亚塞伦盖蒂平原进入马赛马拉，另有10万头牛羚从东部的洛伊塔（Loita）山区迁徙到这里。我在肯尼亚工作期间，曾许多次来这里旅游，观看动物。记得第一次是在1998年7月。当一幅万牛奔腾的雄伟景象展现在我的面前时，我连忙屏住了呼吸，实实在在地看到了我此生最动人心魄的一幕。牛羚身躯十分巨大，像牛。它们有时飞奔，有时停下漫步，飞奔时刮起阵阵风暴，停下时传出声声鼻息。在马赛马拉，我曾多次看到猎豹和狮子追逐捕食羚羊，也看到秃鹫围着狮子豹子吃剩下的动物

作者在马赛马拉拍摄的野生动物照片

大吃特吃的情景。

在这块栖息着无数天然动物的原始土地上，矗立着一座座现代化的旅馆。它们的规模一般不大，其中有的是二三层的公寓式楼房。而更多的则是非洲游牧部落房舍的样式，有的似碉堡，有的似粮仓，有的似宝塔，风格多样，别有风味。这些房子的层顶上往往铺盖着茅草或树皮，而室内的陈设都是一样的齐全，舒适，有现代的卫生设备、空调、席梦思床、地毯、沙发。每家旅馆，各具特色，以吸引游客。

在天然动物园游览，同在城市动物园观看动物的滋味全然不同。人坐在汽车里，是不准下车的，而各类动物却可自由自在地或昂首阔步，或静卧歇息，

2000年12月，作者和儿子夏雷在马赛马拉的一家旅馆合影

或追逐嬉戏，或展翅飞翔。你可以看到蹒跚而行的大象，卧伏草丛的棕狮，静坐树杈的凶豹，戏水作乐的河马以及成群结队的斑马、大象、长颈鹿、野牛和羚羊。如果你运气好的话，说不定还能看到一头罕见的珍稀动物白犀牛。

中午炎热之时，动物都躲起来，你可以在旅馆游泳池中游泳，也可以去附近风景区一游。

傍晚，当你劳累一天感到疲乏的时候，你可以坐下来喝一杯招待员送来的清凉饮料，或者品尝一下别具风味的非洲菜肴。倘若你兴致未尽的话，还可以在阳台上或旅馆特设的观察厅里继续观看动物。旅馆前方，在泛光灯照耀下的水塘边上，说不定有一群大象或者几头野牛正在饮水呢。

肯尼亚的天然动物园还有组织直升机观看动物的游览项目，那又别有一番风味。

野生动物在肯尼亚得到了很好的保护。在天然动物园或野生动物保护区内，捕猎或伤害动物是被严格禁止的，违者要被罚款甚至受到刑事处分。

肯尼亚有一个著名的旅游景点，叫树顶旅馆(Treetop Hotel)。1992年12月初，我陪同国家环境保护局局长曲格平赴内罗毕参加联合国环境规划署《1992年环境状况报告》协商会。会议结束以后，中国驻肯尼亚大使吴明廉和他的夫人曹杏珠陪同我们参观了树顶旅馆。

安顿下来以后，我们开始参观。曹杏珠请来了一名讲解员。这是一位六十多岁看上去很像一位绅士模样的英国白人。他说："我是树顶旅馆的经理。中国环境部长和大使阁下下榻敝馆，感到十分荣幸，向你们表示热烈欢迎。今天我愿意亲自给你们当导游，希望你们在这里生活愉快。" 我和吴大使异口同声地说："Thank You.（谢谢）"他开始讲解："我在这里已经工作了三十多年，目睹了这里的变化。这树顶旅馆是英国人开办的，肯尼亚独立之前就有了。那时的旅馆完全搭建在山坡的几棵大树杈上，所以称为树顶旅馆。当时的旅馆是全木结构，但比较简陋，主要向驻肯尼亚的英国军政官员和西方探险考察人员提供观赏野生动物服务。后来游客络绎不绝，就在原址旁进行了大规模的扩建，就变成了现在你们看到的这个样子。"

老先生还给我们讲了这样一个故事。1952年，英国伊丽莎白公主和丈夫菲利普亲王访问肯尼亚时，曾在此下榻。当时他负责接待。当天夜里英王乔治六世突然逝世，英国王室当即宣布伊丽莎白公主继位。翌日清晨，伊丽莎白返回伦敦登基。老先生自豪地说："我接伊丽莎白'上树'时，她还是公主；我把她送'下树'时，她便成了女王了。"他还告诉我们，就在那一年，一场大火烧毁了伊丽莎白下榻的"树顶"，1954年在原址对面重建，专门建了一个女王套间。1983年，女王伊丽莎白旧地重游，在女王套间下榻。伊丽莎白两度光临，使"树顶"名声大振，成了肯尼亚的一个旅游热点。

"树顶"充满了古朴和野趣。我们看到的"树顶"，已不是真正建在大树顶上了，而是建在数十根大木柱上。建筑底层高高吊空，上面有三层，各层设有客房，两头有长长的走廊，顶层有宽阔的平台，在上面可以观看前面空地上的动物和四周美丽的景色。

老先生还领我们沿着一条小路在附近的山坡上转了转。山上是茂密的原始森林，林子里有飞来飞去的鸟儿和上蹿下跳的白尾猴、狒狒，还有几头行走着的羚羊和傲首采食树叶的长颈鹿。

我们站在走廊上，白天时旅馆前只看到了几头羚羊和野牛，还有几只小鸟。晚饭以后，我们看到一群大象，大概有六七头吧，排着队，从旅馆后面的林子里走了出来，慢悠悠地穿过建筑底下的空旷处，向前面的空地走去，然后停了下来，在水池边喝水。

半夜，我被一阵铃声惊醒。这是通知大家，旅馆前来动物了。我连忙穿好衣服，走出了房间，看到曲局长和吴大使夫妇也都已在房门外了。我们一起走向顶层的平台，看到了一幅十分壮观的景象：成群的大象、野牛和羚羊，正在楼前的空地上舔食着什么。吴大使说："它们正在吃盐呢，盐是人工撒在上面的。"

此后，我曾多次来这里参观。

在你饱览了天然动物的千姿百态以后，你可以来到肯尼亚的东部海滨城市蒙巴萨，一享印度洋海浪给你带来的无限舒畅。海岸边上，一派热带风光，海风轻拂，碧波荡漾，花木葱茏，生机勃勃。一座座海滨旅馆，掩映在苍翠的热带林木之中。木棉树花红似火，棕榈树高耸入云，仙人掌婀娜多姿，香蕉树果实累累。这里的树木，由于温暖的热带气候，大多数都能开花，打开窗户，展眼四望，到处是奇花异葩，馨香沁人，微风吹拂着棕榈树的巨大树叶，呼呼作响，伴着浪花拍打海岸的撞击声，组成了一曲美妙的交响乐，欢迎着来自五湖四海的客人。

印度洋海水，色彩变幻无穷，时而靛蓝，时而青绿，烟波浩渺，细浪如练。来这里游览的人，都会禁不住跳入大海的怀抱，洗一个痛快的海水澡。当你感到有些疲劳的时候，你可以躺在细软的海滩上，享受一下日光浴和海风带来的快乐。海滩上是无穷无尽的闪闪发光的白沙。印度洋海水长期冲刷，把这里的沙子冲得像一颗颗珍珠一样晶莹剔透。

如果你感到海滩上的阳光过于强烈的话，你可以去海岸边上一排排的椰子树下休憩，坐在特设的小桌旁，让服务员从就在你旁边的树上摘下一个椰子，当场给你打开一个洞，插上一根麦管，将它送到你的眼前。喝着这清凉鲜甜的椰汁，就像过着神仙的日子。你也可以在树荫下漫步。树下碧绿如茵的草地，由于精心的管理和修剪，显得平整厚实，踩在上面，犹如踩在地毯上一样。肯尼亚人非常喜爱这些草地，你经常可以看到他们躺在上面休息。

我曾多次和妻子、女儿、朋友和从国内来的客人一起到蒙巴萨游览。每次来这里，总要登上那小小的游船，到印度洋的海洋公园神游一番。这种小船的船底是玻璃的，人称玻璃船。坐在船上，透过船底，你可以看到水中的珊瑚礁和热带鱼类，也是一番情趣。但若要更清楚地看到海底世界的真面貌，你必须潜入海底才行。岸上的旅游公司出租潜水用的呼吸管、面镜和脚蹼等潜水工具。我曾和内罗毕的几个年轻朋友一起，戴了这些工具跳入大海。我们一个个钻到水下，与海底的海洋生物近距离接触，犹如进入了神话中的海底龙宫。当看到在珊瑚礁中穿梭往来的五彩缤纷的无数鱼类的时候，我们兴奋不已。那才是真正的奇景。

对于那些精力更为充沛的人来说，旅游公司为他们准备了各种各样的海上运动。除潜水外，还可进行滑水和冲浪等。这些运动给那些勇敢无畏的人带来了难以言喻的乐趣。

除了野生动物和印度洋海滨以外，民族歌舞是到肯尼亚游览的人决不可错过的另一个项目。

在肯尼亚首都内罗毕，有一个专门表演民族歌舞的场所——鲍豪斯剧场。每天都有许多外国游客来这里观看演出。剧场呈圆形，如同体育馆，四周是阶梯状的看台，中间空旷处就是舞台。布景十分简陋，仅是一二座游牧部落的小茅房，房前放着几个盛水的坛子，另外竖着一根旗杆，旗杆上挂着几条彩带。

内罗毕还有一个叫萨发里的公园旅馆。这是个五星级旅馆，是中国四川建筑公司建造的。旅馆的老板是韩国人。这个旅馆很有特色，外表看起来像肯尼亚原始部落的房舍，屋顶上铺的都是棕榈树叶。旅馆的花园很大，有假山，有河流，各种热带花草树木，竞相争艳。每天晚上，在旅馆露天剧场的舞台上，都有肯尼亚民族歌舞的表演。人们一边吃着烤肉，一边观看表演。我不知多少次在这里招待我内罗毕的朋友或从国内来的客人。

两个地方的表演大同小异。演员的化装千姿百态，有的浓装艳抹，脸上、胳膊上涂了各色油彩，头上插了一个羽毛，身上披着兽皮。有的腿上还绑了一个装着石子的铁皮匣，跳起舞来，铿锵作响；有的化装则是十分简单，男的穿着短裤，光脚赤膊；女的也穿短裤，戴着胸罩。一个个乌里透亮、健美强壮的身躯出现在你的眼前，使你感到肯尼亚人身上的无穷无尽的力量。肯尼亚的民族舞蹈，表现了肯尼亚人民的生活、劳动和爱情。从他们的歌舞中，你可以看到人们在打猎、播种、庆贺丰收、举行婚宴……他们边歌边舞，热情奔放，时而悲伤，时而欢乐。有一个节目是表演婚宴的情景的。只见男男女女披戴着各种兽皮，插着各色羽毛，围着新郎新娘翩翩起舞。他们手上有的举着棍棒，有的握着钢叉，左右转动，前俯后仰。几位老翁围坐一旁，每人用一根长管从同一个坛子中吸出喜酒……

作者拍摄的马赛歌舞演员的照片

　　旅游者不但可在内罗毕的剧场中看到这种民间歌舞的精彩表演，舞蹈家们还经常把歌舞送到天然动物园或海滨的旅馆之中。我曾参加过肯尼亚独立节的庆典活动，看到了来自全国各地的各族舞蹈家们的大会演，那真是五彩缤纷，耀眼夺目。甚至在国家宫的花园中举行的最隆重的国宴上，也总是少不了这种民族歌舞的表演。在联合国环境署和人居署举办的各种大型国际会议上，也经常请这些民间艺人前来助兴。

　　2002年6月中旬，联合国在肯尼亚巴林哥组织了一个群众大会，庆祝世界荒漠化日，我和夫人一起参加。我代表联合国环境署出席并讲话。当地的马赛人载歌载舞，欢迎我们。歌舞粗犷豪放，感情真挚，具有强烈的民族气息，生动地表现出马赛民族的特征和性格。

寻觅塞舌尔国宝海椰子

沈关荣是联合国内罗毕办事处口译处处长，我们都叫他老沈。他和夫人梅芳与我和夫人是朋友。我们约定，在我们离开内罗毕前一起到塞舌尔游览。

2003年4月19日至22日，我们四人参加了一个旅游团，乘坐塞舌尔航空公司的航班，从内罗毕肯雅塔国际机场出发，经过两个小时的飞行，来到了塞舌尔首都维多利亚市。

塞舌尔位于印度洋西南部，由115个大小岛屿组成，人口约八万，是亚、非两洲的交通要冲，也是世界著名的旅游胜地，被誉为"旅游者天堂"。塞舌尔最吸引人的东西有两样，一样是海滩，还有一样是海椰子。

维多利亚市位于马埃岛。我们首先在一个酒店安顿下来。塞舌尔有世界上最豪华和昂贵的酒店，住一个晚上要2000美元，像我们这样的工薪阶层是住不起的。旅行社给我们安排了一个四星级酒店，不是十分豪华，但是十分美丽舒适。这是一座三层楼房的公寓式旅馆，掩映在苍翠的热带林木之中。进了房间，打开窗户，展眼四望，到处是奇花异葩，馨香沁人，微风吹拂着棕榈树的巨大树叶，呼呼作响。我们来到了花园里，在酒店入口主路两旁，看见了几棵高大挺拔的棕榈状的大树，有的上面长着果实。看到这些果实的样子，我们知道这就是海椰子了。我们欢喜万分。门口的服务员给我们送来了两个果实，一公一母，让我们拿在手里照相。

海椰子是塞舌尔的国宝，极为珍贵，全世界只有塞舌尔有。很早以前，塞舌尔五个岛上都有成片的海椰子树林，但是现在只有普拉兰岛南部的"五月谷"还有4000多棵海椰子树，其他四个岛上除一些高档酒店移栽有少量海椰子树外，成片树林已看不到了。我们在导游陪同下，游览了普拉兰岛上的海椰子自然保护区。导游告诉我们，许多国家曾尝试引种此物，除英国一个植物园在一个温

作者和夫人在酒店的海椰子树前合影

作者和老沈在海椰子自然保护区合影

室里种活一棵以外，都没有成功。那英国植物园除从塞舌尔移植了树以外，还从生长此物的地方搬去了很多泥土。

我们坐上了去普拉兰岛的轮船。不巧的是，那天的印度洋海水，波涛汹涌，轮船颠簸得十分厉害，我们都有点晕船了。

当我们来到普拉兰岛海椰子自然保护区，看到那成片的海椰子树林和美丽的奇特风光后，路途的疲劳顿时烟消云散。我们和老沈夫妇一起行走在山上的海椰子树林中，道路弯弯曲曲，忽上忽下，山上长着许多高耸挺拔的海椰子树，还有少数其他种类的热带树木。海椰子树属棕榈科，高达三十多米，初看上去，它与普通椰子树没有什么区别，仔细一看才发现，海椰子树雌雄两株一高一低相对而立，合抱或并排生长，两棵树的树根在地下缠绕。导游告诉我们，如果雌雄中一株被砍，另一株便会"殉情"枯死。雄株每次只开一朵花，花长一米多，形状似男性外生殖器；雌株结的果成熟后剥开外壳，里面的果实形状似女性臀部，并有女性外生殖器的特征。因此，海椰子树又被誉为"爱情树"，海椰子被誉为"爱情果"。

导游告诉我们，海椰子树生长速度极慢，从幼株到成年需要25年，雌株的花朵受粉后结出小果实需要两年，果实长成熟则需七八年时间。一棵海椰子树能活千余年，可连续结果850多年。迄今人们发现的最大的海椰子果重23公斤。

海椰子的学名是 Lodoicea maldivica，也叫马尔代夫椰子。传说在1519年，马尔代夫的渔民出海时，发现西印度洋上漂着几颗形状像椰子的果实。渔民们以为是海里什么植物结的果，便取名"海椰子"。1743年，人们发现塞舌尔群岛的海椰子树,才知道海椰子原来是生长在塞舌尔的陆地上。

海椰子树是生物进化遗留下来的活化石,因其稀有奇特而弥显珍贵,被塞舌尔视为国宝。塞舌尔政府严格控制这珍稀果实的出口,但我们还是在街上的商店里看到了一些经政府批准出售的海椰子。每个海椰子上面都贴有一张盖有塞舌尔政府批准出售章的小条。两位夫人每人各花了130多美元买了一个。

在塞舌尔购得的海椰子现在陈列在作者家中

海椰子已成为塞舌尔的象征。我们在机场入境时移民局在我们护照上盖的章上就有一个海椰子的图案。商店中出售的各种纪念品上也都印了海椰子图案。我和夫人都喜欢收集艺术盘子,我们买了一个印有一公一母两个海椰子图案的瓷盘。

塞舌尔全境50%以上的地区都是自然保护区。坐在汽车上,无论到哪里,进入我们眼帘的,除了苍翠的树林和灿烂的花草,就是白色的海滩和蔚蓝的海洋。

塞舌尔拥有世界一流的、风格迥异的大小海滩数百个,其中马埃岛就有七十多个,被冠以"海滩之王"的博瓦隆海滩沿岸迤逦三公里长,与美国的夏威夷海滩不分伯仲。来塞舌尔度假的都是来自法国、英国、德国、意大利、瑞士、美国、南非、日本和韩国的旅游者,近年来也有不少中国人来这里旅游。塞舌尔海滩每年被国际旅游杂志评选为全球最美丽的海滩。

我曾在肯尼亚蒙巴萨的印度洋中游泳。这次我和老沈夫妇一起,选了一块人少的安静的海滩,跳入了塞舌尔印度洋海水。海水色彩变幻无穷,时而靛蓝,时而青绿,烟波浩渺,细浪如练。我胆子小,只在海边的浅水中嬉戏玩耍,经常躺在水面上,看着蓝天白云,感到无限舒畅。我太太不会游泳,没有下水,她坐在海滩上,打了一顶伞,看我们游泳。老沈夫人和我一样,只在浅水中游来游去。老沈比我年轻,游泳水平高,胆子又大,游到了离海岸很远的地方。除我们以外,还有三四个中国人在那里游水玩耍,没有其他外国人。我想,这片海水,今天怎么成了我们中国人的天下?当感到有些疲劳的时候,我们上了岸,躺在了细软的海滩上,享受一下日光浴和海风带来的快乐。海滩上是无穷无尽的闪闪发光的白沙,躺在上面,感到十分舒服。印度洋海水长期冲刷,把这里的沙子冲刷得像一颗颗珍珠一样晶莹剔透。

察沃国家公园游记

位于肯尼亚东南部的察沃国家公园，是肯尼亚最大的野生动物园。我在肯尼亚工作期间，一直未去参观，回到北京以后，总是有些后悔。

2008年10月，在内罗毕召开关于汞问题的不限成员名额特设工作组第二次会议，我以国际可持续发展研究院报告组成员的身份参加会议。这是一次弥补这件憾事的机会。我决定提前几天到达，去看看那个野生动物的世界。

我于10月2日抵达内罗毕。我在那里有许多朋友，退休后还一直保持着联系，其中一人是生意人钱国钧，我们都叫他钱经理。钱经理是江苏扬州人，我也是江苏人，算是老乡。第二天，我与钱经理见了面，诉说各自别后情形。他告诉我他现在做房地产生意，这几年做了几个大的项目，很是成功。他问我这两天有什么计划。我说："想去察沃国家公园看看，今天下午去找一家旅行社，让他们给安排。" 钱经理说："你不要找旅行社了。我派一个车，让司机送你去就是了。"

10月4日清晨，我坐着钱经理安排的汽车，来到了察沃国家公园。我先找了一家旅馆安顿下来。这个公园很大，司机对路线不是太熟悉，因此，我与设在旅馆内的旅行社联系，雇了一个导游。

下午，开始了在公园的游览。我乘坐的汽车，在公园内纵横交错的泥土路上缓缓而行。肯尼亚导游开始给我讲解。他说，这个公园有20700平方公里，不但是肯尼亚，而且也是世界上面积最大的野生动物园。这里隐藏着60多种野生动物，其中大象就有10000多头，鸟类500多种，还有热带野生植物1000余种。

察沃国家公园由东、西两部分组成。西察沃国家公园位于察沃河与蒙巴萨高速公路之间的狭长地带，方圆1000平方公里，这里野生动物众多，有狮子、

作者和司机在察沃国家公园合影

猎豹、金钱豹、大象、长颈鹿、野牛、斑马、羚羊等，每年吸引着成千上万来自世界各地的游客。

20世纪60年代这里曾是世界上黑犀牛数量最多的地方，约9000余头。但由于生态平衡遭到破坏，到20世纪80年代末仅剩100头左右。最近几年，园内设立了犀牛栖息保护地，其数量有所回升。

两天中，我一直在西察沃国家公园参观。略带着紧张的心情，我注视着窗外，展现在面前的是一片莽莽荒原。和马赛马拉和内罗毕国家公园相比，这里显得有些荒凉。但是，荒凉中却充满了美丽，到处是青草、热带灌木和刺槐树，斑马、野牛、长颈鹿等野生动物四处出没，飞鸟从树丛中扑扑飞起。

在这里游览，我们一定不能离开自己的汽车，不能打开车门和车窗，不能大声说话。在这里，动物是自由的，我们失去了自由。

在离我们汽车不远的地方，不时看到狮子在灌木丛中蹒跚而行，一头，两头，三头，甚至更多。我还看到了几头狮子在一个小水塘边饮水，后面是一片灌木丛，土地是红色的。导游告诉我，这是无鬃毛雄狮。

无鬃毛雄狮是一种非常凶猛的动物。这里流传着一个关于无鬃毛雄狮吃人的故事。19世纪末，英国人在这里修建东起蒙巴萨、西至基苏木的铁路。一对无鬃毛雄狮吃掉了许多受雇来这里工作的印度铁路工人。

我们的汽车离这几头喝水的狮子很近，但我们都小心翼翼，生怕惊动了它们。

作者拍摄的野生动物照片

我去过马赛马拉国家公园很多次，每次都能见到狮子，曾不止一次看到狮子追逐捕食羚羊的情景。这次在这里见到的狮子数量最多，离得最近，看得也最清楚，但没有看到它们捕食的情景，只看到了它们蹒跚而行或静静饮水的场面。

　　这里栖息着20000多头大象。我去过肯尼亚和坦桑尼亚交界处的安波塞利国家公园，在那里我见到过许多大象。在察沃国家公园，我看到了在安波塞利见到过的同样的情景。成群结队的大象出现在莽莽草原上，一些小象跟在后面，慢慢地行走着，也不断看到几头大象聚在一起吃草的场面。许多旅行车随着象群，缓缓而行，或停下车，从车上的天窗中伸出头来，对着象群拍照。成群的大象是这个野生动物园最吸引外国游客的一个景观。

　　导游把我们带到了著名的姆齐马涌泉。泉水来自远山，在地底下潜流许多公里，然后在这里的干燥熔岩地区中喷薄而出，泉水晶莹清澈，蔚为奇观。我们透过泉中人工修建的水下观察涵洞，看到几头蹒跚而过的河马，毫不在意地在捕食身旁穿梭往来的鱼虫蟹虾。

　　在察沃国家公园，我看到了许许多多的野生动物。这是野生动物的天堂，也是旅游者的福地。

从阿斯旺到卢克索

在学生时代，我就知道，埃及是一个有久远历史的文明古国。我一直梦想着去那里，看看这个国家的历史遗迹和艺术宝藏。

1995年3月，我赴开罗出差，有幸参观了举世闻名的金字塔，算是圆了半个梦。所以这么说，是因为埃及还有许多有古迹的地方，特别是卢克索，那是世界上最大的露天博物馆，我还没有去过。我一定要去看看。

2009年11月，在埃及红海之滨的港口城市加利卜港举行第21次《蒙特利尔议定书》缔约方会议。我参加会议撰写《地球谈判报告》。会议结束以后，由埃及航空旅行社安排，我踏上了继续圆梦的旅程。

11月10日下午，我乘坐旅行社的小车，到了阿斯旺，此时已是傍晚，我入住克安帕特拉酒店。

第二天早上，旅行社的导游来到旅馆，带我开始了从阿斯旺到卢克索的旅行。导游是一个留着长发，穿着T恤和牛仔裤，脸色略黑，面带微笑的美丽女孩。她说一口流利的英语。

阿斯旺是埃及的一个文化古城，阿斯旺省首府，是埃及南方的一个重要城市。它位于首都开罗以南900公里的尼罗河东岸，是埃及的南大门，通向黑非洲的门户和唯一一条由海上进入非洲腹地的通道。对我来说，我知道阿斯旺是因为阿斯旺大坝。

我们参观的第一站是阿斯旺大坝。这是20世纪70年代初在苏联的帮助下在尼罗河上修建的，那时是世界上最大的水坝，现在是世界最大水坝之一。展现在我眼前的是一座气势恢宏的建筑。水坝一侧是一个巨大的水库。导游介绍说，它为埃及提供了大部分用电需要，还用于灌溉、预防洪水和旱灾，对埃及的经济发展发挥了重要作用。

作者（中）和导游（左）、船夫在尼罗河上　　　　作者在尼罗河上，后面岸上是菲莱神庙

　　看完水坝，导游带我来到了一个游船码头。一条旅行社安排好的帆船已在那里等候。一个脸色黝黑的船夫驾驶着帆船，我开始了尼罗河之旅。

　　尼罗河是一条流经非洲东部与北部的河流，自南向北，流经布隆迪、卢旺达、坦桑尼亚、乌干达、苏丹和埃及等国，最后注入地中海。尼罗河长6853公里，是世界上最长的河流。尼罗河在埃及境内达1530公里，是埃及的母亲河，是埃及人民的生命源，古埃及文明的摇篮。

　　我观赏着尼罗河和两岸美丽的景色。河水十分平静，河上穿梭着各色各样的船只，有货船、邮轮和帆船。两岸，有茂密的树丛、沙丘和巨石，还有许多掩映在绿树丛中的现代建筑。但最引人注目的是那些古代的遗迹。

　　我们的小帆船在一个小岛的码头停了下来。导游说，这是阿杰立克岛，我们要去参观这个岛上的菲莱神庙。

　　导游说，菲莱神庙建于三千三百年前，是拉姆西斯二世神庙。整座神庙是在山岩中雕凿而出，因此它是一座巨大而精美的雕刻作品。20世纪60年代末，为了免遭因建造阿斯旺大坝而上涨的尼罗河水淹没，在联合国教科文组织主持下，神庙被切割成2000多块，分别编号，在距离原址200多米的地方拼合还原，并建造了一座假山来覆盖它。

　　神庙面向尼罗河，正立面为四尊高达20米的巨型拉姆西斯二世坐像，其中一座被整体切下，现存于英国大英博物馆。在他的膝边和身旁还围绕着数座小型雕像，是他的妻子及儿女们。

我们走进了神庙中的一个长方形大厅，只见左右两侧整齐地排列着 16 尊立着的雕像。看了英文说明，我才知道他们都是拉姆西斯二世。墙上满布描绘拉姆西斯二世武功的壁画和浮雕。大厅尽头是一间作为圣坛的石室，四座神像并排而坐。导游说，他们分别是黑暗之神、天空之神、拉姆西斯二世本人和太阳神。拉姆西斯二世将自己平等地列于众神之间，这是其他国王不敢做的事情。

当天傍晚，我乘火车到了卢克索城。卢克索是埃及，也是世界上最大的古文明遗址，是我多年来一直向往的地方。我入住新菲利普酒店。

晚饭以后，我一个人在卢克索街上转悠，走到了一个露天市场。那里摆着许多小摊，出售绘画、雕塑等各色工艺品，大多是古文物的仿制品，如方尖塔、狮身人面像。

我在一个小摊上看到了一件我很喜欢的东西。这是一只蹲着的猫的塑像，是一件文物的仿制品。猫身上刻着象形文字似的花纹，带着彩色的首饰，圆睁着双眼，竖着双耳，警惕地注视着远方，下面底座上刻满了昆虫的图案。上面挂了一个英文说明，说这是 Bastet（巴斯泰托女神），是太阳神的女儿。巴斯泰托女神是防止农作物被老鼠和害虫破坏的守护神，是掌管爱情和生育的女神，也是音乐和舞蹈的艺术之神，深受埃及人的崇拜，在一些地区被人们所祭祀。摊主开始要价 100 美元，经过讨价还价，我用 80 美元买得了这件宝贝。

11 月 12 日，当地旅行社派出的导游和司机到我下榻的旅馆来接我。导游说，今天她将带我在卢克索游览，参观三个神庙，第一个是离卢克索城三公里处尼罗河东岸的卡纳克神庙。

卡纳克神庙建于公元前 14—13 世纪，位于埃及中王国和新王国时期的首都底比斯。它是古埃及最大的神庙，也是卢克索古建筑群中，保存最完整、规模最大的一个神庙。

我们很快就到达了目的地。展现在我眼前的是三座灰色的古老建筑。导游介绍说，卡纳克神庙是由三座独立的神庙组成的，第一座是孟修神庙，第二座是穆特神庙，中间是阿蒙·拉神庙。阿蒙是底比斯的地方神，由于中王国和新王国各朝都是从底比斯起家而统治全国的，因而阿蒙神被当作王权的保

作者在卢克索购买的巴斯泰托女神像

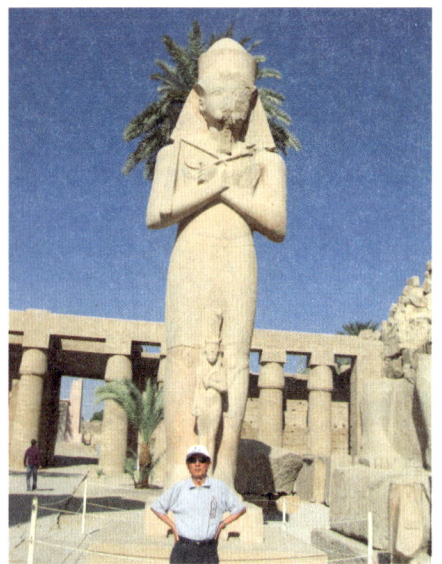

作者在卡纳克神庙前　　　　　　　　　　　作者在拉姆西斯二世站像前

护神。拉是太阳神。古埃及人将阿蒙和拉合并为一个神，叫阿蒙·拉神。阿蒙·拉神是埃及的国神，众神中最重要的一个神。穆特是阿蒙的妻子。

阿蒙·拉神庙是埃及最大、最雄伟的神庙，是卡纳克神庙的主体。它的殿堂占地达5000平方米，有134根圆形石柱，最中间的12根高21米，五个人抱不过来。大殿柱子、柱顶和墙壁上布满精美的浮雕，描绘了向神奉献祭品，以及埃及人远征叙利亚和赫梯的场面。

在卡纳克神庙，我还看到了狮身人面像、阿蒙一世雕像、拉姆西斯二世站像和图特摩斯一世的方尖碑等许多举世闻名的文物。我被看到的这一切深深打动。

然后，我们乘车前往与卡纳克神庙相距不到一公里的卢克索神庙参观。导游介绍说，卢克索神庙建于公元前1392年，是阿蒙霍特普三世和拉姆西斯二世建造的。这座庙是献给阿蒙及其妻子穆特和儿子孔苏这三个神的。从卡纳克神庙到卢克索神庙的道路两旁，原来有600个石雕狮身人面像，现在已见不到踪影，可能已经到了巴黎、伦敦和纽约等地的博物馆中了。这条路被称为祭神大典甬道，是因为在古代，一年一度的祭神典礼的队伍是通过这个甬道从这个庙到另一个庙的。

作者在石柱廊前

在庙前有两座拉姆西斯二世的雕像，一座是坐像，另一座是站像。以前这里有六座拉姆西斯二世的雕像，现在另外四座陈列在西方国家的博物馆中了。

入口处左边矗立着一块巨大的拉姆西斯二世的方尖碑。方尖碑用整块花岗岩制成，外形呈尖顶方柱状，由下而上逐渐缩小，塔尖金光闪闪，碑身刻有象形文字的阴刻图案。方尖碑是古埃及人的另一件伟大杰作，是古埃及崇拜各路神仙的纪念碑，是除金字塔以外古埃及文明最富特色的象征。这块方尖碑是献给古埃及最著名的法老拉姆西斯二世的。原来这里有两块方尖碑，另一块被19世纪奥斯曼帝国的埃及总督、阿里王朝的创建者穆罕默德·阿里送给了法国国王路易斯·菲利普，现在矗立在巴黎的协和广场上。

卢克索神庙中最吸引人的一个景点是石柱廊庭院。这里有26个古埃及第十八王朝至第二十王朝三个法老的大型雕像，后来都搬到了卢克索博物馆。现在院中可以看到32根巨大的莲花形石柱。

后面一个厅里有两根罗马统治时期所建的拜占庭风格的石柱。这个展厅里还可看到许多罗马时期的壁画。

院里还有一个祭品厅，里面有四根石柱，墙上的壁画描绘的是阿蒙霍特普三世向阿蒙神献祭品的情景。另一个大厅叫至圣所，那里展览着一只亚历山大大帝的船。墙上的画描绘着亚历山大带领着手下向他信仰的性和生育之神阿蒙·敏奉献祭品的情景。

我还参观了德伊·巴哈里神庙和帝王谷等古埃及遗址。

这次旅行，我荡漾在世界最长的河流尼罗河上，参观了世界最大的水坝之一阿斯旺大坝，游览了世界最大的古文明遗址卢克索，总算圆了多年的一个梦。

亚洲篇

阴差阳错访问卡拉奇

1981年5月,我今生第一次出国,去东非肯尼亚首都内罗毕,为联合国环境规划署第九届理事会担任同声传译。结果阴差阳错,我今生第一个访问的外国城市成了南亚巴基斯坦的卡拉奇。

按计划,我们一行七人乘坐中国民航飞机到卡拉奇,然后换乘巴航到埃塞俄比亚首都亚的斯亚贝巴,再乘埃航到内罗毕。从北京到卡拉奇的飞行十分顺利。飞机在卡拉奇机场平稳着陆。我们踏上了这块异国的土地,按机场的标记,找到了转机柜台。在办理登机手续的时候,出乎意料的事发生了。柜台内巴航服务小姐对我们说:"十分抱歉,飞往亚的斯亚贝巴的航班已经客满,你们的座位被取消了。你们得在卡拉奇停留三天,巴航将为你们提供在卡拉奇的食宿。"我们进行了交涉,要求安排其他航空公司的航班。那位小姐很耐心地说:"实在抱歉,我们已经查过了,其他航空公司的航班也都已客满。我们还将安排小车和司机,带你们在卡拉奇游览,希望你们在我们这里生活得愉快。"

我们这次旅行提前了几天。如在卡拉奇滞留三天,到内罗毕是星期六。环境署理事会下周一开幕,还勉强能赶上。因此,我们接受了巴航的方案,开始了在卡拉奇的三天旅游。

卡拉奇是巴基斯坦第一大城市,位于巴基斯坦南部海岸、印度河三角洲西北部,南临阿拉伯海,居莱里河与玛利尔河之间的平原上,人口约2000万,面积3527平方公里。

巴基斯坦航空公司为我们安排的司机开着车带我们穿梭在卡拉奇的大街小巷。街上弥散着穆斯林国家特有的神秘气氛。我们看到了一些半圆形和尖形拱顶的建筑,上面装饰着用彩色琉璃石砖拼成的几何图案;我们看到了许多破旧的房屋,狭窄的小巷和碎石铺成的小路;我们看到了大街小巷里走着的穆斯林男男女女。男人多穿着长袍，以白色和黄色居多，女人穿着各种不同颜色的鲜艳服饰，有的戴着长长的头巾；我们还在老城的边缘看到了一些现代化建筑。司机告诉我们，这是刚开始兴建的新区。

大街上的双层公共汽车也是卡拉奇的一景。汽车的外面涂满了各种色彩斑斓的广告。它的上层是敞篷的。司机告诉我们，上层的座位票价便宜，还透气，许多人愿意坐在上面。

城中有不少巧手的工匠运用传统的古老技艺制作精美的手工艺品。我们在一条小巷停了下来，在这里的商店里转了一转，各种花色的波斯地毯最为引人注目；还看到用一块木头雕刻出来的花架和其他琳琅满目的具有穆斯林特色的手工艺品。

最大的问题是吃饭。巴基斯坦是穆斯林国家，人们喜欢吃牛、羊肉和香辣的食品，他们用胡椒、姜黄等做的咖喱食品闻名世界。但我们这些中国人很不习惯，进了餐厅，当闻到一股扑鼻而来的羊肉混杂着咖喱的奇特气味时，觉得难以忍受。他们没有炒菜的习惯，无论是牛肉、羊肉、鱼或是各种豆类、蔬菜，都炖得烂熟。当我们看到一盆又一盆烂糟糟、黄稀稀，散发着异味的东西时，更没了胃口。巴基斯坦人吃饭不用刀叉、筷子，而是在净手后用右手抓着吃。他们的手抓技术十分熟练，而且不怕烫。看着他们吃得那么津津有味，实在非常羡慕。但是我们发现有两样东西可以吃，就是烤鸡和一种名叫"恰巴蒂"的粗面饼。我们在三天内几乎每天每顿都吃这两样东西，吃得实在也有些腻了。

卡拉奇有两个最著名的旅游点，航空公司安排的司机都带我们去了。司机四十来岁，脸孔黝黑，穿着十分宽松的灰色衬衣和长裤。人很老实。我们请他与我们一起吃饭，他说："谢谢，但我不能。"

我们首先参观了国父墓。国父墓又称真纳墓，是巴基斯坦国父穆罕默德·阿里·真纳的陵墓，位于卡拉奇市中心。

穆罕默德·阿里·真纳为巴基斯坦国家的建立，贡献了自己毕生的精力，在巴基斯坦人民中间享有崇高的威望。早在 20 世纪初，正当英帝国主义统治下的南亚次大陆人民开始觉醒的时候，他就投身于政界，积极组织民族独立运动。1936 年，他领导下的穆斯林联盟，在拉合尔的一次会议上提出了建立穆斯林国家的最初设想，并把这个国家定名为"巴基斯坦"，意思是"纯洁的国土"。此后，在真纳的领导下，次大陆的穆斯林经过艰苦而顽强的斗争，终于在 1947 年 8 月 14 日建立了巴基斯坦。

巴基斯坦诞生一年后，真纳于 1948 年 9 月 11 日逝世。为纪念这位伟大的国父，巴基斯坦政府于 1970 年在当时的首都卡拉奇建造了这座陵墓。

展现在我们眼前的是一座气势磅礴的白色建筑。整座陵墓全部用纯白大理石建成，造型独特，具有浓郁的民族特色。陵墓主体分为两部分，上半部是半圆形的拱顶，下半部是下大上小略呈锥形的立方体。建筑物四面各有一扇狭长的北非式样的拱门，每扇门都饰以优质红铜做成的镂花门栅，雕工十分精细。红铜的门饰闪闪发亮，在色彩上给这座洁白的建筑物以鲜明有力的烘托。整座陵墓肃穆而不呆板，线条简单明快，风格浑厚凝重，朴实无华。

真纳的墓冢在大厅正中，头的一侧有一块白色大理石的墓碑，上面镌刻着他的名字和生卒年月。墓冢的四周用银制的栏杆围了起来，正上方，有一盏中国式枝型水晶吊灯，玲珑剔透，为陵墓增色不少。这盏吊灯是中国上海专门为真纳陵墓生产制造，周恩来总理赠送的。

陵墓四周各有一名士兵站岗，陆海空三军轮流，一天 24 小时不间断，每小

1981 年作者参观真纳墓

时换一次岗，士兵们持枪正步走，值班军官大声喊口令，这也成为这座陵墓的特色之一。我们正好看到了士兵换岗的仪式。

陵墓周围是一片片绿茵茵的草坪和各色鲜花，正门路上还有多座喷泉，白色的水柱宛如游龙，碧蓝的天空下，高大而挺拔的椰子树临风摇曳。入夜，明亮的探照灯光从四周不同的角度照射陵墓雄伟的建筑，又是另外一番景象。整个环境清新幽静，给人以庄严、圣洁之感。

我们还参观了巴图大清真寺。它是卡拉奇最大的清真寺。1969年11月建成。清真寺的主体建筑——祷告大厅呈半球形，全部由白色大理石建造，通体洁白，在阳光照耀下显得格外雄伟壮丽。外面的平台、走廊和草坪，最多可容纳三万人。我们按伊斯兰习俗脱掉了鞋，走进了祈祷大厅。大厅可容纳5000人同时祷告。只见数千穿着伊斯兰白长袍、戴着白小帽的穆斯林一个个跪在地上，虔诚地在祈祷着，一片圣洁肃穆的气氛。也有一些旅游者，多数是白人，像我们一样是来看热闹的。

巴基斯坦是个贫穷的国家，但我们这一次在卡拉奇的三天游览，过得很是愉快，给我留下了十分美好的印象。

曼谷风情

泰国的曼谷,我去过多少次,已经记不清了。1985年5月底,我陪同当时城乡建设环境保护部部长芮杏文访问欧洲四国,回国途中在曼谷停留,那是我第一次来到这个令人激动的城市。此后的十多年中,我每年都要来这里一次、两次,甚至三次,参加联合国亚太经社理事会或联合国环境规划署召开的会议。

1997年9月4日清晨,我、妻子和女儿一起从北京乘飞机抵达曼谷,准备在那里换乘阿联酋航空公司的飞机赴内罗毕。2006年我就任中国常驻联合国环境署副代表后,我妻子一直在北京没有随任,主要原因是我女儿还在高中读书。2007年夏天女儿高中毕业后,我们决定把她带到内罗毕上外语学校,学习英语。这样,我们三人就开始了这次旅行。到了曼谷国际机场后,我们被告知,我们赴内罗毕航班已被取消,我们必须在这里等待三天。我与航空公司进行了交涉,但没有结果。这样,我们就在曼谷滞留了三天。

我和我妻子持有外交护照,不用签证可以入境。我女儿的是因私护照,不能入境,她只好在机场宾馆待了三天。

对我和妻子来说,可以说是因祸得福。第一个"福"是,我们参加了我儿子夏雷的亚洲理工学院(Asian Institute of Technology,简称AIT)研究生班开学典礼。夏雷是《北京青年报》的编辑兼记者,那时已工作了五六年,考取了亚洲理工学院MBA研究生,比我们早几天到达曼谷。航空公司为我们安排了旅馆,在去旅馆的路上,我们临时决定去那里看看儿子。到学校以后,我们被告知,夏雷在学校礼堂参加开学典礼。我们找到了礼堂,见到了儿子,旁听了这个开学典礼。

开学典礼结束以后,儿子带我们在学校里参观。夏雷给我们介绍了亚洲理工学院的一些情况。该校始创于1959年,当时是东盟为了促进亚洲高级工程方面的教育而成立的，1967年11月开始正式使用目前的学院名称。现已发展成为由全世界许多国家和地区的政府、国际组织、基金会、商务机构和个人资助的亚洲最大的国际性研究生院之一。

中国政府每年也向亚洲理工学院提供资助。教育部每年选派留学生到该校学习，由政府提供奖学金。也有不少中国学生自费来这里学习，我儿子就是其中之一。由于中国是资助国，所以即使是自费生的费用相对也是比较低的。

校园很大，就像一个大花园，到处是红花绿树，还有大片大片的草坪，周围栽着菩提和棕榈等热带树木，宽阔的人工湖上，开着睡莲，十分美丽。

学院学习条件优越，各种多功能教室、厅、馆配套齐全。图书馆馆藏丰富，拥有各类高档书典23万余册、各类期刊数百种，并以领先的速度及时补充和更新，每个下属学院还有独立的资料中心为师生服务。学院生活设施齐全，900多套单人宿舍，设计考究，设施完善，供学生选住。各运动场馆及设施（网球场、游泳池、壁球馆、乒乓球室、足球草坪和篮球场等）长年免费向师生开放，使学生能在身心愉悦之中专心攻读，学有所成。

亚洲理工学院为许多国家特别是发展中国家培养了能够在全球及区域经济可持续发展中发挥领导作用的高素质专业人才。

儿子又把我们带到他的宿舍，是公寓房，他的房子在二层，是一个两室的单元房，他占一间。宿舍很小，比较简单，一张床，一张小写字桌和一把椅子，还有一个电扇，但十分干净整洁。儿子说，学校也有既有空调又宽敞的宿舍，但比较贵，所以他租了这间。曼谷地处热带，一年四季都十分炎热，如有空调，肯定要舒服得多。我听了儿子的话，感到欣慰。

第二天，我的朋友、联合国环境署亚太地区资源中心主任施雷斯萨，安排他的司机到我们的旅馆，驾车带我们在曼谷参观游览，这就是滞留曼谷带来的第二个"福"。

我们首先参观了举世闻名的大皇宫。我此前已经参观过两次了，这是第三次。我妻子是第一次。每次来这里，我都被这处规模宏大的古建筑群所震撼。大皇宫是泰国诸多王宫之一，是历代王宫保存最完美、规模最大、最具民族特色的王宫。曼谷王朝从拉玛一世到拉玛八世，均居于大皇宫内。1946年拉玛八世在宫中被刺之后，拉玛九世便搬至大皇宫东面新建的集拉达宫居住。现在，大皇宫除了用于举行加冕典礼、宫廷庆祝等仪式和活动外，平时对外开放，成为泰国著名的游览场所。

走进大皇宫庭院，首先映入我们眼帘的是如茵的大片草地和姿态各异的古树，草坪周围栽有一些菩提树和其他热带树木。大皇宫的佛塔式的尖顶直插云霄，鱼鳞状金色、棕红色和深绿色的玻璃瓦在阳光照射下，灿烂辉煌。大皇宫汇集了泰国建筑、绘画、雕刻和装潢艺术的精粹，其风格具有鲜明的暹罗建筑艺术特点，深受各国游人的赞赏，被称为"泰国艺术大全"。

我们参观了大皇宫内的节基宫、律实宫、阿玛林宫和玉佛寺四座宏伟宫殿。我们必须脱去鞋子，留在大门外，才能进入宫殿。走进律实宫，我们看到了举世闻名的拉玛一世时代制造的御座和御床，金碧辉煌，被列为拉玛王朝第一流的艺术品。最吸引人的一个宫殿是玉佛寺，寺内藏有一尊价值连城的泰国国宝——玉佛，供奉在大雄宝殿中外层用金片包裹的木制高台上。玉佛用整块翡翠雕琢而成，中间有空隙部分，内藏佛陀真舍利，据说是 15 世纪泰北昌盛时代后期的艺术品。玉佛寺大殿内雕梁画栋，金碧辉煌，正殿中央重重叠叠地挤满大大小小的金塔、金华盖和金佛像；四壁画有佛祖成道和生前应化的事迹。前后殿门外共有六只守门铜狮，张口挺胸，十分神气，依照柬埔寨石狮形状雕刻。大雄宝殿的殿门都由拉玛一世时代的工匠用镶嵌的贝壳做成图案。

第二天，我们参观了另一座雄伟建筑威玛曼宫。威玛曼宫，又称云天石宫，

作者和夫人在大皇宫外合影

威玛曼宫外景

1900年开始建造。这是一座世界规模最大、质地最好的全柚木建造的宫殿，构造别致，工艺精巧，全宫建筑不使用一颗铁钉；内藏历代君王照片和生活用品，以及珍贵的艺术品，全宫呈"L"形，为三层建筑，共81个房间。虽全用金柚木为材料，但建筑风格、屋内装饰、家具却是西欧式的。我们参观了银器室、文牍室、御膳室、御房和后妃卧室等许多房间。我第一次来这里参观，真是大开眼界。

9月6日下午，我和妻子来到机场与女儿会合，乘坐阿联酋航空公司的班机，离开曼谷，经迪拜抵达内罗毕。

我一直在内罗毕工作。过了将近六年，又一次因为偶然的原因，我和我妻子回到了曼谷。2003年初，联合国环境规划署执行主任特普菲尔任命我为联合国环境署驻华代表，我应当于5月赴北京履新，但由于北京当时"非典"流行，我先去设在泰国首都曼谷的环境署亚太地区办事处，在那里开始创建驻华代表处的工作。

我和我妻子于2003年5月24日乘阿联酋航空公司的班机抵达曼谷。我国国家环保局的同事、时任环境署负责臭氧问题的官员胡少峰开车到机场迎接，然后把我们送到了旅馆。这是一个三星级的饭店。以前我来曼谷，大多住在这里。旅馆不大，设备也比较简单，但清洁整齐，由于与联合国有合同，非常便宜，每晚只要二十多美元。

曼谷联合国大楼外景

　　第二天是星期日。上午，小胡开着车，他夫人和儿子与他一起，来到了旅馆。他们帮我们搬到了离联合国不远的阿拉湄达公寓。这是服务式公寓，和旅馆一样，提供打扫卫生和洗衣等服务。我们租了一间房，很大，有厨房和卫生间。

　　安顿下来以后，小胡夫妇带我们到市中心的一个百货大楼，先请我们在一楼餐厅吃火锅。餐厅生意很好，我们等了十多分钟才入座。这里火锅食物有的与国内的差不多，如海鲜、牛肉和素菜等，但以海鲜为主，特别是各种各样的鱼虾丸子。开始上的调料带强烈的鱼虾味，又太甜，我们有点不太习惯。小胡夫人帮我们点了我们习惯的中式调料。我们吃得很满意，又看看周围的人，大多数像中国人，与内罗毕很不一样，我们好像回到了北京。

　　第二天，5月26日，星期一，我徒步来到了位于Rajdamnern Nok大道的联合国大楼。亚太经社会是这个大院的主要联合国机构，环境署亚太地区办事处也在这里办公。我在曼谷工作了两个月，继续进行筹建环境署驻华代表处的工作。我对这个城市有了更多的了解。

　　泰国人十分热情友好。Swadeekrap（你好）和Kop Kun Kan（谢谢）两个词经常挂在他们的嘴边。熟人相见，要说一声Swadeekrap，你到商店买东西，还没有开口，售货员就会说Swadeekrap，买了东西，付了款，人家会对你说Kop Kun Kan。不久，我和我妻子也都学会了这两个词。

曼谷到处是酒吧、夜总会、迪斯科舞厅、大浴池、按摩房和桑拿浴室，有个叫帕篷的地方世界闻名，这是一条步行街。每天夜幕降临时，街上搭起了各色各样的小摊，主要是出售服装、手表和工艺品。我也曾去那里看热闹，买了一尊泰式女佛像，是铸铁造就，外面涂铜，头顶尖塔般的头式，胸部高高突起，呈黑色，双手合掌，十分精致。街道上人头簇拥，走路也很困难。街道两旁，在霓虹灯辉映下，各色夜总会、迪斯科舞厅和按摩房生意十分兴隆。街道旁站着许多拉客的人，大多是男人，手里拿着小姐的照片，硬要塞给你看。华灯初上之时，有的店大门敞开，从外边就可以看到一些穿三点式的女郎围着几根管子跳舞。旅游是泰国的主要收入。曼谷是个不夜城，除个别地方以外，总体比较安全，街上很少有抢劫等犯罪发生。但也曾听到外国人抱怨被骗。联合国一个朋友告诉我，他有一次去帕篷，被人硬拉去看脱衣舞表演。他进去以后，要了一杯啤酒，后来要了他 3500 泰铢，相当 100 美元，他大呼上当。知道内情的另一个朋友告诉他："你这不能算被骗，去这种地方，就要付这么多。"

曼谷是购物者的天堂。大街小巷，到处是商店。马路边的商店一般都不大，大门总是敞开着的，有点像我国广东一些小城市的商店；也有大型的廉价商场，商场内小商店一家挨着一家，主要是出售服装和各种日常用品；还有大型高档购物中心，如 Siam Paragon、MBK、Pentium Plaza 和 Dixi 等。我是不喜欢逛商场的，但在曼谷期间，我和妻子每到周末，就要去商场，到处转转。即使在高档商场，商品也很便宜，特别是服装。我先后买了十多件衬衣，我妻子买了十多件各色服装。

我们每次都是上午九点多往外走，逛了一阵商场以后，就到了吃午饭的时候了。我们往往就近找一家小饭馆，花不了多少钱，就能吃得十分满意。曼谷到处是可以吃饭的地方，从路旁的小摊到豪华的餐厅，应有尽有。

1989 年 12 月下旬，我陪同国家环保局局长曲格平访问曼谷，与环境署亚太地区办事处主任内通先生讨论合作事宜。内通是缅甸人，担任此职已多年，我和曲局长与他也已相识多年，一起组织过不少合作活动，可以说是老朋友了。内通邀我们到他在曼谷的家做客。这是一座花园别墅。院子里满是热带花草树木，房子很大。我们落座以后，泰国女佣马上给我们送来茶水。她到我们面前时，双腿跪下，低着头，然后慢慢地将茶杯放在茶几上。后来内通有事请女佣进来，她一进门也马上下跪,我感到很是别扭。曲局长和内通就 1990 年的合作安排交换了意见,我当翻译,谈得很好。

我们住在王子饭店。这是一个四星级饭店,在饭店用餐,价格较高。晚餐的时候,我和曲局长来到大街上,街上到处都能看到一些小饭店,我们在其中一家门前停了下来。一个厨师正在门口的炉子上炒菜,旁边桌上洗干净的鱼虾肉菜看上去十分新鲜,里边放着几张简陋的桌子,看上去也还干净。我问曲局长:"我们就在这里吃,行吗?"曲局长说:"好呀。"我们挑了二三个菜,厨师准备加工。这时,我突然想起,泰国人炒的菜我们不一定习惯,特别是怕他放一些我们不喜欢的调料。我立即拿过他手中的铲子,按中餐的做法自己炒了几个菜,调料就放油和盐。我们在饭店的小桌子旁坐下来,开始品尝我做的菜,曲局长连声说:"不错,不错。"后来,曲局长在国家环保局全局大会上还讲此趣事。

曼谷的交通十分拥挤,但公共交通十分发达,有公共汽车、城铁和地铁。城铁和高架公路经过市中心,给这个城市缓解了交通压力,但也增加了噪声,影响了市容。湄南河等河流流经市区的许多地方,汽轮船也是曼谷人常使用的一种交通工具。市内摩托车很多,有的也载客。还有摩托三轮车,当地人叫它 TUK TUK,也用来载客,价格有时比出租车还贵。这两种摩托车也制造了许多噪声,并排出大量尾气,因此曼谷市区污染比较严重。2003 年我在那里工作的时候,发现曼谷空气质量比以前有了很大的改善,经常可以看到蓝天白云的好天气。

我因为腿有病,出门一般乘出租车。出租车司机一般都十分友好,诚实,按计价器收费,从来也没有碰到过多要钱或态度不好的事情。但出租车司机一般都不会英语,多数司机也不识地图,因此,我和妻子学会了如何用泰文说联合国所在马路和我们住所的地址;到外面的地方,我们让阿拉湄达公寓服务人员用泰文把地址写在一张纸上,上车时向司机出示。

泰国是佛教国家,在曼谷有许多庙宇,街头巷尾,到处都有菩萨像,经常可以看到人们在佛像前停下,双手合掌,虔诚地朝拜。我们也经常可以看到穿着袈裟的小和尚手里拿着一个很大的饭碗,在街头化缘。在泰国,年轻男子到一定年龄都要一度削发为僧,连王室成员和贵族也不例外。离我们住所不远的地方,就有一座庙宇。我经常独自一人来这里看看。庙里播放着佛教音乐,低沉缓慢的旋律,在空中回荡,善男信女们盘坐在地上,双手合掌,两眼微闭,念着佛经。庙中有时也有十分热闹的时候。佛教徒们在这里会餐，可完全是另一番景象。

泰国人崇拜大象，不但在动物园里有活的大象，在许多地方还有大象的塑像。街头巷尾，到处可见绘有大象形象的工艺品，如手包、泰丝面料、靠垫和木雕等。我们买了一个大象木雕，雕工精细，栩栩如生。施雷斯萨送我一块绘有大象的泰丝面料，我后来把它盖在家中客厅的电视机上，给大厅增辉不少。在繁华的曼谷街头，我们也经常可以看到大象在象奴的带领下走街串巷。我们曾到曼谷的一个公园观看大象表演，看大象做许多高难动作，如后腿直立、长鼻套圈、走粗索、投篮、舞彩带、用鼻子转呼拉圈、垒木头、踢足球和给人"按摩"等，使我们大开眼界。

鳄鱼表演，是曼谷吸引旅游者的又一个旅游项目。1985年我和芮杏文等曾一起参观过著名的鳄鱼公园，2003年和妻子一起又再次前来观看。公园内，有一个人工湖，湖四周搭有木质观鳄楼，两人高的架空长廊将各鳄楼连接起来，形成一条弯弯曲曲的空中观鳄走廊。我们登上走廊，在那里观看鳄鱼表演。第一个节目是给鳄鱼喂食，只见表演者投下饲料，群鳄争食，冲击翻腾，场面十分壮观。然后表演者做驯鳄、戏鳄、斗鳄等各种表演。鳄鱼向游客做出各种动作，有时驯鳄人坐在鳄鱼背上，鳄鱼还时时回首与驯鳄人亲吻。最为惊险的是表演者把自己的头部放入鳄鱼的大嘴中，左右摇动。据说鳄鱼公园每年接待游客逾百万人次，许多到泰国访问的国家元首和贵宾都要到此参观。

曼谷是个充满活力、友好和令人激动的城市，是我绿色人生路上的重要一站。

鳄鱼表演

泰姬陵和其他

1998年至1999年间，中国和东南亚国家，包括印度、孟加拉、尼泊尔和越南，先后发生了洪灾，给这些国家造成了生命和财产的巨大损失。联合国人类居住中心（现联合国人类居住署）和联合国环境规划署与这几个国家的政府合作开展了一个题为"南亚洪水减缓、管理和控制"的项目。

2000年1月24日，我从内罗毕飞往新德里，出席在那里举行的南亚洪水项目第一次会议。在孟买转机时发生了一件令人不太愉快的事情。我在孟买国际机场办理了入境手续。要赴新德里，必须到一个国内机场去转机。我领取了行李，通过海关走出国际机场时，一个穿得脏兮兮的印度小青年向我走来，伸手就来拿我手中的箱子，我连忙厉声地说："你要干什么？"他很客气地答道："先生，我帮你送到公共汽车车站。"我问道："车站远吗？"他说："很远的。"本来我想这是一个可以拉着行走的小箱子，很方便，不想让他帮我拿了，但因为他说很远，我想让他帮我拿行李也可以给我带路，就把箱子交给了他。谁知，刚走了大概十几步路，他就停了下来，说："到了。"我当时有点生气，但想他既然已经帮我拿了行李，总得给他点钱，就掏出了两美元交给了他，可他摇着头说："不行，你得给我五美元，这是标准价。"这时，班车快要启动了，看到已经没有时间和他争论，我就给了他五美元，后来想想总觉得有点冤枉。

会议于1月24日至25日举行。人居中心负责灾害应对的官员加维迪厄代表人居中心，我代表环境署，五国的政府官员和专家出席了会议。与会各国代表就洪灾的形势和应对政策与方法交流信息和经验，制订了提高与会国家应对洪灾能力的合作计划。

会后，我和三位中国代表一起参观了泰姬陵。泰姬陵是印度知名度最高的古迹，位于新德里两百多公里外的北方邦的阿格拉城内，亚穆纳河右侧，是印度莫卧儿王朝第五代皇帝沙贾汉为爱妃泰姬·玛哈尔所造的陵墓。玛哈尔38岁死去，沙贾汉悲痛欲绝，动用了几万工人，耗费巨资，花了16年时间，在1648年建成泰姬陵。泰姬陵是全印度乃至世界最有名的陵墓，被世人称为人间建筑的奇迹。印度诗翁泰戈尔说，泰姬陵像"一滴爱的泪珠"。沙贾汗死后被合葬于泰姬陵内他的爱妃泰姬的身旁。泰姬陵有极高的艺术价值，是伊斯兰教建筑中的代表作。2007年7月，它被评为世界七大奇迹之一。

作者和中国代表在泰姬陵参观

呈现在我们面前的泰姬陵，由殿堂、钟楼、尖塔、水池等构成，全部用纯白色大理石建成，用玻璃、玛瑙镶嵌，绚丽夺目、美丽无比。它没有像通常的陵墓那样使我们感到阴森冷寂，相反觉得它似乎总在天地之间浮动，不时变换着它的色彩和神韵，好像是一个有灵魂的生灵。它和谐对称，花园和水中倒影融合在一起令我们惊叹不已。当时正是中午时分，泰姬陵头顶蓝天白云，脚踏碧水绿树，在耀眼的阳光映衬下，出落得玲珑剔透，光彩夺目。

我们被泰姬陵的美丽和艺术魅力深深打动，在它的前前后后流连忘返。

之后，导游把我们带到了附近的一个生产和销售大理石工艺品的作坊，一些工人正在制作桌子和盘子等工艺品，所用材料就是当地出产的白色大理石和天然半宝石，和泰姬陵所用的材料是一样的。我被这些艺术品的精美深深吸引，立即买下了两件，一个盘子和一个直径为半米的八角形桌子，上面都镶嵌着玛瑙和孔雀石等天然石料组成的图案，十分精美。我将这两件宝贝从这里一直手提到了内罗毕。2003年回国时，又将它们提到了北京，放在我家的客厅里。

后来，我一个人到了新德里市中心。当时新德里人口有1280万，熙熙攘攘，

陈列在作者家中的印度盘子

十分繁华。我行走在人行道上，观赏着两旁很有特色的印度建筑，和五颜六色的商店。这时，我看到一个外国男子，弯下了腰，正在用一张纸擦拭他的皮鞋。我又走了一会儿，正在我东张西望的时候，突然听到一个穿着白色大袍的三十多岁的印度男子用英文冲着我问："Hi, 你要擦皮鞋吗？"我说："No,"并继续往前走。这个人还是继续跟着我，说："You have a shit on your shoe!"（你鞋上有点粪！）我低头一看，真有点吃惊，我的右脚皮鞋上真有一团牛粪。看到此情景，心想，不让他擦掉恐怕不行，就问："要多少钱呢？"他答道："2000 卢比。"我一算，这个价钱合人民币 300 多元。那双鞋我买时也就花了 300 元左右，就对他说："你这个价我可以买一双新皮鞋了，不行。"这时候，走过来另外一个穿着破旧印度长袍的中年男子，他冲那个人说："喂！你这个价也实在太高了。你怎么这么漫天要价呢？"然后，对我说："给他 1000 卢比吧，这是这里擦皮鞋的标准价，比较合理。"此数虽然比原价低了一半，但也是一个不小的数目，但又想，不擦掉也不是办法，我就说："好吧，你给我擦吧。"这个帮我说价的人这时马上走开了。那人用一块破布擦去了我鞋上的牛粪，上了一点鞋油，几分钟就把我的皮鞋擦干净了，我交给了他 1000 卢比，他高兴地拿了钱就走了。

我走了几步，突然回过神来，心想，这肯定是那小子设下的一个圈套，先将牛粪偷偷地趁我不备之时撒在我鞋上，然后让我请他擦鞋，那第二个人则是个托儿，联想到刚才那个外国人擦鞋的情景，更肯定了我的想法。我有点后悔，应当像那个外国人一样，找张纸来自己擦掉。

我回到了内罗毕，当时我还住在中国常驻联合国环境规划署代表处。回到住所的当天晚上，我拿起了一份代表处订的香港《文汇报》，在上面看到了著名作家余秋雨的一篇文章，说，不久前，日本《读卖新闻》的一位编辑为了约他写一篇世纪之交感言的文章特地赶到新德里，和正在那里访问的余秋雨相见。余秋雨的这篇文章，讲了这位编辑在新德里的一次经历，和我上面说的擦皮鞋的故事一模一样。

高棉的微笑

2007年1月，我与妻子一起，参加了一个旅行团，到柬埔寨做了一次难忘的旅行。当我在国外工作时，曾有几次自费到别国游览。从自己国家出发到国外的旅游，这还是第一次。我们去那里，是想去看一看吴哥古窟。这是世界七大奇迹之一，世界上最大的宗教建筑，是许多年来一直令我魂牵梦绕的地方。

我们旅游团一行36人，第一天在金边游览。令人没有想到的是，我们游览的第一个景点是"布特罪恶馆"。这个展览馆，原来是一个小学。1975年至1979年，在布尔布特掌权期间，这里变成了一座监狱，专门关押前政权时的公务员和红色高棉中持不同政见者，甚至普通老百姓。在这里，我们看到了一间间狭小的牢房，各种各样的刑具，许许多多被处死和折磨死的人的照片和骷髅，令人震惊。更为触目惊心的是这些展品后面的故事。导游告诉我们，在布尔布特统治的3年8个月28天内，有300万人死去，有的是被处决的，更多的是被赶到森林和荒野做苦力时饿死或得病而死。这个数字不一定很正确，有的报道说是100万，也有的说是200万，总之是一个惊人的数字。在"布特罪恶馆"，我们看到了许多孩子在老师的带领下在那里参观。他们的表情非常严肃，参观得非常认真。许多孩子手里拿着笔和本，做着记录。

高棉人曾经有过无比辉煌的历史。9世纪至13世纪时期的高棉王国，其版图包括了现在老挝、越南和泰国的大片领土。那时，高棉人创造了我们将要在吴哥看到的无比灿烂的文化。那时的高棉人，一定有过许许多多灿烂的笑容。1863年，柬埔寨沦为法国的殖民地。1953年，柬埔寨获得独立，建立柬埔寨王国，西哈努克亲王执政。1970年3月，朗诺发动军事政变，废黜西哈努克国王。从那时开始，三十多年来，柬埔寨战乱不断，柬埔寨人经历了许许多多的痛苦，流了许许多多的血和泪。最近几年来，柬埔寨实现了和平，政局开始稳定，笑容又回到了柬埔寨人的脸上。在这次旅行中，我们接触了许多柬埔寨人，从接待我们的导游，到旅馆和饭店的服务员，以及许多不相识的人，我们看到了许多的微笑。

我们在导游小魏的带领下参观了金边大王宫。呈现在我们面前的是一座座具有高棉传统建筑风格和宗教色彩的宫殿。每座宫殿都是白色的墙壁，上面有一个或者两个高高的金色尖塔，和大坡度的有层次的金色屋顶，在太阳光的照耀下，闪闪发光，显得金碧辉煌。王宫和王家花园融为一体。花园内花草树木修剪得十分整齐。有些树木被培育成王宫上的尖塔的形状，两者相映成趣。热带特有的三角梅，紫色的、黄色的、红色的、白色的，把王家花园打扮得无比艳丽。

王宫始建于1866年，一直是国王及皇室居住和从事政治和宗教活动的场所，目前仍然是国王的宅邸。西哈努克亲王1941年19岁时登基以后，大部分时间居住在这里。

1970年朗诺将他废黜后，他在北京建立了一个流亡政府，官邸设在东郊民巷15号。这里新中国成立前曾是美国驻华大使馆，1966年开始成为外交部的办公地之一，主要是部领导的办公室。院子里的主楼是一栋西式宫殿式建筑，很是雄伟。我在外交部工作期间曾常去那里。西哈努克入住此院前，中国政府为他在里边新盖了一座大楼。

布尔布特上台后，西哈努克回到金边，但布尔布特将他软禁在金边王宫内将近十年。1979年，越南军队进入柬埔寨，推翻布尔布特政权，西哈努克又离开金边的王宫回到北京。越南人在那里一直待到1989年。此后，西哈努克回到金边，恢复王位，一直到2004年10月7日宣布退位，由他的儿子西哈莫尼继位。西哈努克是一位伟大的爱国者。金边大王宫，见证了西哈努克的爱国热忱，他的荣耀和权力，也见证了他的屈辱和眼泪。

导游告诉我们，西哈努克亲王和莫尼克公主现在正在北京呢。见过他在北京的宫殿的我，来到这金边的王宫，心里有点激动。王室居住的一些宫殿没有对外开放，我们参观了银塔、加冕厅、金银阁和拿破仑三世阁等建筑。最为富丽堂皇的建筑是银塔。该建筑被冠以"银塔"之名，是因为殿内的地板是由5000块每块1.125公斤的银片组成的。我们按要求，脱去了鞋，进入这座宫殿。

作者和妻子在金边王宫

地板上铺着红地毯，看不到银片。"银塔"实际是西方人给它起的别号。它的真名的英文名是"Temple of the Emerald Buddha"，译为中文可以是"绿钢玉佛寺"，因为该庙内一件最重要的宝贝是一座安放在镀金底座上的绿钢玉做成的佛像。会说中文的柬埔寨导游称它为"玉佛寺"。据一个英国人写的一本题为《柬埔寨》的旅游书，说它可能是用法国巴卡拉出产的水晶制作的。这座佛像的前面，是一座与真人一样大小的金佛，上面镶嵌着9584颗钻石，其中最大的一颗重达25克拉。这个金佛是王宫内的工匠于1906年至1907年间铸造的，重达90公斤。在整座佛庙内，存放着1650件各式各样的珍宝，最主要的是用金、银和青铜等材料做成的、镶嵌着钻石和红、绿宝石的佛像。

加冕厅也是一座富丽堂皇的建筑，屋顶上有一个高达59米的金色尖塔。加冕厅是举行加冕典礼和各种仪式的地方，也是国王会见外国使节和接受国书的地方。据说以前里边也放着许多珍宝，但现在我们看到的只是国王的宝座、贵宾坐的椅子、家族人像油画等王家用品。加冕厅是不允许游客进入的，我们只能在四周的走廊往里张望。在王宫中有一座两层的白色法式建筑，与王宫的建筑风格形成鲜明对比，这就是著名的拿破仑三世阁，也称为"铁阁"，因为这房子的主要材料是铁。这是拿破仑三世送给诺罗敦国王的礼物。

金边王宫最大的特点是金碧辉煌。宫殿内陈列的展品反映了高棉文化的无比丰富和灿烂，和高棉人的智慧和才华。

亚洲篇 | 55

第一天的参观给我留下了十分美好的印象。我期待着明天的吴哥之旅，那才是高棉人最大的骄傲，是我心中的圣地，我日思夜想的地方。

1月26日早晨，我们乘坐旅行社安排的大巴出发去吴哥。柬埔寨天气通常十分炎热，7、8月份可以达到40摄氏度以上。1月和12月比较凉爽，是最适宜的旅游季节。路的两旁可以看到连绵不断的稻田，也可以看到玉米和烟草等旱地作物，很像我国南方一些地区深秋的景色。在洞里萨河和洞里萨湖畔，可以看到芦苇和成片的红树林。红树林是生物多样性最为丰富的生态系统之一，还有减小洪水和海啸等自然灾害危害的功能。我们还看到许多糖棕榈树，高大挺拔，可以用来生产醋、糖、酒和药品，其树干和枝叶可以用来盖房子。一路上，我们看到了许多用糖棕榈树盖的十分简陋的房子，从敞开的大门看进去，里边只有一些穿着破烂，或光着膀子的男人、女人和小孩，有的躺着，有的坐着，有的在干活，有的在玩耍。我们也看到了一些非常豪华的别墅。

从金边到吴哥古迹所在地暹粒市约300公里，经过六个多小时的旅行，我们到达了目的地。这是一个热闹喧哗、充满活力的小城，其中华人占1/3，许多商店的招牌都为高棉语和华语两种文字。城内道路整齐，不太高的楼房高低有序，路上可以看到许多来自中国、日本、韩国和欧美国家的旅游者。导游小陈是第三代华人后裔，祖上是潮州人，今年23岁，说一口带潮州口音的普通话。他告诉我们，四年前这里的星级宾馆寥寥无几，现在全市已有150多家。

1月26日，我们开始在吴哥的旅游。吴哥是9—15世纪东南亚高棉王国的都城。它是柬埔寨80％的高棉人的精神中心和宗教中心。吴哥古迹位于暹粒市北6公里处。在近200平方公里的原始森林中，静静地躺着600余座石砌建筑，大都是佛教、印度教庙宇和宫殿，其中的石刻雕像有印度教崇奉的毗湿奴神和佛教崇奉的观世音菩萨等。吴哥王朝辉煌鼎盛于11世纪，是当时称雄中南半岛的大帝国，也是柬埔寨文化发展史上的一个高峰。吴哥王朝于15世纪衰败后，古迹群也在不知不觉中淹没于茫茫丛林，直到1860年被法国的一位博物学家发现，并向欧洲和世界广为宣传介绍，才重现光辉。

我们在导游小陈的带领下参观了吴哥城、吴哥窟、女王宫、罗洛遗址群中的巴孔寺和楼蕾寺以及塔普伦庙等古代庙宇和建筑。

1月27日下午，我们参观了吴哥城。吴哥城也称大吴哥，占地10平方公里，是1181—1219年间被称为吴哥历史上最伟大的国王阇耶跋摩七世时建造的。我们乘坐的旅游车在吴哥城的南门停了下来。展现在我们眼前的是一条大约100米的护城河。通向大门的道路十分宽阔。道路两侧各矗立着54个石雕神像，左侧是天神，就是印度教神毗湿奴，右侧是守护神，就是佛教徒心目中大慈大悲的观世音菩萨。据说当时高棉王国有54个省，天神和守护神分别在天上和地上保护着它们。大门很高，大约有20米左右，上有四个观世音菩萨的巨大雕像，给人肃穆庄严的感觉。游人很多，但是十分安静。

吴哥城是雕刻艺术的瑰宝，到处是雕刻得十分精美的神像和花鸟虫草等各种图案。城内有许多景点。我们参观了巴戎庙、古代法院、斗象台、蟠蛇水池和圣剑寺等遗址，其中最使人流连忘返的是巴戎庙。这个庙同我国的庙宇全然不同，是一个用石头建造的建筑群，中间高高地耸立着许多尖塔，门口有狮子把门，到处是弯弯曲曲的走廊和陡峭的石台阶。最引人注目的是54个高低不等的塔楼。每座塔楼上方四个方向都各有一个巨大的面带冷峻的微笑的观世音菩萨雕像，共有216个，每个菩萨的微笑都不一样。导游告诉我们，这些观世音菩萨看起来很像国王阇耶跋摩七世。古代雕塑家们把这位国王描写成高棉佛教徒心中至高无上的大慈大悲的观世音菩萨。他们俯视着苍茫大地上的芸芸众生，脸上充满了权力和威严，也带着仁慈，恰到好处地反映了阇耶跋摩七世国王当时在人们心目中的地位，也是这位高棉王国历史上最伟大的国王的真实写照。我们在一个雕像前停下来。导游告诉我们，这尊菩萨的名字叫"高棉的微笑"。和其他佛像相比，他的微笑少了一点冷峻和威严，而多了一点慈善和灿烂。高棉人给他起了这样一个名字，反映了他们对这种灿烂微笑的向往。这些面带微笑的佛像，不但展示了高棉博大精深的文化和艺术，而且反映了高棉人曾经有过的充满微笑的历史。

令人欣慰的是，这种微笑现在又出现在柬埔寨人的脸上。从金边到吴哥，从导游到买卖人，我们到处可以看到柬埔寨人的笑容。在大吴哥古迹区，我们见到了几个穿着民族服装的青年在跳舞，还不断有游客与他们合影留念。他们的脸上带着灿烂的微笑。我和妻子也微笑着和他们合影，并付给他们一美元的报酬。他们连声用中文说"谢谢"。在我们所到之处，发现很多柬埔寨人都能说一些简单的中文。

作者在称为"高棉的微笑"雕像前留影

　　1月28日下午，我们参观了吴哥窟。吴哥窟俗称小吴哥，是吴哥最大、保存得最为完好的古迹，是世界上最大的宗教建筑群，世界七大奇迹之一，也是联合国教科文组织命名的世界文化遗产地。它是高棉人的骄傲，柬埔寨王国的象征。柬埔寨国旗上的图案，就是吴哥窟正面的三个尖塔。关于吴哥窟究竟是一个什么样的建筑，它的功能是什么，许多年来一直是个谜。经过许多考古学家和历史学家多年的考证，现在人们普遍认为，它是为阇耶跋摩七世国王建造的一座陵墓，也是让国王在天国敬奉他所信仰的印度教神毗湿奴的一座庙宇。

　　我们的旅游车在吴哥窟护城河外停了下来。护城河十分宽阔，大约是吴哥城护城河的两倍。我们从护城河外看吴哥窟的正面，其雄伟的气势使我们激动不已。我们看到了柬埔寨国旗上的三个尖塔。导游告诉我们，吴哥窟共有五个塔，过了护城河，从侧面看，就可以看到五个塔。吴哥窟是宇宙的缩影，中间最高的那个塔，代表印度教神话中传说的须弥山，它是屹立在宇宙中心的金山，是世界的轴心，最高的山峰，天神居住之地，其余的四座塔代表宇宙中仅次于须弥山的高山，包括喜马拉雅山，塔下的院子代表五大洲，护城河代表海洋。进入了大门，一眼就看到了一尊用一整块岩石做成的毗湿奴的塑像。塑像高大威严，大概是给阇耶跋摩七世国王供奉用的吧。

　　进入第一个大门后，就可见到一个长长的回廊。回廊里的墙壁上是长达800米的石刻浮雕，主要描写印度教天神毗湿奴的英雄业绩。作品取材于印度

作者和夫人在吴哥窟前

的两大史诗《罗摩衍那》和《摩诃婆罗多》，东墙是"乳海翻腾"的传说，叙述毗湿奴的故事，北墙是毗湿奴同天魔作战的故事，西墙是"神猴助战"，南墙则记录了高棉人与泰族入侵者的战斗情景，画面气势磅礴，雕刻细腻逼真。浮雕大部分是 12 世纪的作品，也有一部分是 16 世纪完成的，是我此生看到的规模最为宏大的古代高水平浮雕作品。

吴哥窟是一座多层的回廊环绕，逐层上升的高塔群，错落有致，中心突出，石刻浮雕遍布于回廊的墙壁及廊柱、窗楣、基石、栏杆之上，是世界上独一无二的。最使人震撼的是 3000 多个雕刻在墙壁上的女神像，头戴花饰，面带微笑，个个慈善而又美丽。

高塔是吴哥窟的身躯，他们是那么高大魁梧，威武雄壮；浮雕是吴哥窟的灵魂，他们是那么丰富多彩，精美神秘。吴哥窟是高棉人的骄傲。

我们在吴哥窟内流连忘返，看到许许多多的各种肤色的旅游者带着好奇的眼光凝视着那些艺术的瑰宝；看到高棉妇女和她们的孩子露着微笑带着骄傲在参观；看到佛教徒们在通向最高的塔楼的陡峭的楼梯上艰苦地爬行；看到了摄影师们拿着大型的摄影器材在拍摄……

我圆了多年的一个梦。吴哥窟，见到了你，我三生有幸！

蓝色清真寺、旋转舞和其他

2008年11月3日至14日,在土耳其首都伊斯坦布尔召开了《联合国防治荒漠化公约》下的科学技术委员会第一次特别会议和审议公约执行情况委员会第七次会议。我参加了国际可持续发展研究院报告组,为会议撰写《地球谈判报告》。

这两个会开得比较轻松。土耳其政府在会议的第三天晚上邀请全体与会代表和工作人员乘游轮游览博斯普鲁斯海峡,并在船上举行宴会。博斯普鲁斯海峡又称伊斯坦布尔海峡,是沟通黑海和马尔马拉海的一条狭窄水道,与达达尼尔海峡和马尔马拉海一起组成土耳其海峡(又称黑海海峡),并将土耳其亚洲部分和欧洲部分隔开。我们站在游船甲板上,可以看到土耳其欧亚两岸的建筑和灯光。伊斯坦布尔是世界上唯一的一个横跨两大洲的城市。

这是一个为期两周的会议。在第一个周末,报告组后勤员南希带我们在伊斯坦布尔游览。大家都是第一次来这个城市,有一种神秘感,游兴都特别高。

伊斯坦布尔是一座古城,曾经是罗马帝国、拜占庭帝国、奥斯曼帝国和土耳其共和国建国初期的首都,因此有很多历史遗迹。该市的古城区在1985年被联合国教科文组织列为世界遗产。

我们首先游览了圣索菲亚大教堂(Hagia Sofia)。这是一座有近1500年漫长历

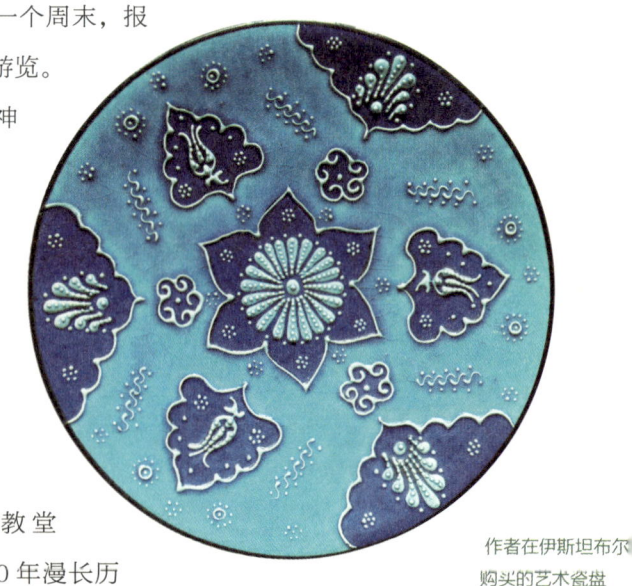

作者在伊斯坦布尔购头的艺术瓷盘

史的宗教建筑，因其巨大的圆顶而闻名于世，是一幢"改变了建筑史"的拜占庭式建筑典范。我们虔诚地参观了这座富丽堂皇的教堂，仰头注视镶嵌在墙上的宗教画、巨大的大理石柱子和精美装饰，不禁感叹叫绝。

离大教堂不远，就是托普卡匹皇宫（Topkapi Palace）。在1465年至1853年间，这里一直是土耳其苏丹的皇宫。现在它以宫殿博物馆的身份对外开放，很多旅游者在这里参观。我们参观了皇室服装展示馆、珠宝馆以及价值连城的中世纪撰本绘画书籍馆，看到了很多土耳其先人留下的宝物。这使我们对土耳其的历史有了一点了解。

然后，我们来到了位于旧城中心的大巴扎集市。它是世界上最大的室内集市之一。南希事先对它进行了一些研究。她给我们介绍说，这集市已有近550年的历史，它采取全封闭式的设计，占地30万平方米，室内大约有65条街道，4400多家商店，每天接待的客人大约在25万人次以上。我们看到，集市的中央大街富丽堂皇，像棋盘一样分出许多小巷，商店里的商品琳琅满目，从世界各地运来的香料、食品，到土耳其本地生产的挂毯、珠宝，应有尽有，让人应接不暇。我在一个商店内买了一个艺术瓷盘，上面是突出的深蓝色图案，很有土耳其特色。

作者在大巴扎集市前

走了五分钟路,我们来到了蓝色清真寺(Blue Mosque)。它建于17世纪初,是土耳其最负盛名的一个清真寺,伊斯坦布尔最重要的建筑之一,是世界十大奇景之一。我们先在外边观看。南希介绍说,这个建筑是用大理石建成的,整个清真寺在建造的时候竟然没有使用一颗钉子,却在历经了数次的地震之后依然傲然挺立。我们看到了一个巨大的圆顶,还有四个较小的圆顶以及许多更小的圆顶,周围有六根尖塔,造型极为独特。走进清真寺,可以看到内墙全部是用蓝、白两色的瓷砖进行装饰的,据说有2000块瓷砖,这就是它被叫作蓝色清真寺的原因。抬头一看,四周有许多装有五彩玻璃的小窗,阳光透过窗户,射进寺内,一片昏黄色,增加了宗教色彩。四周还挂着一些阿拉伯书法艺术作品,黑底金字,很有特色。寺内铺满了土耳其地毯。清真寺内充满了庄严肃穆的气氛,我们也都静静观赏,不再说话。

　　参观完伊斯坦布尔的这些著名景点,已是傍晚,南希带我们到了坐落在一条繁华街道上的一个土耳其餐馆。南希已经做了预订,餐馆为我们预留了桌位。入座以后,我们开始点菜,南希和我都是要的土耳其烤肉,还要了份沙拉。土耳其烤肉是世界闻名的,十分鲜美可口。几位女士要了红酒,南希和我要了啤酒,大家很是快乐。

作者在蓝色清真寺前

用完晚餐，我们以为要回旅馆了，谁知南希对大家说："晚上还有一个节目，就是去看 Whirling Dervishes（旋转舞）。"我从来没有听说过这个词，问南希这是什么东西。南希说，这是伊斯兰教少数派的苏菲教穆斯林在八百年前创造的一种宗教仪式，现在成了一种公开表演的舞蹈。她说："我在小时候就听我母亲说过旋转舞，但一直没有见过，这次我一定要去看看。"听她这么一说，大家都说："太好了，我们去吧。"

我们跟着南希到了表演旋转舞的剧场，买了票，就进去了。这是一个大厅，已有许多观众坐在四周，中间空的地方就是表演场地。我们五人坐下后，表演就开始了。旁边有一个小乐队，拿着竖琴似的乐器，开始奏乐。歌舞者在一名长者的带领下走了进来。他们开始唱歌，歌声好像是从鼻孔里冒出来的。这音乐和歌声十分熟悉。来到伊斯坦布尔后，每天清早，当我们还没有起床时，就会听到外边播放这种音乐，它充满了伊斯兰宗教色彩。只见舞者穿着白色长袍，戴着咖啡色高帽子。他们开始转圈，长袍转成圆形，很是好看。他们有时右手上举，头部右侧，有时左手下垂，手掌向下。什么意思，我一点也不懂。大厅内一片静穆。本来想问问南希，但在这种气氛中，我没敢吭声。

我饶有兴趣地看了大约十分钟，舞者重复着同样的动作，转来转去。这音

作者拍摄的旋转舞表演

乐和歌声，就像催眠曲，使人昏昏欲睡，我闭上了眼睛，打起了瞌睡。我在潜意识中觉得这样不合适，又睁开了双眼，看了起来。

我们走出了表演大厅。南希冲着我说："Haha, Lao Xia, you are sleeping!"（哈哈，老夏，你在睡觉！）我答道："No, I dozed a little bit."（不，我打了一点瞌睡。）我又说："这舞蹈，我看不太懂，你能给我讲讲吗？"南希解释说，伊斯兰信徒们相信世上万物时时刻刻都在旋转，人的细胞也与宇宙中的地球和星球一起旋转。一个人从出生到老去，是一个循环，是生生不息的，总是旋转不停。舞者利用自己的旋转达到与神的沟通。就像地球和星球一样，右手向上，表示接受神的赐福及接收他身上的能量；头向右侧，表示失去自我和完全接受神的安排；左手向下半垂，手掌向下，表示将神所赐能量广施人间。听她这么一说，我好像有点明白了。

我们一起度过了愉快的一天，很累了，遂回到了我们下榻的旅馆。

巴厘岛神猴和凯卡克舞表演

2011年11月21日至25日，在印度尼西亚巴厘岛召开了《关于保护臭氧层的维也纳公约》第九次缔约方大会。我作为国际可持续发展研究院报告组成员，出席了会议，撰写《地球谈判报告》。

这是我第二次来巴厘岛了。第一次是2008年6月，在这里召开《关于危险废物越境转移的巴塞尔公约》第九次缔约方大会，也是写《地球谈判报告》。那次我在会后曾经游览了布撒基寺、圣泉寺和海神庙等旅游景点。

11月25日和26日，我们完成了总结报告的编写。26日傍晚，我们报告组一行四人乘出租车，到乌鲁瓦图神庙所在的山里观看巴厘岛舞蹈表演。我们到达山脚后，印尼司机兼导游对我们说："你们要把包拿好了，另外不要戴太阳镜，别让山上的猴子给抢走。"同行的其他三位都是女士，都背着一个小包。

《地球谈判报告》小组成员在巴厘岛一家餐厅用餐

听了这话，她们连忙将太阳镜收了起来放在包里，把包抱在了胸前。导游带着我们向山里走去。

已是傍晚，太阳开始下山，路旁看到的尽是参天大树，看来是进入原始森林了。

当我们走到神庙附近时，听到了同事、美国女孩凯瑟琳一声尖叫："梅拉尼，快来帮我！"

"怎么啦？"澳大利亚人梅拉尼问。

"一个猴子拿走了我的拖鞋！"凯瑟琳说。

"你干吗把拖鞋给它？"

"我没有给它，是它抢走的！"凯瑟琳指着一只得意地坐在庙墙边地上的雄性猴子说。那猴子正在啃那只拖鞋呢。

"是吗？"梅拉尼问。

"是的，我还要这只鞋呢。"

"好吧，把你的照相机给我，让我先照一张相再说。"梅拉尼从凯瑟琳的背包里拿出了照相机。

印尼导游说："快收起照相机，猴子也喜欢这东西！"

这时，走过来另一只大猴子。显然，它很羡慕前面那只猴子。它开始向凯瑟琳靠近，准备抢她剩下的那只拖鞋。

凯瑟琳叫了起来："它来抢我的拖鞋了，快！快！阻止它！阻止它！"

这时，这只猴子已经抢到了凯瑟琳的第二只拖鞋。

我笑着说："哈哈！它得手了，逃走了。"

这时，梅拉尼说："第一只猴子一边吃拖鞋，一边在撒尿呢。"

这时，走过来一个当地的小青年。他说："我可以帮你要回拖鞋。"他将手里的一块巧克力递给了第一只猴子。这只猴子用右手接过了巧克力，开始津津有味地吃起来，而它左手还是紧紧地抓着那只拖鞋。这时一位年轻的瑞士游客走了过来。他一边用手中的香蕉喂第一只猴子，一边将它手中的拖鞋夺了过来。当地那个印尼小青年抓住了第二只猴子，夺下了第二只拖鞋。他们把拖鞋还给了凯瑟琳。凯瑟琳对他们表示感谢。

瑞士青年马上悄悄离去，而印尼青年站在那里不走，盯着凯瑟琳看。凯瑟琳拿出了 5000 盾给他。他说："这是两只拖鞋！"

我说："我可以付，要多少钱？"

梅拉尼已经拿出了 10000 盾交给了印尼青年。

这时，一直没有吭声的同事、马来西亚女孩迪利亚说："你怎么给了他 10000 盾？！"

拿着凯瑟琳拖鞋的猴子

印尼青年拿了钱高兴地走了，凯瑟琳穿上了她失而复得的拖鞋，和我们一起高高兴兴地向舞蹈表演场走去。

巴厘岛的土著舞蹈有好几种，最受欢迎的一种叫凯卡克舞。我们这次看的就是这种舞蹈。

表演场在山坳中的一块平地上，山上是葱茏的树木，四周是体育场那样的看台。我们到达时，已经坐满了人。我们连忙找了空位坐了下来。

表演场中间放着一个金色架子，两边盘着两条龙，架子上有六个油灯，冒着火焰。表演开始了，几十名男子排着队进来了。他们上身赤裸，下身穿着黑白格子的裙子，赤着脚，腰间束着一根红腰带，围成了三个圆圈，一个套着一个，跳起了舞蹈。他们的身体和双臂整齐而有节奏地左右上下摆动，嘴里发出"卡克，卡克……"的声响。这时，我们才明白，为什么这种舞蹈叫凯卡克舞。

跳了一会儿舞蹈以后，他们坐了下来，仍然是内外三个圆圈，开始唱"呀呀，呀呀，呀呀呀……"他们不是在唱歌，而是在诵经。这时，进来一个男子，全身穿着白衣，头戴小白帽，手里拿着一只碗。他用筷子挑起了碗中的食物，好像在向坐着的信徒们布施。信徒们双手前举，手掌向上，嘴里诵着经，接受神的恩赐。

白衣男子退出以后，进来了两个女子，一个穿得华丽庄重，该是印度史诗《罗摩衍那》中的主人公罗摩王子的妻子悉多，那穿得比较朴素的是她的侍女。她们在场中翩翩起舞，显得很是和谐宁静，四周的男舞者盘地而坐，双手放在膝盖上，虔诚地看着悉多。

亚洲篇 | 67

凯卡克舞开始的场面（作者摄）

这时，进来一个威风凛凛的男子，一身王子打扮，该是罗摩了。他和悉多跳起了双人舞，显得十分相亲相爱。跳了一会儿，两人要分手了，显得温情脉脉，依依不舍。

罗摩走了，悉多和她的侍女仍在场上。这时，进来了一个看上去十分凶恶的人，该是传说中的魔王了。他拿着手中的大刀冲着两个女子舞了起来，两个女子吓得浑身发抖。魔王用大刀对着悉多，向她一步步逼近……

这时，进来了一个身着黄色服装、腰佩大刀、武艺高强的人，该是传说中的神猴了。神猴和魔王对打起来。最后，魔王被赶走了，神猴也悄然离开。

表演达到了高潮。男演员们站了起来，开始跳舞，舞蹈节奏明快欢乐，嘴里发出"卡克，卡克"的声响。他们在庆祝正义战胜了邪恶。

这个舞蹈讲的是印度史诗《罗摩衍那》中的主人公罗摩和他的妻子悉多的故事。古代印度阿逾陀城国王十车王有三个王后，生有四个儿子。老国王原想把王位传给长子罗摩。第二个王后吉迦伊提出流放罗摩14年，并立她的亲生儿子婆罗多为太子。十车王曾对二王后有过应允她要求的诺言。罗摩为使父王不

罗摩和悉多跳双人舞（作者摄）

失信义，甘愿被流放。妻子悉多也随同丈夫被一起流放。

罗摩和妻子在流放地楞伽岛的森林中历尽艰险。楞伽岛十首魔王罗波那劫走悉多。罗摩与猴国结盟，在神猴哈奴曼及猴群相助下，终于战胜魔王，救回悉多。但罗摩怀疑悉多的贞操。悉多为证明自己的清白，投火自尽。火神从熊熊烈火中托出悉多，证明了她的贞洁。夫妻团圆，流放亦期满。罗摩回国登基为王，阿逾陀城出现太平盛世。

我们看到的舞蹈，故事只讲到这里。

史诗《罗摩衍那》的故事实际并没有结束。罗摩登基以后，又听到民间传说悉多不是贞女。为不违民意，忍痛把怀孕在身的悉多遗弃在恒河岸边。悉多得到蚁垤仙人的救护，住在净修林里，生下一对孪生子，但罗摩仍怀疑悉多的贞操。悉多无奈，向大地母亲呼救，说如果自己贞洁无瑕，请大地收容她。顿时大地裂开。悉多纵身投入大地怀抱。最后罗摩也升入天国，转世为毗湿奴神。

看完表演，我对凯瑟琳打趣说："那两个抢你拖鞋的猴子看来是故事中神猴的后代。它们的表现可不如其前辈了！"大家哈哈笑了。

亚洲篇 | 69

在婆罗浮屠和普兰巴南游览

婆罗浮屠是位于印度尼西亚中爪哇省的一座大乘佛教佛塔遗迹，距离日惹市西北40公里，是9世纪当时世上最大型的佛教建筑物。2012年6月底，婆罗浮屠被吉尼斯世界纪录大全确认为当今世界上最大的佛寺，与中国的长城、印度的泰姬陵、柬埔寨的吴哥窟并称为古代东方四大奇迹。

这四大奇迹中，我唯一没有参观过的就是婆罗浮屠，因此，在结束了上面一篇文章提到的巴厘岛的工作以后，我于2011年11月27日下午乘飞机抵达日惹市，住进了一家旅馆。第二天，我坐出租车来到了婆罗浮屠。

到了大门口，一些小贩过来向我兜售旅游商品。我买了一件有婆罗浮屠图案和字样的T恤和一顶遮阳帽，还买了一本介绍婆罗浮屠的画册。我戴上了帽子，把T恤放到了小包里。我正在翻看画册时，一个印尼男子走了过来，用英语说，他是导游，可以带我参观，并给我介绍这个著名的旅游景点。我问他收费多少，

作者在婆罗浮屠前

他报了价，我觉得可以接受，就说了声"OK!"导游给了我一块花布，帮我束在腰间。我看到当地许多人都束着一块花布。我那天穿着一件在泰国买的花衬衣，加上这块花布，真有点像印尼人了。

我们一起进了大门，前面是一条宽阔的大道，中间是绿化带，花草繁茂，两旁长着椰子树等热带树木，绿树成荫。我看到了那高高耸立的婆罗浮屠，1200多年前古印尼人创造的一个奇迹，多年来我一直向往的地方。

导游开始用流利的英语给我讲解。他说，这座佛塔建于8—9世纪的夏连特拉王朝，这是印尼历史上非常辉煌的一个朝代。"婆罗浮屠"的梵语是"Vihara Buddha Ur"，就是"山顶的佛寺"的意思。它修筑于一座海拔265米的岩石山上，用120多万块火山岩堆砌而成。

佛塔建成以后，曾经香火很旺，佛教徒们纷纷前来朝拜。

不知什么时候，也不知什么原因，婆罗浮屠被遗弃了，佛教徒不再到这里朝拜。有人说，由于火山爆发，这座庙宇被火山灰淹没了；也有人说，可能后来印尼大多数人都改信伊斯兰教了，所以人们不再来这个佛教寺庙朝拜。

这座佛塔在层层的火山灰下和茂密的丛林之中沉睡了几个世纪。19世纪上叶，英国统治爪哇。副总督、最高行政长官莱佛士在荷兰工程师考内力厄斯的帮助下发现了婆罗浮屠。婆罗浮屠重见天日。

1973年联合国教科文组织了一次对婆罗浮屠的修复。此后，印尼佛教徒重

作者站在一尊佛像后面，还可以看到两尊缺了头部的佛像

新来到这里朝拜。这里也很快成了一个著名的旅游胜地。1990年印尼和外国游客总数达到了250万,其中80%来自印尼国内。1991年联合国教科文组织将它列入世界文化遗产名录。

  导游说到这里,我们已到达佛塔下面,游人不少,主要是印尼人。没有像其他国外旅游景点那样,看到中国游客。我知道,当时,中国各大旅行社还没有将此纳入印尼旅行路线之中,原因可能是由于1985年这里曾经发生过恐怖袭击事件,婆罗浮屠的九座舍利塔被九枚炸弹严重破坏,还造成了旅游者伤亡。

  我抬头仰视,为婆罗浮屠的神奇雄伟而赞叹不已。在热带耀眼的阳光下,佛坛顶端的白塔巍然矗立,直插云霄,它背映着湛蓝湛蓝的天空,显得那么庄严、肃穆。

  婆罗浮屠看起来像座塔,所以人们称它为佛塔。事实上,它是一座庙宇,是用来供奉释迦牟尼、如来佛等佛陀和给佛教徒们朝拜的一个场所。这庙和一般的庙宇有很大不同。一般庙宇像房屋,里边供奉佛陀,而婆罗浮屠是实心的,像塔,佛陀主要供奉在四周小塔的孔里,少数几个供在露天。

作者与印尼人一家人合影

导游介绍说，对佛塔像什么有两种不同看法。有人认为，整座建筑像一朵莲花，其中的佛像代表着大乘佛教中的《妙法莲华经》，塔顶的三层圆台似乎象征着莲花瓣；也有人认为它从上往下看它就像佛教金刚乘中的一座曼荼罗。

这座塔的塔基是一个正方形，塔有九层，下面的六层是正方形，上面三层是圆形，顶层的中心是一座圆形佛塔，四周有许多小塔。导游说，小塔有72座，叫舍利塔，看起来像一座座钟，上面有许多孔。婆罗浮屠的每一层都代表着修炼的一个境界。

婆罗浮屠有许多佛像。双腿交叉的佛像端坐于莲花座上。它们分布于塔身的五层正方形和塔顶的三层圆形上。塔身的佛像供奉于壁龛中，在栏杆的外侧围成一圈。随着面积逐层缩小，佛像的数目也逐层递减。塔顶的佛像被安放在多孔的舍利塔内。导游说，塔身和塔顶的佛像原来共有504尊，现在只剩下461尊。我看到，大部分佛像很不完整，主要是缺了头部。

我们沿着台阶和走廊拾级而上。佛塔塔身上布满了浮雕。导游介绍说，婆罗浮屠有大约2670块浮雕。浮雕分为两种，其中大约一半是叙事浮雕，每组浮

普兰巴南神庙

亚洲篇 | 73

雕都讲述一个道理或故事。隐藏在塔基里的浮雕叙述了佛教的因果报应律；塔身第一层墙上的浮雕分上下两栏，每栏各120块浮雕，上栏讲述了佛陀的生平故事，下栏和塔身第一、二层的回廊上的浮雕叙述了佛陀的前生；其余的浮雕叙述了善财53参修成正果的故事。在佛教寺庙中，可看到观世音菩萨像旁侧立着一个天真活泼的可爱童子。这在我国的寺庙中也能看到。这个童子的名字叫善财童子。这些浮雕叙述善财童子53参，就是参拜53位知识渊博者，向他们学习各种思想和理念，从而修成正果的故事。

我遇到了来参观的印尼一家人，有老有少，有男有女，大人的腰间都束着一块花布，其中一位老者戴着伊斯兰小帽，一位女士戴着伊斯兰头巾，看来他们是伊斯兰教信徒了。我走过去用英语和他们搭讪。其中一位中年男子会英语。他告诉我他们是祖孙三代一家人，来自离这里很远的一个地方，来这里看看这个世界闻名的旅游景点。我和他们合影留念。我也看到一些印尼佛教徒来这里虔诚地朝拜。

我为婆罗浮屠的雄伟壮丽而震撼，也为它所传达的佛教信条而感染。在这里，我也看到了这个以伊斯兰教为主的国度里，各种宗教信念的人和谐相处的景象。

参观了婆罗浮屠，我回到日惹的旅馆，吃了午饭，穿上了那件在婆罗浮屠买的T恤。我要了一辆出租车，来到了印尼另一个伟大的历史古迹处，离日惹东北16公里的普兰巴南神庙。我在事前曾查阅了有关资料，对这个地方有所了解，因此没有雇导游。

这是一座印度教神庙，它与婆罗浮屠建于大致相同的朝代，就是8—9世纪的夏连特拉王朝，是为埋藏当时国王及王后骨灰而修建的，是印尼最宏伟壮丽的印度教寺庙，是世界建筑、雕刻和绘画艺术史上一颗璀璨的明珠。1991年它被联合国教科文组织列入世界文化遗产名录。

神庙入口的大道和婆罗浮屠大致相同，往里走，就是一片巨大的、被热带树木包围着的草坪。草坪前方是十多个高高的大小不一的尖塔，它们和我曾经参观过的柬埔寨吴哥窟十分相似。普兰巴南神庙和吴哥窟一样，是敬奉印度教神毗湿奴的一座庙宇。

这是一个陵庙群。它分成两个大院，主院基础较高，院内有16座陵庙，其余均建在一个地势较低的院内。主院内有三座高高耸立的塔形石砌陵庙，南边的为梵天庙，北边的为毗湿奴庙，中央是最受古代印尼人崇拜的天神湿婆庙，塔身高达 47 米。庙内四壁上均有精美的浮雕，讲述的是印度史诗《罗摩衍那》中的故事。我在前面一篇文章中已经介绍了这个神话故事。

许多人在这里参观，有印尼人，也有外国人。我再一次看到了各种不同种族，不同宗教信念的人和谐相处的景象。

普兰巴南和婆罗浮屠是两种不同的宗教遗迹，建筑风格也迥然不同，但他们一样雄伟壮丽，一样令人激动不已，流连忘返。

闹市旁的绿洲*
——香港米埔自然保护区纪行

摩天大楼，车水马龙，拥挤的人流，喧闹的街市，这就是人们对香港的印象。然而，就在离香港市区不远的地方，却有一片宁静的绿洲——米埔自然保护区。

米埔自然保护区位于新界西北后海湾畔，是香港最大的一块湿地，西伯利亚候鸟飞往澳大利亚途中最后一块停留的陆地。这个自然保护区建立于1973年，是以保护鸟类为主的自然保护区。世界野生生物基金会(WWF)（香港）在这里成立了野生生物学习中心。米埔自然保护区面积380公顷，有着丰富的动植物资源，其中脊椎动物达400多种，鸟类400余种。每年冬季，超过5.8万只水鸟自北方迁来，留在后海湾过冬。正因为如此，香港政府1976年就宣布米埔是一个"具有特别科学价值的地区"。1978年起开始限制香港居民进入该区域，并且开始有计划地将居民从保护区迁出。米埔自然保护区的宗旨是"国际湿地的保护和环境教育"，由世界野生生物基金会（香港）管理。

在这里栖息着的鸟类有鹈鹕、褐柳莺、白肩雕、灰背鸫、白鹡鸰等，还有黑嘴鸥、黄嘴白鹭和匙嘴鹬等世界珍禽。当然"过港客"也不少，它们大多冬来春去，有的也只是每年春、秋两季南下过冬或北上繁殖在此做短暂逗留。除此而外，这里还有蝴蝶、螃蟹和种类繁多的脊椎动物。

1986年初，我和国家环保局局长曲格平和香港环境工程有限公司总经理温石麟等一起参观了这个保护区。我们漫步在保护区的小路上，但见两旁长满了乌毛蕨、马缨丹、盐肤木、甘蕉、赤杨、水榕、桐花树等五颜六色的花草树木。野生生物学习中心为这些植物挂上了标牌，使你一看就可以知道它们的名称、习性、特点和用途。沼泽地内长出丛丛芦苇，纤细修长的叶子和羽状的白色花序，

---

* 本文原载于1986年4月5日《中国环境报》。

曲格平局长（右一）和作者（左一）在温石麟（左二）和世界野生生物基金会（香港）负责人陪同下参观米埔自然保护区

为鸟儿提供了良好的栖息之地，而它们结出的种子又是鸟类的良好食物。

这里，我们还看到了一片片红树林，是青葱翠绿的稠密的灌木林。这是香港仅存的红树林群落。涨潮时，它们被海水淹没，或者露出绿色的树冠，仿佛绿色的岛屿，成为壮观的"海上森林"；退潮时，则可见树枝纵横交错，发达的根系盘根错节地生长在滩涂中，形成一片郁郁葱葱的几无插足之地的植物群落。

红树树叶肥厚，树根粗大，蔓生的海刀豆盘绕其身，海刀豆又开出美丽的小紫花，招引来无数色彩斑斓的蝴蝶和飞蛾……红树林是一个复杂的生态系统。它为海洋动物提供栖息和觅食的理想生活环境，也是鸟类和鱼、虾、蟹、贝类等水生动物的家园。难怪米埔有这么多的鸟类和其他野生生物了。

红树林有促进土壤沉积物的形成，过滤有机物和污染物，净化水质，减少赤潮等重要作用。它还具有抵抗潮汐和洪水的冲击，减缓风浪，调节水流，保护堤岸的功能。

红树本身也有其经济价值。它可用作木材、薪炭、食物、药材和其他化工原料。它的果实还有幼苗可以食用，果木可以当药材。红树林作为海岸带丰富的物种多样性和基因库类型，具有特殊的生态价值，因此，米埔的红树林禁止砍伐和发挥经济用途。

我们正在观赏，呱……呱！突然，远处传来一片啼叫声，惊得我们连忙抬头望去。嚯！芦苇的北面，成千上万的鸟儿腾空而起。这边，白鹭、白鸽、白鹤，成群结队，一片白色；那面，灰斑鹬、翻石鹬、鸟雕，扑扑翱翔，一片灰色；更有一些色彩鲜丽的鸟儿，穿插其间。如果你仔细观察，还可以看见在沼泽地中、水塘岸边，聚集着各种各样的水鸟，有的孤独而行，有的静坐歇息，有的打闹嬉戏，有的展翅翱翔。水面上，水鸭缓缓游动，紫膀鸭、绿翼鸭、青头鸭，五彩缤纷。这里真是一个鸟的世界。

由于香港近几年的大规模发展，对野生生物影响较大，特别是许多地方进行移山填海，原有海岸逐渐消失，很多沼泽被摧毁。因而香港有关方面对米埔保护区格外重视，游人不得随意入内，参观者则必须提前两星期向农渔署申请，取得许可证后方能入内参观。保护区内严禁打猎和点火，禁止发展工程，以使野生生物能长久生存下去。

阿尔金山自然保护区考察

1983年5月，中国政府在新疆维吾尔自治区东南建立了世界内陆最大的阿尔金山自然保护区。

中国的自然保护区分别由环保、林业和农业等部门管理。阿尔金山自然保护区当时由新疆维吾尔自治区环保局管理。

1984年由自治区环保局联合中国科学院新疆分院组成了地质、地貌、气象、水文、土壤、植物、兽类、鸟类、昆虫及医学昆虫等专业齐全的综合科学考察队，共60多人，对保护区进行了为期两个月的科学考察，取得了大量的科学样品和资料。通过综合考察，发现保护区内脊椎动物种爬行类有1种，鸟类39种，兽类25种，高等植物27科96属241种以上，估算高原动物特有种野牦牛2500头，藏野驴20000头，藏羚羊40000只左右。在保护区内可见到成百只的岩羊群，上千头的野驴群及藏羚羊群，300多头的野牦牛群，还有成千上万的棕头鸥等水鸟群。

阿尔金山自然保护区一经建立，即被收录到《大英百科全书》名录，很快引起了国内外的高度重视和兴趣。

1985年3月，国际自然与自然资源保护联盟（IUCN）国家公园委员会的索斯尔先生应国家环保局邀请访华。当时我刚调到国家环保局，担任外事处副处长。我负责接待索斯尔。那时分管局外事工作的局领导成员金鉴明总工程师和大自然处的一位处长一起会见了索斯尔先生。我也参加了会见，并任翻译。

索斯尔说，国际自然与自然资源保护联盟得知中国建立了阿尔金山自然保护区以后，非常高兴，同时也引起了他们很大的兴趣。他们和世界野生生物基金会（WWF）进行了磋商，觉得应当与中国开展合作，管理这个保护区。索说，他们计划首先派几位自然保护专家对保护区进行一次考察，以了解该保护区动植物物种和自然资源的状况，然后再决定做其他事情。金鉴明总工程师说："国际自然与自然资源保护联盟和世界野生生物基金会是世界上最大的自然保护组织，我本人曾参加过这两个组织的会议和活动。世界野生生物基金会在中国开展的保护大熊猫的项目，对保护这一珍稀物种发挥了很好的作用。我们非常愿意与你们合作，管好阿尔金山自然保护区。我们现在正在研究制订保护区的管理指南，你们考察的结果对这个工作一定会有所帮助。"

双方同意，国际自然与自然资源保护联盟和世界野生生物基金会于当年7月派遣一个科学考察组赴阿尔金山自然保护区考察。国家环保局将索斯尔和金鉴明会谈的情况通报了新疆维吾尔自治区环保局。后者表示欢迎国际自然与自然资源保护联盟和世界野生生物基金会前往阿尔金山考察，并希望将来能开展合作项目。

国家环保局大自然处和自治区环保局一起对考察路线和其他细节进行了研究，作出了具体安排，决定了如下考察路线：乌鲁木齐市—库尔勒—若羌—茫崖—鸭子泉—土房子—库木库勒—卡尔丘克—卡尔洞—阿其克湖。

1986年5月，我收到了索斯尔先生给我发来的一个传真，通知我们国际自然与自然资源保护联盟与世界野生生物基金会阿尔金山联合考察组成员已经选定，包括加拿大艾伯塔大学森林科学系公园和野生生物管理教授巴特勒博士、艾伯塔大学生物和林学系教授阿舒夫博士和加拿大公园管理局官员约翰斯顿先生。索斯尔先生还通知了我们考察组的具体行程。我立即起草了一个接待计划，送金鉴明总工程师和曲格平局长审批。该接待计划然后以国家环保局文件的形式发往新疆维吾尔自治区环保局。

巴特勒博士一行三人于6月30日抵达北京，我赴机场迎接。第二天，金鉴明总工程师会见了考察组，我和大自然处一位同志参加。金总对他们表示欢迎，向他们简单介绍了我国自然保护工作和自然保护区的情况，预祝他们考察成功。三位专家表示，他们一定按照国际自然与自然资源保护联盟、世界野生生物基金会和中国政府的要求，做好考察工作，并感谢中方的大力支持和积极配合。

7月2日，我陪同考察组乘飞机到达乌鲁木齐市。新疆环保局大自然处处长谢志强到机场迎接。

到达当天，新疆环保局徐则高局长和谢志强处长与考察组一起开了一个预备会，我也参加了。徐局长告诉加拿大专家，他们已经做好协助考察组考察的一切准备。谢志强说，他将全程陪同考察组进行考察。他说："我们安排了一位非常熟悉路线和当地情况的向导，还安排了有经验的司机和技术高超的厨师，准备了充足的食品。"谢还详细介绍了考察路线和具体情况。我代表国家环保局说："这次考察将为我们制订自然保护区管理指南打下基础，也为我们与国际自然与自然资源保护联盟和世界野生生物基金会的进一步合作打下基础。局领导非常重视这次考察，希望考察组大胆心细，注意安全，祝考察成功。"加拿大专家对所做出的周到安排表示满意，说他们正怀着激动的心情期待着踏上考察的路程。

第二天，考察组就出发了。说实在的，我也非常希望能参加这次考察，但北京有许多工作等着我，我只好目送着渐渐远去的考察组的汽车，期待着将来有一天去看看那块神秘而又美丽的土地。

这是我第一次到新疆。尽管没能参加阿尔金山自然保护区的考察，我还是利用这次机会在新疆其他地区做了一点考察。在新疆环保局一位姓周的女同志陪同下，我访问了吐鲁番。

我们乘坐的吉普车离开了乌鲁木齐市，在平坦的公路上行走了一个时辰以后，就进入了一条不是太宽的土路。周同志告诉我，我们已经进入吐鲁番盆地了。我看到了《西游记》中所描绘的横贯整个盆地"八百里火焰山"。周同志说："火焰山实际只有100公里长。"只见那殷红色的山石，褶皱的地貌，远远望去，真像跳动的火苗。在盛夏强烈的阳光照射下，满山像烧起了大火，热浪灼灼扑人。

道路两旁是一眼望不到头的沙漠。这是我有生以来第一次见到沙漠，感到很是好奇。只见漫漫黄沙，一望无际，正可谓"平沙莽莽黄入天，令人寒栗，令人悲怆"。有时，刮来一阵大风，飞沙走石，天昏地暗。周同志说，他们已经开始组织植树造林，变荒漠为绿洲。

汽车又开了一个时辰，我们来到了沙漠中的绿洲葡萄沟。这里别有一番天地，景色十分秀丽，与沟外形成鲜明的对照。我们一进沟口，就见到茂密的葡萄树漫山遍谷，铺绿叠翠，溪流、渠水、泉滴，给沟谷增添了无限诗情画意，桑、桃、杏、苹果、石榴、梨、无花果、核桃和各种西瓜、甜瓜及榆、杨、柳、槐等多种树木，遍布沟中。我们看到的葡萄沟就是一个"百花园""百果园"。我们在葡萄架下坐了下来，只见串串葡萄，举手可及。我们看到维吾尔、回、汉三个民族的人在葡萄沟散步休闲，悠然自得。我们在一家饭店吃午饭，品尝着吐鲁番的葡萄、西瓜和哈密瓜，心里很是快乐。

按照安排，联合考察组在阿尔金山自然保护区考察了24天，于7月27日返抵乌鲁木齐。他们于7月29日回到北京。我到机场迎接。考察组三人都显得异常兴奋。巴特勒说："这次考察，收获非常大。我们看到了许多野生动物和植物，看到了独特的地形地貌，我们还拍了很多照片，真是太幸运了。"他说，他们会很快写出报告，送交国际自然与自然资源保护联盟和世界野生生物基金会以及中国政府。

1986年9月，我们收到世界野生生物基金会给国家环保局的一封信，说，英国伊丽莎白女王将于10月访华，他的丈夫菲利普亲王将陪同。菲利普亲王是世界野生生物基金会主席，他将会把《国际自然与自然资源保护联盟与世界野生生物基金会阿尔金山自然保护区考察报告》面交中国政府。

伊丽莎白女王于10月12日对中国进行正式国事访问。菲利普亲王自驾飞机抵京，陪同女皇在北京的正式访问。次日，他又驾着飞机，到了南昌。

国家环保局事前已接到外交部通知，说菲利普亲王将于10月13日去南昌参观鄱阳湖候鸟保护区，届时将举行向国家环保局递交《国际自然与自然资源保护联盟与世界野生生物基金会阿尔金山自然保护区考察报告》的仪式，请国家环保局做好安排。局领导决定由金鉴明总工程师和我一起前往参加仪式并接受报告。

仪式于10月13日举行，金总和我已提前一天到达。当天刚宣布担任江西省代省长的吴官正出席了仪式。国际自然与自然资源保护联盟和世界野生生物基金会各派了一名官员陪同菲利普亲王并组织这次活动。江西省林业厅和环保局的领导和官员也出席。

仪式非常简短。菲利普亲王简要介绍了这个报告的背景和意义，然后将报告递交给了金总。金鉴明郑重地接过了报告，对菲利普亲王以及国际自然与自然资源保护联盟和世界野生生物基金会表示感谢。然后菲利普亲王向金鉴明和我赠送礼品——每人一条印有世界野生生物基金会会徽的领带。世界野生生物基金会会徽就是我国的国宝大熊猫。这是一份很有意义又非常珍贵的礼物。

仪式以后，我们陪同菲利普亲王参观了鄱阳湖候鸟保护区。保护区主任介绍说，保护区成立于1983年。鄱阳湖是湿地生物多样性最丰富的地区之一，吸引了许多珍稀濒危水禽，现有鸟类三百多种。保护区越冬候鸟的最大特点是珍稀、濒危鸟类的种类多，数量大。保护区是世界上最重要的白鹤、东方白鹳、鸿雁越冬地。鄱阳湖候鸟保护区还是大鸨、黑鹳、小天鹅、白额雁、白琵鹭的重要越冬地。

只见鄱阳湖碧波荡漾，蓝天白云，一些鸟儿在水中嬉戏，也有几只鸟儿在水面上空盘旋飞翔，岸边的芦苇丛中，也能听到鸟儿的啼鸣。这里真是一个鸟的天堂。保护区主任对菲利普亲王说："现在不是鸟最多的时候，到了冬天，鸟儿才多呢，一次你就可以看到几千只白鹤。"亲王连连点头。

回到旅馆，金总将《国际自然与自然资源保护联盟与世界野生生物基金会阿尔金山自然保护区考察报告》交给了我。报告是用英文写的。我迫不及待地把它打开，并粗粗地浏览了一遍。

考察报告说，在二十多天中，考察组考察了茫崖、库木库勒、卡尔丘克、卡尔洞和阿其克湖等地，观察了沼泽鸟类、高原动物、草场和岩溶地貌。他们见到了许多高原动物，特别是野牦牛、藏野驴、藏羚羊、岩羊；他们还见到了成千上万的棕头鸥等水鸟群。在野外考察中，他们遇到过野驴群跟着他们的考察车奔跑的奇景，在一天之内，他们就可看到多种野生动物以及食草动物庞大的群体。考察中还发现了多种昆虫和植物新种。

考察报告还说，阿尔金山地区是世界上最奇特的地貌之一，在浩渺的沙漠腹地中突然呈现出如同漏斗一样的泉眼，终年不停息地从沙漠深处流淌出涓涓细流，汇集成大河，流向阿亚克库木湖。在阿尔金山区，每天面对的都是蓝天、雪山、冰川、沙漠、沼泽、草原、湖泊，还有藏野驴、藏羚羊、野牦牛以及绝美的日出、日落……

考察报告对阿尔金山的地形地貌特征以及考察组见到的动植物种群做了详细的描写，对阿尔金山地区的生物地理特征做了具体的分析。考察组最后做出结论说，阿尔金山地区是地球上不可多得的生物地理省，并提出了应采取的保护措施的建议。

1988年6月，国际自然与自然资源保护联盟派出了自然保护专家彼特·爱克夫和罗恩·彼特兹与新疆环保局选定的专家，一起对阿尔金山自然保护区又进行了三个月的考察，对保护区动植物和自然资源的情况做了进一步的了解。据此，考察组又写出了一个报告。

国际自然与自然资源保护联盟和世界野生生物基金会的两次考察，为《阿尔金山自然保护区管理办法》的制定做出了重要贡献。

麋鹿还乡

1985年2月27日，中、英两国签订了将麋鹿引返中国的协议。同年8月，22头麋鹿用飞机从英国运抵北京，当晚运至南海子原皇家猎苑，奇兽重新回到了它在中国最后消失的地方。

麋鹿，哺乳纲，鹿科，体长两米余，肩高一米，毛色淡褐，背部较浓，腹部较浅。雄的有角，多向二叉分歧，形状比较整齐，尾长，尾端下垂到脚踝。一般认为它角似鹿非鹿，头似马非马，身似驴非驴，蹄似牛非牛，故俗称"四不像"，性温驯。古代祥兽"麒麟"的原型即为麋鹿，在中国传统文化和历史民俗中可谓源远流长。

19世纪下半叶，北京南海子皇家猎苑驯养的麋鹿群成为中华大地上这一物种唯一的种群。1894年，一场洪水冲垮了南海子的围墙，200平方公里的皇家猎苑顷刻成为一片泽园，大多数麋鹿随洪水而失散，成为灾民的果腹之物。1900年，在庚子之难的灾难岁月里，南海子仅存麋鹿被八国联军劫杀一空。从那一天起，中国特有的麋鹿在本土绝迹，全世界仅存的18头麋鹿散落在欧洲的12个动物园中。后来，因为忧虑这个物种走向灭绝，各动物园将这些残留的麋鹿卖给了英国的贝福德公爵，并运到伦敦附近的乌邦寺，麋鹿得以繁衍发展，种群数量逐渐增加。

1985年11月，乌邦寺主人塔维斯托克侯爵应中国政府邀请访问北京，参加麋鹿赠送仪式和活动。麋鹿回归故土，是国家环保局、中国环境科学学会、北京市政府、英国政府和乌邦寺共同努力的结果。

我当时刚调入国家环保局外事处，参加了接待塔维斯托克侯爵和组织麋鹿赠送仪式的工作。

11月11日，在北京南海子麋鹿苑举行了麋鹿赠送仪式。自从麋鹿消失以后，

在麋鹿赠送仪式上，曲格平讲话，作者任翻译

南海子变成了一片荒地，有的地方变成了农田。中英协议签署以后，北京市政府对南海子进行了建设。现在呈现在人们面前的南海子麋鹿苑非常美丽，湖沼相间，草木茂盛，称为中海子的大湖，水波荡漾，西边是一片沼泽，黄褐色的灌木在微风中轻轻摇曳。我从宾馆陪同塔维斯托克侯爵来到了南海子。他看到了这景象，高兴地说："这里太适合麋鹿安家了。"在麋鹿苑，他见到了参加仪式的全国人大常委会副委员长周谷城、全国政协副主席吕正操和钱昌照、国家环保局局长曲格平和副局长金鉴明、北京市副市长张健民等，并与他们一一握手。英国驻中国大使埃文斯也参加了仪式。在仪式上，我担任翻译。曲格平和张健民在讲话中，赞扬塔维斯托克侯爵将麋鹿送回故乡是保护野生动物，促进中英友好的高尚行动，并说我们相信，重返故土的麋鹿，一定会在故乡的土地上生息繁衍。塔维斯托克侯爵说，他感谢中国政府及各界人士为实现他多年的夙愿——使麋鹿重返家园所表示的热心和做出的努力。他表示，乌邦寺公园愿意同中国在保护濒危动物方面进一步加强合作。讲话以后，他们一起走到了鹿舍，打开了门，22头麋鹿一头一头地飞快地冲了出去，向四面八方奔去，后蹄撞击前蹄发出嗒嗒的声响，简直是美妙的音乐。

仪式以后，全国政协副主席钱昌照等陪同塔维斯托克侯爵参观了设在麋鹿园的麋鹿回归故乡展览会。钱昌照是国民党元老，一位十分著名的爱国民主人士，祖籍江苏常熟，与我是老乡，以前没有见过面，这次相见，很是高兴。

11月14日，我陪同塔维斯托克侯爵重访了南海子麋鹿苑。麋鹿苑主任宋世孝告诉侯爵，第一天放出来的时候，这些麋鹿各奔东西，晚上没有像人们预料的那样回到原来的鹿舍，而是生活在野外。第二天，它们逐渐找到了自己的伙伴，分成了三群。最大的一群为14头，第二群三头，还有一头最大的公鹿带着一头母鹿。第三天，它们全部聚集到一块儿，成了一群。这几天，麋鹿在野外除寻找野草吃，饲养员还在固定地点投放由玉米粉、胡萝卜和秫秸等制成的混合饲料。它们对这些饲料兴趣极大，有时还追着饲养员要食吃。它们个个活蹦乱跳，看来十分喜爱家乡的土地。

侯爵到达麋鹿苑后，发现麋鹿正聚集在大湖的东北岸。远远望去，有的悠闲地散步，有的静静地饮水，有的抬头远眺，有的低头觅食。一股清清的活水从它们身边流过，真像一幅美丽的画图。大概听到了人们接近的声响，它们一个个向西张望，随之慢慢地向东移动。侯爵乘坐的汽车缓缓向东行驶。为了不惊动它们，其他汽车停止了前进。它们走到了大湖的东南方向，又突然折回，飞奔着向北跑去，然后又停了下来，向侯爵等人聚集的方向张望，似乎意识到了它们昔日的主人已经来到身边。侯爵说，它们在这里生活得很快乐，现在若要它们自己来选择乌邦寺还是南海子，恐怕是个难题了。

11月14日晚上，塔维斯托克侯爵在人民大会堂上海厅举行答谢宴会，宾主共庆麋鹿引进项目圆满成功，祝愿中英两国人民友好合作关系不断发展。11月15日李鹏副总理在人民大会堂会见了塔维斯托克侯爵，我任翻译。李鹏感谢侯爵将22头麋鹿赠送给我国人民，称赞侯爵为保护珍稀动物进行的不懈努力和做出的贡献，并就共同关心的自然保护问题同侯爵交换了看法。

后来，我陪同塔维斯托克侯爵参观了长城、颐和园和动物园等地。当我问起他参观、游览北京的感想时，他兴奋地对我说："到了长城，你才能感到那是一项多么伟大的工程。早就听人说它是在卫星上唯一能看到地球上的一处名胜。参观以后，对这句话深信不疑。"他还对我说："麋鹿，它的老家在中国。能让可爱的麋鹿重返家园，在它的老家生息繁衍，这是我们的家族长久以来的心愿。正因为这样，今年8月，我派我的长子把麋鹿亲自送到中国。这次来中国，亲眼看到中国的领导人、各界人士，对保护环境、保护珍稀动物，是那样热心，十分令人钦佩。"

麋鹿重返故园在中英关系史上意义重大，英国前首相撒切尔夫人将此与香港回归同列为 20 世纪中英外交史上的大事，麋鹿成功回归也是我国自然保护史上的一件大事。经过几年繁殖以后，这 22 头麋鹿增加到了数百头，因此在湖北的石首建立了麋鹿自然保护区，将部分南海子的麋鹿迁到了那里，后来，林业部又从英国引进了一部分麋鹿，在江苏大丰建立了另一个麋鹿自然保护区，使中国的麋鹿达到了 1600 多头。这是我国拯救和保护野生动物的一个成功范例。

八里河风景区

2004年10月2日,那时我刚从联合国环境署驻华代表的岗位上退下来,应中华环境保护基金会的邀请,参加了在安徽省颍上县八里河风景区举行的该会青少年环境宣传教育基地挂牌仪式。

八里河风景区位于安徽省颍上县南部的八里河镇。以前,这里是一片沼泽洼地,因土地十分贫瘠,完全是一片荒芜不毛之地。1991年这里发生特大洪水后,在八里河村村长张家旺的领导下,充分利用这片荒地,大规模整治河流湖泊,植树造林、种草种花,进行综合治理,建成了一个占地3600亩,风光秀丽,景色迷人,有百种万只鸟类的风景区。

为了加强对青少年的环境教育,中华环保基金会决定在八里河风景区创建一个青少年环境宣传教育基地。基地内已建立了一个展览厅。我们在会议召开的前一天参观了这个展览。它展出了国内外百余幅环境摄影作品,鲜明生动地反映了中国和世界存在的严重的环境问题,提醒人们保护人类生存环境的迫切性。将来还要在基地内组织各种生动活泼的环境宣传教育活动。它将为青少年提供一个学习环保知识的校外课堂。

除省、市、县和区各级领导外,参加活动的主要是当地学校的学生。活动上午10点举行。我早上8点左右散步时就见学生们排着队,浩浩荡荡地去会场了。一些在风景区游览的群众也自发地参加。中央电视台青少年节目著名主持人鞠萍被邀请来主持仪式。这里是歌手解晓东的家乡,也被邀来唱歌助兴。会场四周挂满了"保护环境,爱我家园"等标语、横幅。当解晓东和鞠萍出场时,小朋友们举出了"晓东哥哥,欢迎回家!"和"鞠萍姐姐,我们爱你!"的牌子。安徽省人大常委会副主任季昆森、中华环保基金会副秘书长周桂玲和我先后在会上讲话。

仪式结束以后，我们从北京来的几个人一起游览了风景区。10月的八里庄，秋高气爽，风光秀丽，到处是鲜花，到处能听到鸟儿的歌唱。那时已担任颍上县县委副书记的张家旺专程前来陪同我们参观。张书记给我们介绍了风景区建设的经过和各个景点的情况。他告所我们，八里河风景区已被国家旅游局授予国家AAAA级风景区称号，1996年对外开放。入口处有一个广场，矗立着一个纪念碑，碑上记载着八里庄人保护生态环境的历史。

我们来到了主园区"世界风光"，看到了微缩的希腊宙斯神庙、法国凯旋门、德国柏林众议院、美国大峡谷、荷兰风车等。还有一个"锦绣中华园"，我们看到了苏式园林等国内一些著名的景观和楼台亭阁的复制品。这些仿制景观，当然没有原景观那么气势宏伟，或玲珑美丽，但也足以使没有见过这些景观的人们一饱眼福。"世界风光"景区内有一个湖泊，取名天鹅湖，碧波荡漾，鱼欢鸟鸣，一派江南水乡的旖旎风光。

比较起来，我更喜欢另外的两个景区。一个是"碧波游览区"。这个游览区占地3000亩。我们通过一条木桥，走上了湖中的几个小岛，在上面看到了河马、鳄鱼、猴子、野龟、蟒蛇、蒙古野驴、新疆野马、蒙古骆驼、海豹、狗熊、长颈鹿、黑天鹅等众多珍稀野生动物。我们还在湖中湖柳堤上看到了60多个木屋和铁皮房，风格迥异。还有一个汉民俗文化村，展现了当地汉民族20世纪60年代以前的生产和生活情景。

还有一个景点叫"鸟语林"。我们看到，在树林和湖泊中，栖息着国家一级保护鸟类绿孔雀、白鹳、中华秋沙鸭、白尾海雕、丹顶鹤，国家二级保护鸟类天鹅、鸳鸯、白枕鹤、灰鹤、白鹇、白额雁、秃鹫等。湖光水色，十分迷人。

八里河风景区是一个供人们休闲游乐的场所，也是一个向青少年进行环境教育的基地。八里河人民为保护环境做了很好的工作。

从圆明园的雨果像说起*

很久没有去过圆明园了,难得最近好天气,我决定到那里看看。

走到西洋楼遗址,看到一队外地来的游客,导游正在给他们讲述西洋楼的历史。这里曾经是一处无比雄伟壮丽的西洋建筑群,但现在我们看到的多是断垣残壁,除大水法等几处还矗立着一些建筑的大型构件,如拱门、立柱外,已看不到太多昔日的辉煌。每次来这里,我心里总是隐隐作痛。

在大水法遗址附近,见到了一尊由法中友协等单位捐赠的法国作家、诗人雨果青铜半身雕像,雕像上加了一个玻璃罩。该像2010年设立,雕刻水平很高。南侧书形石雕上刻着雨果著名的《致巴特勒上尉的信》,对1860年英法联军火烧和掠劫圆明园的强盗行径做了无情的控诉和谴责。

"法兰西帝国吞下了一半的胜利果实,今天,帝国竟然带着某种物主的天真,把圆明园富丽堂皇的破烂陈列出来。我希望有朝一日,解放了的干干净净的法兰西会把这份赃物归还给被掠夺的中国。"我看着雨果雕像,对这位伟大的诗人和作家肃然起敬。

走到南门附近,有两位马来西亚华人向我走来,问道:"先生,请问雨果雕像在什么地方?"我指着西洋楼的路标对他们说:"按此路标往前走就到了。"他们说:"谢谢,我们是专门来看这个雕像的。"看来雨果雕像在国外也有名了。

我还参观了已经修复的正觉寺。正觉寺是庚申之劫中圆明三园唯一幸免于难的建筑群。复建后的天王殿是单檐歇山式建筑,面阔五间,建筑面积约202平方米。有单翘单昂五踩斗拱和金线大点金龙锦枋心旋子彩画。修复工作做得很好,值得一看。

---

* 本文原载于2013年5月11日《科技日报》。

圆明园被誉为"一切造园艺术的典范"和"万园之园",曾是世界上规模最为宏大的博物馆。多年来一直有关于是否该恢复圆明园古建筑的争论,多数有见识之士主张不能恢复。我同意这种意见,重建的建筑水平再高,也是现代仿品,拿到王刚主持的《天下收藏》鉴宝节目现场,也是要被敲掉的,所以重建圆明园那些被毁灭的建筑万万使不得。

但是有一件事是应该做的,就是要在圆明园内建一座高水平的圆明园博物馆。现在园内有一个很简陋的博物馆,是一组平房,水平不高。应该建一座能与古代宫殿相媲美的博物馆,建筑不必大,应小巧玲珑,精妙绝伦,使该建筑本身就成为一个杰出的现代艺术珍品。博物馆至少包括两部分,一部分是圆明园的历史,陈列反映圆明园昔日辉煌的图片,以及英法联军和八国联军洗劫和焚毁圆明园的历史;还有一部分是展出尚存在国内的圆明园文物,和近几年回归的文物,例如这些年回归的七个兽首。另外,可以把遗址内部分物件,如散落在地上的一些雕刻十分精美的石头组件也搬到博物馆内陈列。

150年过去了,尽管不久前法国向我国"捐赠"了鼠、兔两个兽首,但雨果的愿望并未实现。新建的博物馆的另一个重要任务是动员各种力量,采取一切符合国际法和国际准则和习惯的方法,使那些属于我国的圆明园文物回归祖国。这是一件使我国灿烂辉煌的文化进一步发扬光大,振奋民族精神,促进我国和各国人民的友谊和合作的事情。我们应该做这件事。当此博物馆建成的时候,我们应当将雨果的铜像请到室内,免得他陪伴着那些断垣残壁,日夜悲切。

我有一个老朋友叫李玉民,他是一位著名的翻译家。他翻译出版了雨果、巴尔扎克、大仲马等法国作家的文学作品六十余种。玉民兄最近送给我十多本他的译作,其中就有雨果的《巴黎圣母院》和《悲惨世界》。

玉民在他翻译的《巴黎圣母院》一书的《译本序》中是这样评价雨果的:"雨果出入人世两百余年,被誉为伟大的诗人、伟大的戏剧家、伟大的小说家、伟

圆明园的雨果青铜雕像

大的散文家、伟大的批评家等,然而,哪一种头衔,都不足以涵盖雨果的整体。如果一定要找出一种来,我倒认为思考者(思想家)或许堪当此任。雨果不是一位创建学说的思想家,而是人类命运的思考者。"

《致巴特勒上尉的信》印证了玉民兄对雨果的评论。我把我的想法告诉了玉民,并征求他的看法。他说:"我完全同意你的意见。"

美丽常熟故乡行

常熟是我的故乡，我从小在那里长大。小学毕业后到上海上中学，后来到北京上大学，再后来参加工作，走遍了世界上几十个国家。无论我走到哪里，思乡的情结不断，只要有机会，就会回老家看看。

我的老家在常熟长江口南岸的一个小村庄。在我幼年的记忆中，那里只有稀稀落落的茅草房，贫瘠的土地，居住着十分贫穷的农民。

退休以后，每次回老家，我总要到1937年日本鬼子在长江口登陆的地方。这里，在苍松翠柏丛中，矗立着一座形状似一口大钟的纪念碑，意为警钟长鸣，上面刻着"毋忘国耻"四个大字。我默默地站在纪念碑前，缅怀被日本鬼子残杀的父老。我稍懂事时，我祖父母就对我讲日本人的滔天罪行。他们告诉我，日本鬼子在这里上岸后，见房子就烧，见人就杀，见年轻妇女就奸。我家的房子都被烧掉了，大部分亲戚都被残杀了，祖父母躲得及时，才幸免于难。这是南京大屠杀的一部分，整个长江口岸，在这次屠杀当中，死掉了三十多万人，当时尸横遍野，惨不忍睹。我们永远也不能忘记这段历史。

2006年5月，我回到了我的故乡。常熟市委常委、常熟经济开发区管委会副主任、经济开发集团董事长王剑锋，新港镇人大常委会主任张其华和弟弟全保带我在经济开发区参观。

幼时的情景已毫无踪影。茅草房早就没有了。现在这里是常熟经济开发区，是一个国家级经济开发区，一座新型市镇在长江边上正拔地而起。这里已建成一个一类开放口岸——常熟港。港内堆满了一排排的集装箱，来自世界和全国各地的货轮从海上和江上驶入常熟港，又从那里将精细化工产品、高分子材料、电子电器、机电设备、高档纺织品、新型材料、特殊钢材、汽车零部件和高级纸制品等运往中国和世界各地。剑锋告诉我，开发区已有二十多个国家和地区投资的企业六百多家，外资总投资超过80亿美元，其中超亿美元项目19个，还有两个发电厂……

常熟十分美丽，有多个旅游景区，其中最著名的是虞山风景区。虞山既是风景区，又是国家级森林公园，山上林木荫翳，郁郁葱葱，百鸟争鸣，引人入胜。每次回家乡，我都要来这里看看。

虞山横卧于常熟城西北，北濒长江，南临尚湖，因商周之际江南先祖虞仲死后葬于此而得名。虞山东南麓伸入古城，故有"十里青山半入城"之誉。

虞山与古城、山南尚湖融为一体，构成独特的景观特色，自然山水秀雅，人文景观丰富，历为江南旅游胜地。风景区面积40平方公里。虞山东南蜿蜒入城。这里有辛峰亭、虞山门、梁昭明太子萧统读书台、兴福寺、维摩山庄、古剑阁、藏海寺等名胜；有吴文化始祖先贤仲雍墓，古吴国第一代国君周章墓，孔子72贤弟子之一的言子墓，明末民族英雄瞿式耜墓，元代大画家黄公望墓，明代抗倭名臣王扶墓，清代大画家王石谷墓，清同治、光绪两朝帝师、支持维新变法的翁同龢墓等。

1982年虞山风景区被列为国家级太湖风景名胜区的景区之一，同时被列为江苏省重点风景名胜区。

景区内的辛峰亭地处东岭，高约80米，建有重檐六角砖亭，始筑于宋代，若夕阳西下，余晖映于尚湖之上，蔚成奇观，成为虞山十八景之冠"辛峰夕照"。辛峰东麓依山而建为仲雍、言子两墓；南麓为昭明读书台；北麓是虞山公园。公园依山垣而建，引溪为池，以湖心亭和九曲桥为主景，清雅幽静。辛峰西侧有宋代建成的维摩山庄，粉墙黛瓦，构筑规整，后院有口石井，是宋代遗留下来的；东侧望海楼是观看日出的最佳之处。

常熟古城以南约五公里处有个大湖，叫尚湖。相传商朝姜尚太公为躲避商纣王的迫害曾隐居在此垂钓而得名，现属国家级风景区。尚湖水域面积1.2万亩，与虞山连成一片。这里山水相映，湖面宽广，湖水清澈，碧波荡漾，芦荡隐浮，鸥鸟飞翔，风景异常旖旎。虞山九景之一的"湖甸烟雨"就在这里。其中尤以"荷香洲公园"最为著名，它占地46.7万平方米，景观的特点是"湖中有岛，岛中有湖"，主要以水为景，以绿为主，突出一个"秀"字，充分展现出自然风光之美。园中种植品种繁多的花木，海棠、牡丹、月季、玉兰、荷花、桂花、蜡梅等四季花卉，按季相继吐艳，使这里四季有花，月月闻香。尚湖风景区以"湖甸烟雨""湖桥串月"等迷人景色，形成了以自然野趣为主、人工建筑为辅的独特景观。每次我来这里游览，总觉得它像杭州西湖一样美丽，令我流连忘返。

常熟古城东面有一个古典园林，叫方塔园。这是在宋代古迹旧址上新建的，总占地面积近3万平方米，因园内有方塔而得名。方塔全名"崇教兴福寺塔"，四面九层，为古城常熟标志性建筑，始建于南宋，2006年被列为全国重点文物保护单位。方塔与宋代古井、古银杏并称为"园中三宝"。方塔园建筑均为仿宋形制，既绚丽大气，凸显皇家园林的文脉神韵；又采用江南园林曲折多变的手法，曲桥亭台、轩廊水榭、山石花木相得益彰。景区东北部设"碧水琴川"廉政文化主题公园，北部设常熟市碑刻博物馆、常熟名人馆。2007年，景区被批准为国家AAAA级旅游景区。

兴福寺位于虞山北麓，江南名刹之一，是国务院确定的汉族地区佛教全国重点寺院，文物保护单位。南齐延兴至中兴年间（494—502年）建成。

兴福寺的主要建筑有天王殿、大雄宝殿、法堂和禅堂等，还有崇教兴福寺塔、华严塔、观音楼、救虎阁、空心亭、四高僧墓、伴竹阁、饱绿轩等建筑。这些建筑富丽堂皇。寺内古木参天，林荫夹道，还有一棵高达十几丈的高朝桂树，树冠像顶大伞，金秋时节，桂花满枝，郁香醉人。

今天的兴福寺已成为佛教徒礼拜的圣地和国内外游客青睐的名胜古迹。

沙家浜也是我家乡的一个旅游景点。这个名字，因为京剧《沙家浜》而家喻户晓。这地方现在已建设成了一个游览区，取名"沙家浜湿地公园"，面积2000亩。2006年5月，我第一次去那里游览。站在湖边上，呈现在我眼前的是茂密葱郁的芦苇、宽阔清澈的水面、江南民俗风格的建筑，各种盛开的鲜花，还有葱茏的草木。公园的小茶馆内，穿着藏青色小裙像阿庆嫂那样打扮的女服务员正在给客人沏茶倒水。我还乘坐着当年新四军用过的小船，穿梭在湖面上，悠闲自得。芦苇丛中，不时飞出一群水鸟；水面上，游弋着一队野鸭。远处，阳澄湖碧波荡漾。公园内还有一个展示沙家浜抗日历史的展览馆。看过后才知道，《沙家浜》的故事并不是文艺家们杜撰出来的，而是沙家浜人创造的真实的历史。现在的沙家浜已成为一个供人们休闲娱乐的场所。

2008年5月26日，我赴江苏常熟参加我侄子高峰的婚礼，又一次回到了

在苏通大桥上，左起：兄根宝、妹梅宝、作者、侄东明

老家。苏通大桥已经建成，但尚未正式通车。经我弟全保的安排，我和我哥哥、妹妹以及他们的家人一起登上了苏通大桥参观。浩荡的长江上，一桥飞架南北，将苏南的常熟和苏北的南通连接到一起，这是世界上最大的一座斜拉桥，全长32.4 公里。它有四项世界纪录：最大主跨 1088 米、最长斜拉索 577 米、最大群桩基础 131 根、最高主桥塔 300.4 米。它是中国由"桥梁建设大国"向"桥梁建设强国"转变的标志性建筑。长江上迄今已建有 764 座大桥，苏通大桥则为第 165 座。

站在这宏伟的大桥上，看着长江中穿梭不停的船只和岸上一座座高大的建筑和一排排现代化的工厂，我心潮彭湃，幼时的情景又浮现在我的眼前……

2010 年 10 月我回家乡时，我弟全保带我到了一个我以前没有去过的地方，那就是昆承湖。全保在入口处停车场将车停好，我们徒步走到湖边。我说："这湖好大呀！"全保说："这湖有 18 多平方公里，有两个尚湖大呢。"我知道，杭州西湖面积不到 6 平方公里，昆承湖是西湖的三倍。全保告诉我，这湖以前水质很差，部分水质达到了五级，周围环境也是杂乱无章，因此很少有人来这里游览。2006 年，常熟市启动了昆承湖生态修复工程，对企业实施关停、综合

亚洲篇 | 97

整治、搬迁等措施，将附近原来排入湖中的生活污水纳入污水处理厂集中处理后再排放，对湖底进行清淤，禁止围网养殖等。通过这些措施，湖的水质有了明显改善。

全保还告诉我："按照规划，昆承湖将建设成为一个集生态旅游、水上度假、海洋科普、康体运动、餐饮娱乐、文化活动为一体的生态型景区。现在已建成环湖公路以及状元桥、言公堤、海星岛乐园等景点。"

我们站在昆承湖畔，只见一池碧蓝的湖水，水面如镜，倒映着蓝天、白云和岸边翠绿的柳树，几只水鸟贴着水面飞翔，水边芦苇随风摇曳。湖中，状元堤宛如玉带蜿蜒，将湖内几处汀洲连成一气。我和全保在湖边散步，欣赏着美丽的风景，流连忘返。

我还参观了另一处我从没有去过的地方——翁同龢纪念馆。翁同龢，常熟人，清咸丰六年状元，先后为同治、光绪帝师，中国近代著名政治家、爱国主义者。翁同龢支持戊戌变法，被康有为誉为"中国维新第一导师"。

翁同龢纪念馆是由翁氏故居修缮开辟而成，是一所具有典型江南建筑风格的官僚住宅，翁同龢在这里度过了青少年时期。故居的主体建筑"彩衣堂"是明代彩绘建筑，于1996年被国务院公布为第四批全国重点文物保护单位。在这里，我看到了翁同龢生平事迹介绍和翁同龢的遗物、书法和主要著作。我还看到了清代红木家具陈设。

常熟——我的故乡，我魂牵梦绕的地方，我永远的思念。

欧洲篇

万国宫——联合国欧洲总部所在地

瑞士日内瓦的万国宫是联合国欧洲总部所在地。1991 年 3 月和 8 月，在那里召开了联合国环境与发展大会筹备委员会第二次和第三次会议，我以中国代表团团员的身份出席。1999 年我加盟联合国环境署，负责环境应急工作，曾数次出差日内瓦，主要是和联合国人道主义事务办公室（OCHA）联系工作，办公室也在万国宫。由于这些原因，我曾走遍了万国宫的每一个角落，对这座著名的建筑有了深入的了解。

万国宫位于日内瓦东北郊的日内瓦湖畔，与巍峨的阿尔卑斯山遥遥相望。周围绿树环抱，环境幽美。万国宫又名国联大厦，曾是联合国的前身"国际联盟"总部所在地，现为联合国驻日内瓦办事处（UNOG）所在地，也是联合国贸发会议（UNCTAD）、联合国人道主义事务办公室和联合国欧洲经济委员会（ECE）等联合国机构的办公地。万国宫有 3900 名常驻国际职员，每年要举行近 8000 个会议。万国宫对游人开放，来自五大洲的游客络绎不绝。

万国宫由四座宏伟的建筑群组成，中央是大会厅，北侧是图书馆和新楼，南侧是理事会厅，连同花园，总占地面积为 2.5 平方公里。万国宫还陈列着许多国家赠送的艺术品，是一个万国艺术博物馆，一个值得一看的地方。

万国宫于 1929 年奠基，1931 年开工，1937 年完工，占地 32.6 万平方米。1938 年成为国际联盟总部所在地。1946 年 8 月，在国联解散之后，万国宫正式成为新成立的联合国欧洲总部所在地。

万国宫位于由 Revilliod de Rive 家族馈赠给日内瓦市的名为"阿里娅娜"的庄园中。馈赠者当时提出的条件是让一直养在那里的孔雀继续自由自在地在花园中活动。这一条件自然得到了满足，因此，花园中的孔雀一直是万国宫花园中的一道风景线。

万国宫正面

  走进万国宫的入口，就能见到一条宽阔的道路，道路两旁联合国成员国的国旗迎风飘扬。万国宫前面的草坪里，高高矗立着联合国旗帜。

  万国宫前，可以看到一个水柱高达40层楼高、有百年历史的人工喷泉，景色蔚为壮观。万国宫的建筑风格很有"万国特色"，大街外部用的是意大利的石灰，华河罗讷河及侏罗山的石灰石，内部用法国、意大利和瑞典产的大理石，棕麻地毯则产自菲律宾……

  中央的大会议厅是一座雄伟端庄的旧式建筑，地板、墙壁全部以花岗石、大理石铺砌。圆形的大会议厅共六层，有1800多个座位，会场的前面是代表席，配有同声传译设备，后面一部分是旁听席。大会厅四周还有许多中小型会议室。南侧的理事会厅属宫廷式建筑，装饰得雍容华贵、富丽堂皇。高大的门窗多以铜制造，有的还镀了金。四周墙壁和天花板上有欧洲艺术大师所绘的油画作品，主题是正义、力量、和平、法律和智慧。另有一幅浮雕壁画横贯整个天花板，画着宇宙中五个巨人的五只巨手紧紧握在一起，象征世界五大洲人民的团结与友谊。大会厅和理事会厅是举行各种重要会议的地方。

  万国宫是为举行会议而建造的。在20世纪50年代和60年代，它还可以满足联合国当时的需要，但随着会议和各种活动的增加，大规模扩建势在必行。于是在1968年，当时的联合国秘书长吴丹为万国宫扩建新楼奠基。新楼于

联合国成员国的国旗迎风飘扬

1973年完工。今天，新楼和旧楼可充分满足193个会员国、各联合国专门机构和经联合国认证的民间组织等在这里开会的需要。

新楼高29米，地上地下共12层，建筑面积38万平方米。新楼的前楼是一个四层楼高的会议厅大楼，楼内有10个设有同声传译设备的会议厅，其中最大的一个会议厅名为"瑞士厅"，因为瑞士联邦政府曾为筹建这座大楼提供了赞助。新楼内还有700多个办公室。

中央会议厅北侧的六层大楼是联合国图书馆。图书馆占据万国宫的整个东翼。图书馆的建设资金部分来自小约翰·洛克菲勒先生提供的一项特别基金，他还向国际联盟图书馆捐赠了大量图书。万国宫收藏的图书占据了连同地下室在内的10个楼层。今天，馆藏图书达100多万册，社会科学图书的收藏极为丰富，在世界上位居前列。图书馆另外藏有400多万份联合国文件、50万份专门机构出版物、约9000种期刊。图书馆还有一个出色的档案馆，藏有国际联盟及其以前时期的珍贵资料。

万国宫成为国联办公地以后，为了展现世界文化的多样性，揭露战争给人类带来的灾难以及人类对和平的期盼，国联成员国捐赠了大量艺术品。"二战"后，联合国取代国联，万国宫成为联合国欧洲总部所在地，各成员国仍保持向联合国赠送艺术品的习惯。万国宫的藏品近万件，涵盖了联合国八十多个成员

作者夫人在征服宇宙纪念碑前留影

国政府及世界著名艺术家的作品。艺术品种类繁多，主要包括雕塑、壁画、油画、水彩画等；流派纷呈，从古典主义到超现实主义不一而足；选用的材料从油料、水彩、玻璃、真丝到砖石、铁钉无所不包。

万国宫所在地阿丽亚娜公园内，屹立着1938年美国威尔逊总统基金会赠送的巨型镀金青铜浑天仪。它已成为联合国日内瓦办事处的象征。

花园内还有苏联赠送的引人注目的征服宇宙纪念碑，以及埃及艺术家为纪念国际儿童年所创作的雕塑等。

紧挨着联合国日内瓦办事处总干事办公室，有一个候见室，是前往会见总干事的人等候的地方。该室因其装饰华丽和精致而闻名。其全部陈设均为匈牙利馈赠。房间不大，随意舒适，墙角柜里摆有书籍和瓷像，珍贵木材制作的桌子上立着风格现代的烛台，椅子的软垫靠背上饰有棕榈叶图案，墙上挂着三幅镶在胡桃木框里的挂毯，分别反映了小麦、葡萄酒和水果的丰收情景。

万国宫里还有一件艺术品十分特别。它不像其他艺术品，不是由某个会员国赠送的。它的作者名叫胡安·何塞·佩德罗萨，是一位细木工，自1974年起

断腿长椅

浑天仪

就一直在联合国日内瓦办事处工作。手工业"行会会员"有个老传统,每个会员按规矩要创造一件能够显示其卓越技能的杰作。胡安受此启发,从1986年至1991年,共用2800小时的业余时间,制作了一个木球。它象征着包容一切和人类携手共进的思想。整个木球仅用三种木料:浅色的是白蜡木,红色和深色部分是山毛榉,螺钉和螺帽用的是黄杨木。这件艺术品虽出自一个木工之手,但具有很高的艺术价值。

1979年,英国首相丘吉尔的孙女桑地斯铸造了一座名为"家庭"的铜塑像赠送联合国。雕像表现了一男一女的身影,中空的部分是一名双臂向上伸展的儿童影像,代表国际社会希望儿童在成人的关怀下健康成长。

1996年,一些非政府组织在万国宫外的联合国广场上竖起一把十几米高的断腿长椅,以呼吁全社会关注地雷对平民的伤害。此后,断腿长椅成为联合国广场的标志。

在图书馆大楼与北面的新会议楼之间的休息厅的玻璃墙上,悬挂着一幅中国政府1984年赠送给联合国的巨大的"天坛"绒绣挂毯。此挂毯长3.65米,

作者夫人在"天坛"绒绣挂毯前留影

宽2.75米，十分引人注目。羊毛挂毯无论从什么角度看，天坛的大门总是朝向观看者。当各国代表从休息厅走向会议楼参加会议的时候，他们总能看到这幅挂毯。这也是专门来参观万国宫的游人一定要观赏的"景点"。

万国宫内还有四件中国赠送的艺术品。民国政府1935年赠送给国联一个景泰蓝花瓶和两套丝绣组画。1987年，中国政府又赠送给联合国一座仿汉代青铜"马踏飞燕"。

万国宫是一个多元文化的艺术殿堂。我每次去那里，总要去看看那些珍稀奇宝。

首访英国*

英国,这个在世界上首先进行工业革命的国家,也曾是世界上环境污染最严重的国家。1952年,曾发生了使世界震惊的伦敦烟雾事件。在短短的四天时间内,严重的大气污染造成了4000人死亡。18世纪时曾被人们称为"鲑鱼之河"的美丽的泰晤士河,在19世纪中叶到20世纪中叶的数十年内,竟成了生物绝迹、恶臭冲天、污秽不堪的死水。目前英国的环境状况如何? 1983年8月,中国科学院组织的一个考察组对英国的环境保护工作进行了一些考察和了解。中科院环境化学研究所副所长王永胜是考察组组长,我是组员。

我们发现,伦敦的环境状况已有了很大改善。昔日被称为"雾都"的伦敦,已成为一个空气清洁、环境优美的城市。为了解伦敦空气污染的状况,我们曾参观了大伦敦市政委员会空气污染监测中心。该中心负责人鲍尔先生告诉我们:自1956年颁布了《清洁空气法》以来,伦敦大气质量已有了明显的改善,大气中硫氧化物、氮氧化物和颗粒物的浓度已大大降低。空气质量改善的原因主要有三条:第一是燃料结构发生了变化,以前主要以煤为燃料,现在主要以石油和天然气为燃料;第二是疏散人口,大量居民迁移到了郊区或附近的卫星城镇居住;第三是许多工厂搬迁到了外地。市政委员会在伦敦设立了三个固定采样点,还备有许多流动采样器,不断对伦敦大气状况进行采样分析,发现问题及时采取措施。在伦敦的十多天时间内,我们没有看到喷吐滚滚浓烟的烟囱,也没有经历过空气污浊、浓雾蔽日的天气。伦敦的绿化工作也搞得不错。整个伦敦,很少有裸露土地。市中心街道狭窄,树木很少,但为了点缀环境,在许多灯柱上挂着花篮,商店和住宅阳台上放着盆花;街道两旁,住宅四周,花草似锦,

---

* 本文原载于1983年9月12日《北京科技报》,题目为《让人类环境更加清洁美丽》。

作者在泰晤士河畔

馥香扑面。这些花草树木,不但美化了环境,而且吸附了灰尘和毒物,净化了空气,减少了污染。

在大气污染状况改善的同时,水质污染也有了很大的改善。应泰晤士河水务局的邀请,我们同参加1983年国际水会的各国代表一起,坐游艇察看了泰晤士河的水质状况。伦敦800万居民的饮用水,有一半以上取自泰晤士河。因此,其水质至关重要。陪同我们游览的泰晤士河水务局执行主任特里格斯先生告诉我们,泰晤士河目前是世界上最清洁的大城市河流之一。看着略呈黄色的河水,我们的脸上露出了将信将疑的神色。特里格斯先生解释说,河水呈黄色,主要是泥沙所致,河水中已很少有化学药品或其他有毒成分。绝迹了几十年的水生生物,又回到了泰晤士河。后来,我们果然看到了成群结队的野鸭、苍鹭等飞禽。主任告诉我们,泰晤士河中现已有近百种鱼类。比目鱼、海鳟、银鱼、鳕鱼、鲤鱼、鲷鱼、梭子鱼等应有尽有。鲑鱼从1982年开始也在河中大量出现。泰晤士河恢复了"鲑鱼之河"的美名。水生生物的大量出现,说明了水质的明显改善。造成水质改善的主要原因是:英国制定了法律,规定未经处理的污水不得排入河中。伦敦的全部废水处理工厂,经处理后才准把废水排入河道。在泰晤士河上游览中间,我们参观了英国最大的污水处理厂——贝克顿污水处理厂。该厂每天处理 100 多万立方米污水，全部自动控制。污水经过沉淀、曝气、消化等阶段的处理，污染负荷可去除 96%。一个个沉淀池、曝气池，像一面面镶嵌在大地上的圆形镜子，随着污水的不断净化，这些镜子一面比一面干净，一面比一面明亮。处理后排入泰晤士河的水呈海蓝色，十分洁净。在泰晤士河上，我们还看到了水务局的水质采样船和固定水质监测站，它们为泰晤士河的科学管理提供数据。泰晤士河，经过多年的精心治理，现恢复了昔日的美丽。它两岸的古老建筑：国会大厦、圣保罗大教堂、国家剧院、格林威治天文台、皇家海军学院等，在清洁河水的辉映下显得更为壮观；河上的威斯敏特大桥、塔桥、古代的航船、新建的防洪闸……在重返泰晤士河的飞禽游鱼的陪伴下显得更为诱人。

  伦敦比以前清洁多了，美丽多了，但还存在问题，例如石棉污染、铅污染等就越来越引起人们的关注。我们从内心发出这样的呼声：为了今世和后世人的健康和幸福，让我们把人类环境建设得更加清洁和美丽吧！

瑞典的一个住宅区*

在瑞典首都斯德哥尔摩往南的地铁沿线,近十几年来建立了许多卫星城,斯卡尔伯耐克就是其中的一个。以芮杏文部长为首的中国城乡建设环境保护代表团于1985年5月访问瑞典,我是代表团团员。我们在瑞典住房部部长古斯塔夫逊先生的陪同下,于5月7日访问了这个卫星城的一个新建住宅区。

呈现在我们眼前的是一幢幢四五层公寓式住宅。红色的墙,白色的窗,黄色的门,色彩极为鲜艳。房屋四周,到处是花草树木,整个环境给人以美丽、静谧、舒适的感觉。住宅区由一个个大四合院式的楼群构成。主人向我们介绍说,房屋如此布局,是为增加人与人之间的接触。也是为了这个目的,每个院子内还有一个个四合院式的楼群构成。居民可在此聚会、联欢。房子中间的院子长100米,宽80米,实际是个小花园。地上的青草一片碧绿。菊花、水仙、龙石、郁金香等花木正含苞待放,每个院子里都有一个儿童游乐场,建有爬梯、秋千等儿童们喜爱的设施。

在古斯塔夫逊部长的带领下,我们走进了一个三居室的住房。这个单元的建筑总面积为150平方米左右。墙壁上饰有素花图案的贴面材料,地上是耐磨的塑料铺地材料,房内的组合式家具高雅美观,整个房间的布局和色彩非常协调。厨房很大,有20平方米左右。里面装有冷藏、冷冻冰箱各一个,还有电灶、碗橱、洗碗器、烤箱等设备。这些厨房设备,同房间内的成套组合家具一样,都是由房建公司安装的,无须住户自己购置。厨房一端放有餐桌,厨房同时也是餐厅。盥洗室也很大,有十多平方米,装有澡盆等卫生设备,热水是日夜供应的。房屋前后均有很大的阳台。现在瑞典人均住房面积已达45平方米。我们这里看到

---

* 本文原载于1985年10月23日《世界商品报》。

我们参观的瑞典住宅区实景

参观住宅展览时记者采访中国国家建筑工程公司总经理张恩树，作者任翻译

的一个比较典型的普通单元式住房，一般供二至三人的家庭居住。虽然目前独门独院的庭院式住宅在瑞典发展很快，但此种公寓式住宅因其环境优美、设备齐全、房租合理、美观实用仍颇受群众欢迎。

在楼房的大门外边，我们看到了一个草绿色的箱子。主人告诉我们，这是自动化垃圾收集系统的垃圾箱。每家每户的垃圾都装入塑料袋，丢进垃圾箱。垃圾通过地下管道网自动运送到一个集中点，在集中点经过压实处理后装入容器中，运到最终处理的地方。整个系统是全封闭式的，在一部微型计算机的控制下运行。由于垃圾的这种处理方式，使城市居民能在一个更加健康、愉快的环境中生活。

我们还参观了这里的老年人服务中心。该中心配有数名服务人员，每天24小时昼夜值班，为这里的160名老人服务，这些老人一般都单独居住，没有与子女一起生活。服务中心办公室同老人家庭有直接的无线电通话设备。老人有什么困难，可以随时呼叫服务人员帮助解决。

每个住宅，即一个四合院就有一个托儿所。我们走进了一个托儿所，孩子正在专心致志地听老师讲故事。在这里，孩子一岁就可入托，这在瑞典许多地方还做不到。为了表示对我们的欢迎，孩子们把他们画的画送给了我们。我们挥手向孩子们告别，祝愿他们生活得更加美好幸福。

参观住宅区以后，我们还参观了瑞典住宅展览。

再访布达佩斯

2006年9月,我来到布达佩斯,天高气爽,凉风习习。这是我第二次来这座美丽的匈牙利城市了。20年前,以挪威首相布伦特兰为主席的世界环境与发展委员会完成了里程碑式的报告《我们共同的未来》,我应邀参加在这里举行的报告的首发仪式。而这次是作为国际可持续发展研究院报告组的一名成员,来这里为"政府间化学品安全论坛第五次会议"写《地球谈判报告》的。

当时匈牙利政局正处于动荡之时。前几天,数千人上街,要求总理辞职,造成大规模的骚动,警察和示威者发生冲突,120多人受伤,国家电视台部分建筑被烧。事件的起因是总理久尔恰尼承认,关于国家经济状况他一直在说谎。他的这些话开始是在社会党的一次内部会议上说的,后来他把这些话公布在他的博客上,因此触发了一场动乱。但我到达布达佩斯时,局势已经稳定,街头十分平静。第二天,我参加了一个市区游,坐着旅游大巴,在布达佩斯大街上转了两个小时,没有看到任何动荡的迹象。

会议从2006年9月25日开始,于29日结束,开了整整一周。我们每天到会场用手提电脑做记录,然后整理成文字,晚上把大家写的编辑成一篇完整的简报,每天都干到第二天清晨一二点。9月30日写总结报告,10月1日中午完成。

工作结束以后,大家商量着到哪里去玩。我们这个《地球谈判报告》小组有五名撰稿人兼编辑,一位电子编辑和一位后勤员。后勤员叫维拉,是一位美丽的匈牙利姑娘,她提议到郊外去玩,其他四个年轻人立即表示响应。我很想去布达山上的城堡区游览,那里有匈牙利最壮丽的建筑,上次来布达佩斯时没有去那个地方。我问:"有谁愿意和我去城堡区吗?"和我年纪相仿的特威格立即表示愿与我同往。特威格是一位老资格的美国外交官,曾在美国国务院、

作者在布达山上

国际开发署和联合国儿童基金会等机构担任高级职务。

我们两人乘了一辆出租车,来到了布达山上。布达山在多瑙河西岸,这里有许多全匈牙利,甚至是全欧洲最美丽的古老建筑,其中最雄伟的是布达皇宫。皇宫始建于14世纪中叶,15世纪上叶进行了扩建,第二次世界大战中遭到了严重的破坏。大战后进行了修建,又恢复了它昔日的光辉。现在展现在我们眼前的是一座巨大的日耳曼风格的宫殿,中间是一座拱形屋顶建筑,两旁是对称的矩形建筑,上面镶嵌着无数的小窗户。窗户上的玻璃,还有绿色和暗红色等颜色组成的彩色屋顶,在太阳余晖照耀下显得无比壮丽。

多瑙河把布达佩斯一分为二。我们现在所在地是河的西岸,叫布达,对面是佩斯。我站在河边,请特威格给我照相。我们看到了对岸的国会大厦和圣伊什特万(St.Stephen Basilica)大教堂等雄伟建筑。二十年前我来布达佩斯时,匈牙利环境部曾安排一位女大学生陪同我到那里参观过。这是匈牙利最大的一个教堂。这座匈牙利特有的辉煌建筑始建于1851年,完成于1905年,历时半个世纪,先后经过三位建筑大师的精雕细琢。蓝色的多瑙河上,横跨着多座桥梁,现在我们能看到的是19世纪中叶建成的索桥(The Chain Bridge),它是仿照英国泰晤士河上的伦敦桥设计的。这是世界上最早的拉索桥之一。经历了一个半世纪的沧桑，大桥依然雄伟。

观赏了多瑙河两岸的绮丽风光，我和特威格沿着台阶走进了国家美术馆。国家美术馆在大皇宫的中部。这里最为完整地收藏了匈牙利古代和现代美术大师的绘画和雕塑作品。这里展出的14—15世纪木板上的绘画和木雕，尤其是集绘画和雕刻于一体的镀金的木质祭坛，具有极大的艺术价值。特威格的夫人是画家，因此他对绘画也有一定的研究，参观时兴趣极大，还不时给我做些讲解。

参观完国家美术馆，我们行走在到处是宫殿和城堡的街道上，经过了国家图书馆、布达佩斯历史博物馆、南圆堡、Mace塔和马提亚教堂等造型各异、风格独特的建筑。特威格指着街头的一个裸体青铜美女雕塑对我说："这塑像是很有名的，导游书上有介绍。"我驻足仰望，只见在一棵大树下，站立着一个美女，头上顶着一个大水盆，水从盆中流下，在她四周形成了一圈水帘，掉到了下面的水池中……

走了许多路，我感到有些疲劳。特威格这时说："那天我去过这里的一个'书吧'，很有意思的，我们去看看吧。"我只知道酒吧、网吧，还没听说过"书吧"呢。我马上说："Ok！"费了一番周折，我们找到了这个"书吧"。"书吧"在一个安静的小院内，门外没有任何招牌，是一个小书店。一进门，两名女服务员就热情地与我们打招呼。屋内放着一排排的书架，摆着匈牙利文和英文等各种文字的书籍。屋的一角放着两张小桌子和几把椅子，四周摆放着一些盆花。特威格对我说，可以自己到书架上选书，然后，可以坐下来阅读。读完后，可以买，也可以不买。特威格转了一圈，高兴地选了一本英文版的《国家美术馆藏画集》。我找到了一本《布达佩斯画册》。我们两人各要了一杯咖啡，在小桌旁坐了下来。我们品着咖啡，各人看各人的书，感到十分惬意。我的那本画册，收集了布达佩斯的建筑和风景的120幅照片，并有详细的文字说明。我们又浏览了其他几本书。在这里坐了将近一个小时，感到疲劳已经解除，心情也是十分愉快。我们两人走到了收银台前，特威格买下了《国家美术馆藏画集》，我买了《布达佩斯画册》，高高兴兴地离开了"书吧"。特威格说："这画集是给我太太的礼物。"我告诉他："我前几天买了一个上面有布达佩斯主要景点的瓷盘，是给我太太的礼物。"我们异口同声地说："We are both good husbands."（我们都是好丈夫。）

晚上，全队人员在多瑙河上共进晚餐，我们叫 team dinner，是维拉安排的。餐馆在多瑙河东岸的水上，有两个餐厅，一个在室内，一个在室外，看上去就是两条大船，一个在一条船的船舱里，另一个在另一条船的甲板上。我们走到了露天餐厅，坐了下来。夜晚的多瑙河，显得格外美丽，灯火辉煌的游船，穿梭在河上。对岸的布达皇宫被彩灯装扮得金碧辉煌；河上的索桥和伊丽莎白桥好似两条璀璨的项链，使布达佩斯的夜晚更加迷人。大家开始点菜，我点了 Goulash（土豆烧牛肉），这是一道匈牙利名菜，来这里后我已经多次吃这道菜了。当年苏联领导人赫鲁晓夫说："什么是共产主义？共产主义就是 Goulash。"我没有尝过苏联的 Goulash，想来与匈牙利的 Goulash 是差不多的吧。我在多瑙河上，在这迷人的夜晚，品尝着这可口的 Goulash，还有红酒，心里想："这土豆烧牛肉共产主义确实不错。"我把我的想法告诉我的 ENB 同事们，他们异口同声地说："Long Live Goulash Communism!"（土豆烧牛肉共产主义万岁！）

晚饭后，几个年轻人去泡酒吧了，我和特威格回到了旅馆。

从马德里到托莱多

2007年9月3日至14日在西班牙首都马德里召开《联合国荒漠化公约》第八次缔约方大会。国际可持续发展研究院报告部（IISDRS）派出了一个由七人组成的报告组参加，为会议撰写《地球谈判报告》。我是报告组成员。

这是一个两周的会议，中间有一个周末，大家无事。报告组后勤员南希组织我们出去旅游。她前两天已对游览路线和内容做了安排。我是第一次来西班牙，其他多数同事也是如此。星期六，我们很早就出发了，怀着巨大的兴趣开始了一天的旅游。我们先在一个街头咖啡摊喝热巧克力，吃面包圈，算是早餐。

南希带我们首先参观了雷纳索非亚博物馆。这是一个著名的艺术博物馆，馆中展出了大量的油画、雕塑、摄影作品、纸上作品等艺术品。最引人注目的是毕加索的绘画。我们在布面油画《格尔尼卡》前驻足欣赏，久久不愿离去。南希对这幅画很熟悉，她解释说，这是毕加索于1937年创作的一件具有重大影响及历史意义的杰作，表现的是1937年德国空军疯狂轰炸西班牙小城格尔尼卡的暴行。画的中央是一匹受了重伤将死的马，身体向右，头却向左边，臀部扎了一根斗牛用的长矛，一条腿已经跪下，象征着无辜的垂死的受难者。它极度痛苦，仰天长啸，如一把利剑的舌头，好像是对战争的声讨，眼睛化成两个圆圆的圈，是对敌人的怒视。

然后，我们参观了马德里皇宫。这是仅次于法国凡尔赛宫和奥地利美泉宫的欧洲第三大皇宫。它始建于1738年，历时26年才完工，是世界上保存最完整而且最精美的宫殿之一。皇宫外观呈正方形结构，富丽堂皇，宫内藏有无数的金银器皿和绘画、瓷器、壁毯及其他皇室用品。它是波旁代表性的文化遗迹，在欧洲各国皇宫中堪称数一数二。我们参观了帝王厅、绘画长廊等展厅。皇宫的对面是西班牙广场，中央矗立着《堂吉诃德》的作者塞万提斯的纪念碑，纪

《地球谈判报告》小组在马德里街头小摊用早餐

念碑旁还有堂吉诃德骑着马和仆人桑丘的塑像。

南希懂西班牙文，对西班牙的历史也比较了解，她不时给我们讲解。

参观了皇宫，我们来到了马德里市中心最大的公园丽池公园。它原来是为西班牙王室在 16 世纪建立的离宫，至 19 世纪始改为公园对外开放。公园内充满了美丽的雕塑和纪念碑，还有长廊、湖泊、玫瑰园和一座水晶宫。我们在公园内散步，流连忘返。

离丽池公园不远是马约尔广场。该广场是 16 世纪末至 17 世纪初西班牙国王菲利普三世时期建成的。广场三面是三层建筑，现在我们看到的是那个时期留下来的古建筑，面向广场的底层是老式咖啡厅和商店，广场中间矗立着菲利普三世的青铜像。南希介绍说，这是一个公共活动的场所，西班牙人在这里举办斗牛、足球赛等活动。我们看到很多从世界各地来的旅游者。

广场旁边的街道上，是摆满了出售各种工艺品的小摊。我和南希在一个小摊前停了下来。我看到了一幅油画，上面一个西班牙斗牛士正在斗牛，很有特色，我很喜欢。我用英语问摊主："多少钱？"他答道："50 欧元。"我又问他："便宜点行吗？"他看看我，似乎没有听懂我的话。南希说："He does not know English. Let me bargain for you."（他不懂英语，我帮你讨价还价吧）然后，她用西班牙语和摊主开始了讨价还价。过了一会儿，南希对我说："他同意 35 欧元，行吗？"我说："Ok！"我付了钱，高高兴兴地拿了画走了。

晚上，南希带我们去观看弗拉明戈舞表演。弗拉明戈舞是目前最为流行的西班牙舞蹈形式。它与斗牛并称为西班牙两大国粹，体现了西班牙国家的民族文化与特色。我们看到，在舞厅的一侧，有一个人在弹奏吉他，还有一个女歌手在一旁伴唱。舞蹈者是一男一女，男舞伴穿紧身黑裤子，长袖衬衫，上身有一件饰花的马甲；女舞伴则把头发向后梳成光滑的发髻，穿艳丽的服装、紧身胸衣和多层饰边的裙子。几对舞者同时在那里表演，开始时舞步缓慢，男女舞伴用头和手舞出各种优美而傲慢的姿势。渐渐地舞步加快，乐师以娴熟的指法弹拨出急促多变的节奏，气势如狂风骤雨，紧紧追踪着加速的舞步，突然，吉他手在吉他上弹下最后一响，舞蹈者亮出优美的造型，一切都戛然而止。观众为这突如其来的结局惊住，情不自禁地纷纷鼓掌、喝彩。这种舞蹈很好看，虽然那天我游览了一天，已经很累了，但自始至终，我一直饶有兴致地观赏着。后来，南希对人说："Lao Xia would have taken lessons if they had offered him."（如果他们提出教老夏跳舞，他一定会学的）ENB同事们都叫我老夏。

表演结束了，我们走出表演大厅，大家交口称赞舞者出色的表演。这时，我们发现南希一直没出来。等了好一会儿，几乎所有观众都走了以后，才看见南希随着几个舞蹈演员走了出来。他们边走边聊，很是热闹。刚走出门，南希叫住了演员。她和他们一起合影。

第二天，南希又带我们去马德里附近一个叫作托莱多的小城游览。

托莱多于1987年被联合国教科文组织宣布为人类遗产城市，其古建筑群保存完好，包括哥特式、穆德哈尔式、巴洛克式和新古典式各类教堂、寺院、修道院、王宫、城墙、博物馆等古建筑七十多处。

托莱多不仅以丰富多彩的文化和风格迥异的建筑闻名于世，刀、剑等冷兵器和金丝镶嵌画等也是这个城市独家经营的手工艺品。

我们看到了古代由西哥特人修建的城防系统的残迹，还看到了环绕托莱多古城的、由阿拉伯人建造并在重陷后修复的第二道城墙。我们看到了城墙上的两座门——比萨格拉门和太阳门。比萨格拉门为托莱多城的正门，朝北，建于16世纪中叶。由于东、西、南三面有塔霍河隔断，这是唯一能进入古城的一道城门。门上刻有西班牙国王查理一世帝徽——帝国皇鹰。在城墙上刻有西班牙文学大师塞万提斯给托莱多的题词："西班牙之荣，西班牙城市之光。"太阳门建于13世纪，具有典型的阿拉伯风格——高大，宏伟，挺拔。南希说，它叫太阳门，因为这门上刻着太阳的图案，也可能是因为它位于子午线零度上，从日出到日落，日光总照着它。

我们走进了一条小巷，看到许多在不同历史时期建成，具有不同艺术风格的建筑和历史遗迹。南希指着一座圆形屋顶的建筑对我们说，这是建造于16世纪的圣十字医院，是西班牙最早的文艺复兴时期作品之一，其结构外形体现了穆德哈尔式建筑风格，是从哥特式艺术中借鉴而来的，其门廊则是华丽装饰艺术初期的典范。托莱多保存了许多代表西班牙黄金时期的15世纪和16世纪建筑的杰出作品。

我们来到了坐落在托莱多制高点上的古城堡。我翻开带来的一本介绍托莱多景点的小册子，在介绍这个城堡的部分看了看，知道这是16世纪中叶时查理五世国王的王宫。一百多年来，这座城堡刻画着西班牙民族盛衰史的各种印记。1936年西班牙爆发历时三年的内战，这里也曾是重要的战场之一，城堡四周的累累弹痕，至今依稀可辨。城堡呈正方形，四角有四个方形尖顶塔楼，登塔楼极目四望，远近景物一览无余。

托莱多大教堂也是这座小城闻名于世的原因之一。它是西班牙最大教堂之一，也是西班牙首席红衣大主教住地。参观此教堂是我们托莱多之旅的高潮。大教堂建于1227—1493年，内部装饰完成于18世纪，主体为哥特式建筑，内部装潢吸收了穆德哈尔等其他风格，可以说是一座各种建筑艺术风格相结合的庞大建筑群，教堂正站左侧钟楼高90米，上挂一口17515公斤重的大钟（铸于1735年）。主堂长112米，宽56米，高45米，由88根大石柱支撑。主堂周围有22个祠堂。大教堂的唱诗室位于主堂中央，唱诗班的两排座椅为西班牙木雕艺术之珍宝，下排为哥特式，上排为文艺复兴式，两种艺术风格水乳交融。下排座椅上方刻有54幅连环画，生动地记载了光复战争中收复格拉纳达的历史场面。大教堂富丽堂皇，金碧辉煌，是世界上最为雄伟的教堂之一。

我们还参观了圣多美教堂。它是14世纪住在托莱多的阿拉伯人所建的穆德哈尔风格的建筑。在这里，我们看到了一幅世界名画《奥尔加斯伯爵的葬礼》。此画是1586年圣多美教堂的神父托格列柯所画，以纪念已死去两百年、曾为各教堂奉献大笔资财的托莱多贵族奥尔加斯伯爵。

我们在南希的带领下度过了一个愉快的周末。

袖珍国摩纳哥掠影

摩纳哥公国位于欧洲西南部，三面被法国包围，另一面是地中海，面积不到2平方公里，人口34000人，是世界上除梵蒂冈以外最小的国家。2008年2月20—22日，我以国际可持续发展研究院报告组成员的身份，参加了联合国环境规划署第10次特别理事会兼全球部长级环境论坛的工作。会议虽然只有三天，但我们实际工作了将近一周。在短短的几天时间内，浮光掠影，对这个国家有了一些初步的了解。

会议在格力马尔迪会议中心举行。我们每天参加会议，做记录，写报告。会议第一天中午，我们到会议中心的咖啡厅吃午饭。那里只有三明治和比萨饼等快餐。我要了一个三明治、一份色拉和一杯可乐。咖啡厅座位有的在室内，有的在室外，两部分用玻璃墙隔开，室内的客人一样可以看到外面的景色。大多数同事都到了外面。当时我只穿着西服和衬衣，怕感冒，所以在室内挑了个位子坐了下来。前面，地中海碧波荡漾，阿尔卑斯山连绵起伏，郁郁葱葱的林木中矗立着一幢幢房屋，蔚蓝的天空中飘着朵朵白云。摩纳哥被人们称为悬崖顶上的国家，整个国家的建筑大都建在山坡之上。

会议结束以后，我们在周末写总结报告，每天工作半天左右，工作之余我一个人游览了一些地方。

离我所住的"大使饭店"两百米左右，有一座山，山上就是王宫，法文是Palais Princier，英文是Prince's Palace。"Prince"是王子的意思，王子当了国家元首，英文仍为Prince，中文习惯译为亲王。现任摩纳哥国家元首阿尔贝二世亲王就在这王宫居住和办公。王宫可能是摩纳哥的一号旅游景点。

在前往游览以前，我先看了一些资料，知道这王宫是在13世纪时热那亚人修建的一座城堡的基础上发展起来的。城堡是防御外敌入侵的工事。在它建成

作者在王家教堂外留影

以后的 400 年间，为争夺它的控制权，热那亚人、西班牙人和法兰西人之间发生过无数次的冲突。17 世纪中期，霍诺勒二世亲王开始将城堡改建为王宫，当时他主要在城堡内部进行了装修，而未对其外形做什么改动。其后，王宫的主权有过几次变动。1815 年，它的主权回归摩纳哥，历代统治者对王宫不断进行改造。1949 年，雷尼尔二世亲王继承王位后，对它进行了大规模的装修和改进，建造了王家博物馆和档案馆等。

我徒步沿着山坡上的一条道路，走到了山顶上的王宫。通过一个小门以后，脚下就是王宫的广场。那是星期六的早晨，有个外国旅游团，在导游的带领下正有序地参观。导游说的是英语，她指着脚下说，这广场上有 300 万块彩色鹅卵石，是 20 世纪 60 年代雷尼尔亲王三世时铺就的。广场显得十分美丽。导游还介绍说，自 1960 年以来，每年夏天，来自世界各地的最著名的交响乐团和歌唱家们先后在这里举办交响音乐会和独唱音乐会。广场上陈放了很多老式的火炮，旁边还有成堆的弹丸模型，它们可能是古城堡留下的唯一痕迹。

这里是一个建筑群，包括寝宫、宝座殿、钟楼、王家博物馆、档案馆和王家教堂等建筑。待到人群散去，得以仔细端详摩纳哥亲王的寝宫。宫殿呈长方形，淡黄色的墙壁，并不像我见过的法国爱丽舍宫和英国白金汉宫那么富丽堂皇，倒有点像这些国家大街上的一些高级民居，给人与平和、安详和亲切的感觉，也有点像它现在的主人阿尔贝二世亲王的性格。我在格力马尔迪会议中心联合国环境署的会议上与亲王有过近距离的接触，觉得他十分平易近人。王宫门口站着的两名警卫、沿着外墙放着的一排火炮和将宫殿和行人隔开的铁链，才透露出一丝威严的气息。

离寝宫不远处，就是王家教堂。我走到门口，正想往里走，一个人客气地对我说："仪式正在进行，请勿入内。"从门口往里看去，几个教徒正在神父的带领下举行宗教仪式。教堂是17世纪的建筑风格，其最主要的特点是精雕细琢和富丽堂皇，前面是高高耸起的祭台，四周点燃着蜡烛，墙上是炫丽多彩的宗教画和神像。我参观过世界上多个著名的教堂，举行宗教仪式时一样可以进去参观的。这里不让进，大概是因为它是王家教堂吧。这教堂看起来比寝宫要壮观得多。

随后我来到了一个小花园，这该是王家花园吧。它坐落在悬崖绝壁之上，可以称得上"空中花园"了。2月仍是冬季，可这里已是春意盎然，万紫千红。到处是鲜花，还有嫩绿的草坪、潺潺的流水、被枝叶半掩的小径，充满了诗情画意。

这里正是观赏摩纳哥美景的绝佳之处。蓝色海岸在此凹进几分，成就了一个美丽的港湾，其间停泊着许多白色的游艇，背靠的起伏的山峦在这里陡然挺直了躯体，鳞次栉比的粉红色和淡黄色的高楼挤满山脚下仅有的一片土地，然后往上攀爬，一直到山腰才收住脚步，山那边是蔚蓝而平静的地中海。我深深地吸了一口气，空气是那么新鲜，抬头看望天空，它和海水一样蔚蓝。

在一天傍晚，我和我的同事参观了摩纳哥世界著名的蒙特卡罗赌场。赌场坐落在一个山坡上，它的背面是歌剧院，更高处是青翠的山坡和山峰，右侧是一个五星级旅馆，左侧是另一个小一点的赌场，名为"美国赌场"。

我和同事先在赌场前山谷中的花园游览和拍照。花坛中开满了郁金香、玫瑰、牡丹和许多叫不出名字的花朵，一块块绿色的草坪散发出一阵阵淡淡的清香，人工建造的水池中点缀着芦苇和水莲，水池中的喷泉组成了美丽的图案。这一切把这里的冬季变成了春天。花园中的天然石块铺就的小路弯弯曲曲地沿

作者在蒙特卡罗赌场前与《地球谈判报告》小组同事们合影

着山坡向上通往不远处繁华的商街。这花园的精致和美丽使人陶醉，流连忘返，但我们还是慢慢走往大赌场的入口。

我参观过美国大西洋城和拉斯维加斯赌场，也参观过中国澳门的赌场。论规模，蒙特卡罗赌场不能与它们相比。这赌场享誉世界，是因为它那无以伦比的壮观的建筑。它是由曾设计过巴黎歌剧院的著名建筑师查理·加尼尔于1878年设计和建造的。

赌场看上去像宫殿，其豪华和壮观大大超过了摩纳哥的王宫。和世界上其他赌场不同，进入赌场还必须交入场费。我们每人交了10欧元，走了进去。进入我们眼帘的不是各种各样的赌具和人头攒动的赌客，而是一个空旷的大厅。大厅地面是大理石铺就的，墙上挂着一些看上去水平十分高超的油画，沿着墙壁陈列着一些雕塑作品，大厅中间放着几张红色嘴唇形状的沙发，与其说是赌场，还不如说是一个美术馆。

然后我们走进了真正的赌场。那里的人不像我原来想象的那么多，可能是因为时间还早吧。每个赌室都是十分富丽堂皇，墙上有油画，墙边有雕塑，彩色图案的玻璃窗子,高高挂起的青铜吊灯,地上铺着华丽的地毯。要不是眼前的赌具和赌客,我们一定会以为进入了宫殿的内室。

这里看起来有许多赌法。我是外行,只知道有老虎机、转盘和扑克牌等几种。每个房间有一种或两种游戏。我在一种叫"Black Jack"(黑色杰克)的扑克游戏桌子前停了下来,几个客人和一个庄家正在激烈较量。桌上放着一块牌子,上面写着:"最小额:25欧元。"也就是说,每次押的赌注至少是25欧元。我吓了一跳,即使你押一个筹码,即25欧元,如果输了,也意味着输掉250元人民币。我见每个赌客每次一般都放三到四个筹码,有的放一大叠。在那里站了一会儿,发现大多是庄家赢,客人输。和拉斯维加斯一样,这里是旅游者的天堂,是赌徒们的地狱。

短短几天,我亲身体会了摩纳哥的独特。

法国小镇依云和伊瓦尔

我于 2010 年 6 月 15 日至 18 日参加在日内瓦举行的《关于耗竭臭氧层物质的蒙特利尔议定书》不限名额工作组第 30 次会议,为会议撰写《地球谈判报告》(ENB)。

6 月 19 日是星期六,我们写完了会议总结报告初稿,发给了在纽约的总编辑帕姆,圆满完成了这次工作。

下午一点左右,联合国日内瓦办事处担任同声传译的、我的老朋友沈关荣驾车带我们去法国的两个小镇依云和伊瓦尔游览。我的同事、ENB 小组成员凯特与我们同往。因为有一个老外在场,所以我们一路都用英语交谈。

我们叫沈关荣老沈。我和凯特坐上老沈的车,开始了我们的旅行。经过大约一个小时,就到达了依云。我问老沈:"怎么没有经过入境检查,就来到法国了?"老沈说:"前面有一个边境检查站,但从来没有人检查。"

依云因生产一种名为 Evian(依云)的矿泉水而闻名于世。我在内罗毕工作时,喝的就是这个牌子的矿泉水,现在北京的大超市也可买到,但由于太贵,我很少买它。

老沈给我们介绍了依云小镇和依云矿泉水的故事。

依云位于法国上萨瓦地区,日内瓦湖南岸。1789 年 7 月法国大革命在巴士底监狱爆发,全国上下动荡不安,莱塞特(Lessert)侯爵为躲避宫廷纠纷,逃亡到了一个小镇。一段时间后,莱塞特(Lessert)侯爵发现小镇提供给他的并不只是避难所,还有神奇的治疗——侯爵原来患有肾结石,来到小镇后,他的肾结石奇迹般地痊愈了。奇闻迅速传播,专家们在小镇做了种种分析后,发现是小镇的水拯救了侯爵。小镇的水由高山融雪和山地雨水在阿尔卑斯山脉腹地经过长达 15 年的天然过滤和冰川砂层的矿化而形成,含有大量的矿物质,具有

作者与凯特在依云街上合影

神奇疗效。拿破仑三世因此将拉丁文中的 Evian（水）一词作为名称赐予小镇。

我们先在镇上散步。这时下起了蒙蒙细雨。北边是波光粼粼的日内瓦湖，小镇沿湖而建，如同一弯新月降落在湖畔。背后的阿尔卑斯山，高耸入云，风景如画。

我们来到了卢米埃尔依云宫。这是一个常年展出以水为主题的艺术品的博物馆，包括了 22 位世界著名的艺术家和崭露头角的年轻新秀的摄影、绘画、装饰和视频等作品。这些艺术品展示了水对于生命的重要性。

博物馆还提供了与依云矿泉水有关的信息。依云镇 75% 的财政收入与依云矿泉水相关；7000 多人的小镇中，至少有 10% 的居民在依云水厂工作。法国政府还特别立法规定：依云水源地周边 500 公里范围内，不许有任何污染存在。这是我有生以来第一次看到这样的博物馆，真是大开眼界。

我们在依云宫后的小山坡上，看到了一尊美丽姑娘的雕像。老沈给我们讲了一个关于依云矿泉水的美丽传说。很久很久以前，当地有一个大贵族得了一种怪病，久治不愈。他的独生女儿下了赏格，如有人能设法治好其父的病，她

伊瓦尔镇到处都是鲜花

愿以身相许。一个对她心仪已久的平民青年，给其父找到了依云泉水，使其父终得康复。该青年也终于娶得美人归。这尊雕像就是为了纪念这个传说中的姑娘而设立的。

我们在依云流连忘返，不忍离去。

在老沈的催促下，我们上了他的汽车，行驶了20分钟，就来到了伊瓦尔。

老沈介绍说，伊瓦尔是建造于中世纪的一个小镇，位于法国东部阿尔卑斯山脚下，紧临莱梦湖，和瑞士隔湖相望。这座小镇的房屋都用石料筑成，因此也称为石头城，至今已有六百多年的历史，保存完好，被称为法国最美丽的村庄。它离日内瓦很近，只有45公里，他经常开车来这里散步。

我们漫步在莱蒙湖畔，清澈的湖水波光粼粼，岸边停泊着几只小船，远处可以看到阿尔卑斯山雄伟的身影。我们沿着一条蜿蜒的小路走进了这座历史悠久的石头城中，弯弯曲曲的小街两边繁花似锦，散布其中的小商铺、艺术画廊和小花园让小镇显得生机勃勃。无论是住户还是商铺，镶在其窗户外的木质阳台上摆满了各种各样的鲜花，石头墙面上爬满了紫藤，街道两旁被天竺葵和其

作者与老沈在伊瓦尔

他鲜花打扮得宛如仙境，空气十分清新，更有碧水蓝天衬托，俨然一幅色彩浓郁的油画。

　　老沈介绍说，由于非常靠近瑞士，这个镇幸运地躲过了"一战""二战"的炮火硝烟，几乎完整地保存了中世纪的古朴优雅的风貌。

　　凯特惊叹道："It is very beautiful!"（这里非常漂亮！）

　　我说："太美了！"

莱茵河畔

2011年2月16日至25日，在德国布恩召开《联合国防治荒漠化公约》下的科学技术委员会第二次特别会议和审议公约执行情况委员会第九次会议。我作为国际可持续发展研究院报告部成员，参加了这两个会议，写《地球谈判报告》。

《地球谈判报告》小组除我以外，还有美国人琳恩·瓦格纳和意大利人劳拉·拉索。琳恩是队长。

《地球谈判报告》小组通常每天要出一期简报，编一个网页，会议最后写出总结报告。每次会议都有一个专职的电子编辑，负责拍照和编辑网页。我们这次因为人少，每天不出简报，只编一个网页，登载会议的简单情况和一些照片。我们也没有专职的电子编辑。我自告奋勇，除和以前一样做记录、写报告以外，还拿着当记者的儿子的照相机，担当起了摄影的任务，所以本文所附图片，大部分是我摄的。

两个会议都在波恩世界会议中心举行。此会议中心位于莱茵河畔，曾是德国联邦议院的会议厅，是世界上最美的国会大厦之一，1992—1999年是议员们开会的场所。

1990年，德国统一。九年后，德国的首都搬回柏林。波恩的许多政府办公和会议设施闲置下来了。为填补这种真空，德国政府做了很多努力来吸引联合国机构和其他国际机构设到波恩。这种努力取得了成效。现在，已有《联合国气候变化框架架公约》《联合国防治荒漠化公约》和《保护迁徙野生动物物种公约》秘书处等18个联合国机构和多个其他国际组织设在波恩。

这样，世界会议中心就成了联合国会议的主要场所。为满足会议的需要，联合国对世界会议中心进行了扩建。2015年6月扩建楼正式落成。潘基文秘书长出席了落成仪式并发表讲话。

波恩世界会议中心

  我们看到的世界会议中心是一个巨大的玻璃钢建筑。四周有许多办公室和会议室，还有一个展览大厅。在这次会议期间，就有一个关于气候变化的展览。会议在会议大厅举行。开会的时候，五彩阳光透过四周和屋顶的玻璃照射在主席台和会标板上，显得特别漂亮。这个中心是一座绿色建筑。它的最大特点是充分利用太阳能。在有阳光的情况下，会场无须打开照明设备。我拿着相机，在开会和休会时，在会场和展览大厅，拍了很多照片。

  世界会议中心在莱茵河畔。莱茵河平静如镜，蔚蓝清澈，几条小船不时行驶而过，靠会议中心岸边，插着几面联合国旗帜。那时还是冬季，岸边乔木大多呈黄褐色，但前几天刚下了一场小雪，有的树木仍是银装素裹。岸边的草地和灌木却是绿色的。莱茵河畔有着冬日的美丽。

  在世界会议中心旁边，一座巨大的钢结构建筑已经初成雏形。有人告诉我，这是《联合国气候变化框架公约》秘书处大楼。我马上拿起相机，留下了它的倩影。

  我拍摄的照片放到了国际可持续发展研究院的网页上，得到了同事和与会代表的好评。一位同事说："你拍的照片比专业电子编辑拍得还好。"这当然有些夸大其词了，但说明照片还是不错的，特别那张阳光透过会议中心玻璃照射在

《联合国防治荒漠化公约》两个会议在波恩世界会议中心举行

莱茵河畔

《地球谈判报告》小组在城堡前合影，左起：作者、劳拉、玛雅、琳恩、阿伦

主席台上的照片，显得特别漂亮。会议开了几天以后，我收到了国际可持续发展研究院报告部主任基姆的一个电子邮件，说："老夏，你拍的照片非常漂亮，谢谢你。"我感到很高兴。

2月20日是周日，不开会。家住德国科隆的国际可持续发展研究院报告部行政官员玛雅和她的丈夫克里斯托夫带我们到位于科隆和波恩之间的一个叫布吕尔的小镇游览。这个小镇也在莱茵河畔。

我们参观了名为奥古斯图斯堡的一座城堡。玛雅给我们介绍说，这是曾经担任过科隆地方长官和大主教的克莱门斯·奥古斯特（1700—1761年）的夏宫。城堡包括花园和建筑群，其中主建筑中的阶梯大厅和会客厅的建筑风格和装饰风格最引人注目。城堡的外墙平坦，外观简洁雅致，造型柔和，装饰不多，同外界的自然环境相协调，但它的内部则十分华丽，阶梯大厅映入眼帘的所有墙面、柱头、横梁和屋顶都被雕塑、壁画、拼花等装饰所覆盖。会客厅的天花板上画着宗教画，很有特色。这是德国这类建筑中最为雄伟壮观的建筑之一，宫内的装潢和摆设富丽堂皇，精美绝伦，但室内禁止照相，所以只好把美好的记忆留在脑中。我们在宫殿外面拍了几张照片。

《地球谈判报告》小组在布吕尔街上散步

  吕布尔还有一座著名的博物馆，叫马克斯·厄恩斯特博物馆。我们也去参观了。厄恩斯特（1891—1976年）出生在吕布尔，是一位超现实主义艺术家。这个博物馆展出了他的雕塑和绘画作品。我以前从未见过这样的美术作品。他的作品所展现的丰富而漫无边际的想象力，对世界的荒诞表达，汲取自日耳曼浪漫主义和虚幻艺术的梦幻般的诗情画意氛围，令我们惊异不已。这位不知疲倦的艺术家也是一位发明家。他对自己的表现手法不断创新，运用拼贴画、摩擦法、拓印法和刮擦法，致力于创造一个多变、彩色的虚幻世界，被誉为具有颠覆性的创新艺术家。

  我们还参观了附近的一座教堂，在布吕尔街上散步，然后又在那里的一个餐厅共进午餐，度过了愉快的一天。

瑞法三镇游

2013年4月28日至5月10日，在瑞士日内瓦举行三个关于化学品和废物的国际环境法律文书，即《巴塞尔公约》《鹿特丹公约》和《斯德哥尔摩公约》的缔约方大会。年初，我就被列入了参加会议的国际可持续发展研究院报告组成员的名单上了，要去日内瓦为会议撰写《地球谈判报告》。

我夫人从未去过瑞士，决定与我一同前往。4月中旬，我给我的朋友、在日内瓦联合国担任高级翻译的沈关荣（我叫他老沈）发去了一个邮件，告诉他我和夫人将赴瑞士的消息。老沈很快回信，说他和他夫人听说我们将赴瑞士非常高兴，他将于4月29日至5月3日赴德国波恩，在《联合国气候变化公约》的一个会上做同传，5月4日回日内瓦。他还说，在周末他可以带我们去一些别的城市游览，至少可以带我们出去四次。

我和夫人于4月25日乘坐俄罗斯航空公司2382航班于晚上9点抵达日内瓦国际机场，取了行李，办完出境手续，已将近10点。当我们走出机场时，就看到了老沈和他夫人熟悉的面孔。他们是专门来接我们的。我和他们已两年多没有见面，我夫人则已近十年没有见到他们了。这次重逢，都很兴奋，我们紧紧握手。

老沈开车，把我们送到了离机场不太远的国际可持续发展研究院行政主管预先为我们预订好的Suite Novotel旅馆。他们把我们送到了房间，沈夫人拿出了一个很大的饭盒，递给我太太，说："这是我们做的馄饨，将就当作晚餐吧。"我夫人连声说："谢谢，谢谢。"他们想得那么周到，真是令人感动。

老沈问："你们明天有安排吗？"我说："没有。"他说："你们路途劳顿，明天上午休息，下午我带你们到法国小镇阿纳西游览，好吗？"我和太太听了十分高兴，说："好呀，就是太麻烦你了。"老沈说："没什么麻烦的。那我们明天见吧。"

第二天下午一点，老沈驾车来到了我们的旅馆，我们坐上老沈的车，向阿纳

在阿纳西购置的艺术瓷盘，盘中图是"岛上宫殿"

西方向驶去。经过大约四十分钟的行驶，我们到达了这个美丽的法国小镇。

蒂乌运河从小镇中间流过。我们走到河上的一座桥上。老沈一边给我们照相，一边给我们讲解："你们看，这是旧城区，左边你们可以看到许多古老的房子，现在用来作为餐厅和咖啡厅。房子后面小山上耸立着的古城堡，是以前阿纳西一带领主的驻地。前面河中央那个城堡似的建筑，法国人叫它 Palais de L'Isle（岛上宫殿），因为建在一个石头岛上。这是一个中世纪的建筑，曾被用作监狱和造币车间，是很有名的一个旅游景点。"

我和老沈在河边一个咖啡厅的露天座位上坐了下来，喝起咖啡；我夫人则被那些小商店吸引，走了过去。过了一会儿，她兴致勃勃地捧回一件东西，打开一看，是一个印有"岛上宫殿"图案的瓷盘。

我们来到了阿纳西最著名景点阿纳西湖湖畔，可以看到湖上有一些游艇，游客正在泛舟观光；湖边一片宽阔的树林，随处可见在这里休闲的家庭和玩耍的孩子；抬头远望，可以看到阿尔卑斯山的雄姿；我们散步的一侧，是一栋栋镌刻了历史沧桑韵味的中世纪建筑。

这个被誉为"法国的威尼斯"的小镇，给人予平和、恬静和舒适的感觉。

我们在晚上九点左右回到了日内瓦的旅馆。这时，夜幕才开始降临。分别前，老沈说："明天请你们到我们家做客，上午来接你们。"

4月27日上午，沈夫人开车来接我们到离我们旅馆不远的他们的住所。进门以后，看到老沈正在厨房忙碌，我说："老沈，你是大厨呀！菜都是你做的？"老沈连忙指着他夫人说："不，不，主要是她做的。"夫妇俩携手合作，为我们准备了一桌丰盛的午餐。我们在他们的日内瓦家中，又一次享受了老沈夫妇的热情好客，度过了愉快的半天。

下午，我同其他《地球谈判报告》组员一起，到日内瓦国际会议中心登记注册。我夫人也想到会场看看会议盛况，因此也同我们一起去注册并领了胸卡。胸卡相当于出入证，是与会代表进入会场的凭证。我和其他组员一起编了第一期《地球谈判报告》，称为 Curtain Raiser，介绍会议的背景情况。

4月28日，老沈飞赴波恩，而日内瓦举行的三个环境公约的缔约方大会也开幕，我开始了工作。

我们的会议一直开到5月4日，即周六。老沈在那天从波恩返回日内瓦。

5月5日，是星期日，老沈驾车带我们去游览，先去因特拉肯（Interlaken）。沿途，我们看到一片片绿色的草地和黄色的油菜花地，远处可看到一座座山岭，十分美丽。

我们先到了因特拉肯市区。老沈介绍说："因特拉肯位于伯尔尼高地的一个冲积平原上，意思是'湖水之间'（德文中 laken 是湖，inter 是'之间'的意思），因为夹在西边图恩湖与东边布里恩茨湖之间。这里有艾格峰、僧侣峰和少女峰三座大山。因其动人的山野风光而成了一个著名的旅游胜地。"

我们在小镇上散步，看到许多中世纪的建筑，红瓦白墙，其中有一座掩映在绿树丛中的教堂。不时看到载着游客的马车，优哉游哉地行走在镇中心的何维克街上。

我们看到了许多来自世界各地的旅游者，也碰到了一队从上海来的游客。现在，无论我们走到哪里，无论在世界的哪个角落，我们都可以见到国外旅游的同胞。

中心马路的一侧是一家挨一家的钟表店、旅游工艺品店、酒店、商场。商店都不大，但是商品包罗万象，钟表、胡桃夹、首饰盒、相框、刺绣品等各式手工艺品。我夫人买了一个工艺瓷盘，上面印着瑞士10个城市的风光，其中包括因特拉肯市。她十分兴奋。我们家中，又多了一个宝贝。

市中心是一片宽广的草地，绿得发黑，绿地平整厚实，踩在上面好像踩在地毯上一样，抬头可以看到蓝天、白云，可以清楚地看到皑皑白雪覆盖的美丽的少女峰，可以呼吸到清甜的空气。到处是花草树木。

老沈拿着照相机给我们照相，录像。他一边录像，一边说："这是市中心。老夏，你在里边啦，你在我这个录像里啦。"我夫人只是不断地说："呀，太漂亮了！太漂亮了！"

我们又坐上了老沈的汽车。在一个山谷里，老沈把车停了下来，说："这里就是少女峰脚下了。" 这真是一个青山绿水的好地方。我们看到，一柱巨大的瀑布，从天而降；一间间农舍散落在山坳里，四周是黄花和绿草；抬头，可以看到白雪皑皑的少女峰。一边是高耸入云的山峰，一座连着一座；另一边是万丈悬崖，连绵不断。刚被融雪喂饱了的小溪，欢快地向山谷口流去。

少女峰位于因特拉肯市正南二三十公里处，海拔4158米，差不多是珠穆朗玛峰的一半，是欧洲最高峰之一，也是伯尔尼高地最迷人的地方，终年积雪。

老沈说："我们可以坐缆车上少女峰。"我和夫人都很希望能登上这个高峰，饱览那里美丽的风光，但又觉得，那地方海拔太高，又很寒冷，我们没有穿太多衣服，怕适应不了，因此对老沈说不上去了。老沈说："我们可以坐缆车到半山腰的米伦，那里风景也不错。"

我们乘坐的缆车在米伦停下。这是一座建在百丈悬崖顶山的小镇，镇上有一条主街，有些商铺，还有十几家饭店旅馆。这是一个旅游点，商铺和饭馆都是旅游配套设施。这里海拔1600米，离少女峰近了许多，可以更清楚地看到了。只见它白雪覆盖，四周雾气缭绕， 真像一个羞怯的少女。

中午，我们进了一家饭馆，挑了一张临窗的桌子坐下，窗外望去，又见少女峰。我们每人要了一份猪扒，配有土豆条，还要了可乐，面包是免费的。我这个不爱吃西餐的人，竟也吃得津津有味，可谓美景佳肴。

吃完午饭，又乘缆车回到山脚下。我们告别了因特拉肯，老沈又驾车把我们送往琉森，两地相隔70公里，走了一个多小时，到达目的地。琉森位于瑞士的中心地带，坐落于琉森湖畔和风景如画的山峰下。琉森是很多旅行团和旅行者在瑞士中部观光的首选目的地，因为它有很多风景名胜、精美的纪念品和手表商店以及美丽的湖畔风景。

我们首先来到了一个景点。老沈介绍说："这是受伤的狮子,也叫狮子纪念碑,

作者夫妇与老沈（右一）在阿纳西

是一个非常著名的旅游景点。"在入口处，有一块石碑，上面用英文刻着它的历史：献给 1792 年法国大革命中战死的为法王路易十六服务的瑞士雇佣兵。当年 8 月，路易十六的王宫杜伊勒里宫被占领，9 月法兰西第一共和国成立，路易十六在次年被推上断头台，路易十六卫队的许多瑞士雇佣兵战死。当时瑞士很穷，向邻国派出了 40000 名雇佣兵，他们是瑞士联邦重要的收入来源，为瑞士的经济发展做出了重要贡献。该纪念碑是丹麦著名雕塑家巴赫尔·托瓦尔森 1819 年在罗马设计，由德国康斯坦茨石匠卢卡斯·阿霍恩于 1820—1821 年在这个砂岩上雕刻出来。雕像高 6 米，宽 10 米。

我们看到了在山岩上雕出的一头临死的雄狮，带着哀伤和痛苦，无力地匍匐在地，一支锐利的长箭深深地刺入背脊，手里还紧握着一支战矛，靠在一个带有瑞士十字的盾牌上。尽管身受重伤，但雄狮的嘴却仍半张着，似乎要发出最后的不屈的怒吼。雄狮上方的石岩上用拉丁文刻着几个大字：HELVETIORUM FIDEI AC VIRTUTI（瑞士的忠诚和勇气）。

老沈介绍说，据说，这座雕像是由一个幸存的瑞士雇佣兵军官发起而建成的。法国革命爆发时，他正在休假，幸运地度过一劫，为纪念他死去的战友，到处奔走，终于建成了这座纪念碑。美国作家马克·吐温称它为"世界上最哀伤,最感人的石雕"。

我们来到了琉森最负盛名的卡佩尔木桥。老沈说:"我们叫它廊桥。"我们一看,这是一座九曲桥似的有顶的木桥,走在上面就像走在一条长廊里。

老沈介绍说:"这条河叫罗伊斯河,这桥是欧洲最古老的有顶木桥之一,同时也是琉森的标志。"他还指着桥身近中央的地方一个八角形建筑说:"那是个河中的塔楼,以前用作检查来往船只的哨卡,这也是琉森著名的景点之一。"

看到这座木桥,我觉得十分眼熟,突然想起,这地方我来过。1991年8月,在日内瓦召开联合国环境与发展大会第三次筹备委员会会议,我是中国代表团成员。周末,我们居住的中国驻联合国代表团招待所曾派车送我们来这里游览。这次是故地重游了。

大桥一侧的入口处竖着一块木牌,上面介绍了该桥的历史。

卡佩尔木桥建于14世纪,原长285米,建造该桥的目的:一是用作堡垒,保护琉森抵御外来攻击;二是为了便于向来往船只收税。17世纪时,有111幅彩绘装饰于桥的廊顶下。这些画反映了当时琉森的发展史,还记载着琉森的守护神圣里奥德佳和圣毛瑞斯的故事。1993年8月17日晚上,那里发生了一场大火,81幅画被烧毁,位于桥两端的30幅画幸免于难。1994—2001年间,一些被烧毁的画的复制品被装饰到了桥的中间。

我们行走在桥上,重点观赏了桥两端的古画。这些中世纪的画作,是琉森的宝贵财富。我感到庆幸,因为我上次来参观时是大火以前,我有幸看到了全部的古画。

傍晚,我们回到了日内瓦。

5月9日上午,老沈给我夫人打电话,说那天他正好没会,可以陪她到万国宫参观。我夫人十分高兴。

万国宫是瑞士日内瓦的著名建筑,位于日内瓦东北郊的日内瓦湖畔,与巍峨的阿尔卑斯山遥遥相望。周围绿树环抱,环境幽美。万国宫又名国联大厦,是联合国的前身"国际联盟"的总部所在地,现为联合国驻日内瓦办事处所在地,也是联合国贸发会议、联合国人道主义事务办公室和联合国欧洲经济委员会(ECE)等联合国机构的办公地。万国宫由四座宏伟的建筑群组成,中央是

在罗伊斯河畔廊桥前

大会厅，北侧是图书馆和新楼，南侧是理事会厅，连同花园、庭院，总占地面积为 2.5 平方公里。万国宫还陈列着许多国家赠送的艺术品，是一个万国艺术博物馆。这是一个值得一看的地方。

我以前曾去那里参加会议。那天三个国际环境公约的缔约方大会继续在日内瓦国际会议中心进行，还要工作，所以没有和夫人一起去万国宫参观。

晚上，当我回到旅馆时，我夫人很兴奋地向我讲述了她参观万国宫的情况。

她说老沈太热情了，带她在万国宫内外参观。她看到了陈列在那里的各国送给联合国的礼品，其中一个是中国送的天坛挂毯。她还进了大会厅和理事会厅，真是大开眼界。她说，老沈用他的照相机给她拍了许多照片。

我夫人以前曾参观过纽约的联合国总部和联合国内罗毕办事处，现在，在全世界四个联合国办事处中，她已参观了三个。

5 月 10 日，我仍在开会，写报告。下午一点，老沈来到日内瓦国际会议中心，与我见面，他递给我一个 U 盘，说这里是他给我们拍的照片，还有一些录像，给我们留作纪念。

他还说："老崔没有去过法国的伊瓦尔和依云，周末我带你们一起去看看吧。"我说："开了两个星期的会，有点累，就不去了。"

我和夫人为老沈夫妇的热情和友谊而深深感动。

《巴塞尔公约》《鹿特丹公约》和《斯德哥尔摩公约》缔约方大会于5月10日闭幕。11日和12日，我们花了两天时间，完成了总结报告的撰写。

11月13日，我和夫人乘坐俄航2381航班，飞回北京。

回到家中，我将老沈送给我的U盘上的照片和录像保存到了计算机里，并进行了整理。我和夫人又仔细看了一遍，发现老沈的摄影和摄像技术很高，特别是照片，拍得很好。她说："我们以前出国还没有拍过这么多、这么好的照片，我太喜欢了。"她挑出了几十张到照相馆印成照片，还放大了四张，放在家中，有客人来，就给人家看，讲她这次旅行看到的美丽风光和老沈夫妇的友谊。

从圣彼得堡到莫斯科

小时候,老师对我们说:"苏联是社会主义国家,人民过着幸福的生活,苏联的今天,就是我们的明天。"初中时,我曾代表上海市少年儿童给来访的苏联最高苏维埃主席团主席伏罗希洛夫献过花,还在上海市少年宫与苏联太平洋舰队的海军士兵举行过联欢。从初中到高中,我们学了六年俄语,还用俄语和苏联小朋友通过信。高中毕业,被选拔为留苏预备生,后来因为中苏关系破裂,留苏未成。

20 世纪 80 年代末期,我到日内瓦出差回国途径莫斯科,在那里停留两天,参观了红场,这是我首次访苏,但没能进克里姆林宫。1993 年 8 月,在伊尔库茨克召开会议,我率领一个中国代表团出席,这是我第二次来到这个国家,那时苏联已经解体,叫俄罗斯联邦了。

这是我的俄罗斯情缘。我一直期盼着再度到那里访问,看看那里的文化、艺术和古迹。

2011 年 6 月,我和妻子参加了一个旅游团,第三次来到了俄罗斯这块土地。

我们于 6 月 18 日抵达俄罗斯第二大城市圣彼得堡。这是我一直向往的地方。这座城市于 1703 年彼得大帝时建成,取名圣彼得堡。1914 年第一次世界大战时改名为彼得格勒,1924 年列宁逝世后又改为列宁格勒,1991 年苏联解体后恢复圣彼得堡的名字。这里有很多反映俄罗斯灿烂历史、文化和艺术的皇宫、教堂和博物馆,是一个非常值得一看的地方。

我们在圣彼得堡参观的第一个景点是圣伊萨基耶夫大教堂。这教堂始建于 1707 年,已有 300 年历史。出现在我们眼前的是一座气势恢宏的建筑。进入大厅,可以看到墙壁和地面都以大理石装饰,粗大的立柱用贵重的蓝、绿孔雀石建成,非常雄伟壮丽。教堂大厅前面是高高耸起的神父布道的讲台,中间有信徒做仪

作者夫人在圣伊萨基耶夫大教堂前　　　　　　作者在冬宫前

式时坐的椅子，墙上是绚丽多彩的宗教画和神像。这些和我以前参观过的许多教堂是一样的，但这个教堂很大。

　　从国内来的导游姓马，大家叫他马导。马导在俄罗斯留过学，俄语说得很好，对旅游景点很熟悉。他解释说，这个教堂可同时容纳1.2万人举行宗教仪式，被认为是仅次于罗马梵蒂冈圣彼得大教堂和德国科隆大教堂的世界第三大教堂。我曾参观过梵蒂冈圣彼得大教堂和德国科隆大教堂。这次参观了圣伊萨基耶夫大教堂，世界三大教堂我都看过了。

　　我们还在圣彼得保罗大教堂和基督复活教堂前停了下来，观望它们的雄姿。

　　抬头仰望圣彼得保罗大教堂，只见一座高大尖顶的钟楼威武地屹立在涅瓦河河畔，金属尖顶金光闪闪，庄严肃穆。它是全城最高的建筑。

　　基督复活教堂也叫滴血大教堂，上有五光十色的洋葱头顶，看上去十分华丽，和别的教堂的建筑风格有很大差异，但和别的教堂一样，上端也是一个十字架。马导介绍说，这是俄国16、17世纪典型的东正教教堂建筑风格。

欧洲篇 | 143

在圣彼得堡购买的艺术瓷盘，上面图案是滴血大教堂

我更有兴趣的是参观俄国历史上遗留下来的宫殿。我们参观了冬宫、斯莫尔尼宫、叶卡捷琳娜宫和夏宫花园。

冬宫坐落在涅瓦河河畔的宫殿广场上，广场中间竖立着巨大的亚历山大圆柱，以此来纪念俄国抗击拿破仑的胜利。冬宫中央稍为突出，有三道拱形铁门，入口处有阿特拉斯巨神群像。宫殿正面用蓝白相间的颜色装饰，十分鲜艳。四周有两排柱廊，气势雄伟。

冬宫是历代沙皇的宫殿，后来被资产阶级临时政府所占据。1917 年 11 月 7 日（俄历 10 月 25 日）起义的工人和士兵在列宁的领导下攻下了冬宫。和冬宫连在一起的有一个艾尔米塔什博物馆，原来是叶卡捷琳娜二世女皇的私人博物馆。十月革命后，1922 年冬宫并入，成为博物馆的一部分。

走进冬宫，可以看到宫内的墙壁和柱子都以各色大理石和孔雀石、碧玉、玛瑙等宝石镶嵌，以包金和镀铜装潢，还有各种雕塑和壁画，金碧辉煌。

在冬宫宽敞明亮的展厅里，共有各类文物 270 万件，其中绘画约 1.5 万幅，雕塑约 1.2 万件，版画和素描约 62 万幅，出土文物约 60 万件，实用艺术品 26 万件，钱币和纪念章约 100 万枚。藏品分原始文化史、古希腊罗马文化与艺术、东方民族文化与艺术、俄罗斯文化、西欧艺术史、钱币、工艺七个部分，并按地域、年代顺序陈列在 350 多间展厅里，展览线路加起来有 30 公里长，因而有世界最长艺廊之称。

我们只能走马看花地参观。我们看到了达·芬奇《圣母与圣婴》、伦勃朗的《扮作花神的沙斯姬亚》、雷诺阿的《持鞭少年》、高更的《朝拜玛利亚》等大画家的名画。我们还看到了古埃及的石棺、木乃伊、浮雕等文物,以及大量的中国文物和艺术品,其中有殷商时代的甲骨文、一世纪的珍稀丝绸和绣品、敦煌千佛洞的雕塑和壁画,以及珐琅、漆器、山水和仕女图。

艾尔米塔什博物馆与伦敦的大英博物馆、巴黎的卢浮宫、纽约的大都会艺术博物馆一起,称为世界四大博物馆。这次参观了艾尔米塔什博物馆,世界四大博物馆我都看过了。

在离圣彼得堡二十多公里的南郊,一个叫普希金村,也叫皇村的地方有一座宫殿——叶卡捷琳娜宫。1708 年,彼得大帝为妻子叶卡捷琳娜一世在这里修建了一座两层楼高的木制宫殿,从此这里就成为皇家的郊外行宫。1743—1751 年,彼得大帝的小女儿伊丽莎白·彼得罗夫娜登上皇位后将木屋改建成雄伟宏大,富丽堂皇的豪华宫殿。

在叶卡捷琳娜宫外面,我们碰到了一群美丽可爱的少男少女,还有几个大人。我和妻子走过去和他们说话。我问他们是否会说英语,其中一个小女孩答道,会一点,说得不好。旁边一位老师模样的人说,她是英语老师,这些孩子是从外地一个小城市来这里游览的中学生。

皇宫蓝色的外表耀眼夺目,洋溢着喜庆气氛,造型丰富的雕塑和凹凸有致的结构使数百米长的建筑十分亮丽。旁边有一座皇宫教堂,上面那五个洋葱头式尖顶在阳光照耀下金光灿灿。

在大门口,给我们每人发了一双鞋套,穿在脚上。走进叶宫,只见眼前一片金光灿烂。大厅里面的窗框、立柱、雕塑,一切都是鎏金的。厅室一间接着一间,组成了一条"金色的走廊"。墙上有各种图案和人物的雕塑,穹顶有精美的绘画。我从未见过这么金碧辉煌的建筑。

在一间大厅内,穿着华丽古装的一男一女正在那里走动。导游说,那女的是 1762—1796 年间俄国女皇叶卡捷琳娜二世,男的是她的情人。我和妻子走过去和他们合影留念。

叶卡捷琳娜宫里还有一间"琥珀厅",原来大厅全部用琥珀装饰,是世界奇观。第二次世界大战期间希特勒打到列宁格勒,占领了皇村,派出一支特种

作者夫妇与宫内扮演成女皇和她情人的演员合影

部队，把琥珀一片片拆下来运走了。现在这里的琥珀是前几年德国一个大企业家资助补装上的。大厅有一部分用琥珀装饰，但穹顶的琥珀是画的。尽管如此，它仍然十分珍贵，是最吸引游客的地方。

我们在叶卡捷琳娜宫流连忘返，不忍离去。

在圣彼得堡市的东北部，涅瓦河转弯的地方，我们的旅游车停了下来，眼前是一座外观典雅的三层建筑。马导说，这是斯莫尔尼宫，它建于1806—1808年，原为贵族女子学院。这座宫殿的色彩和叶卡捷琳娜宫的色彩一样，也是清爽干净的蓝白相间。马导说，这是巴洛克风格和俄罗斯风格的融合，在圣彼得堡的建筑中很有代表性。

1917年"十月革命"期间，布尔什维克党军事革命委员会设在斯莫尔尼宫，为十月革命司令部。1917年11月中旬至1918年3月列宁曾在这里办公和居住。由于这个原因，我在中学时就知道斯莫尔尼宫这个名字。

我们还参观了夏宫花园。夏宫在芬兰湾南岸，傍波罗的海，离圣彼得堡市区西30公里，行车不到一小时。夏宫是历代沙皇消暑的处所，彼得大帝生前每年必来此度夏，所以英译名是Summer Palace，和北京颐和园译名相同。沙皇贵族们可在冬宫外的码头坐游船直达夏宫。

　　花园的最大特点，到处是喷泉和雕塑。根据我看到的介绍材料，这里共有37座金色塑像、29座浅浮雕、150个小雕像。夏宫有"喷泉之都""喷泉王国"的美称。150个喷泉中有2000多个喷柱从那些雕像旁边冲天而起，形成一片"大瀑布"。这是世界上最大的梯形金色喷泉。这一片有18米落差的梯形大瀑布分左右两边，从七层台阶上奔流下来，汇入中间的水道，形成一个半圆形的水池。

　　后花园内有一条运河，叫参孙运河。我和妻子沿着运河向海边走去，河边的喷泉、树林、小桥和美丽的雕塑使我们沉醉在美的天地中。

　　"十月革命一声炮响，给中国送来了马克思主义！"毛泽东的这句话，我在年轻时就知道了，后来一直铭刻在心里。这炮声是1917年11月6日（俄历10月24日）停泊在彼得格勒涅瓦河上的阿芙乐尔号巡洋舰上发出的。当时阿芙乐尔号的士兵，接受列宁领导的革命军事委员会的指示，奉命开炮，发出进攻冬宫的信号。从此"阿芙乐尔号巡洋舰的炮声"成为十月革命的象征。阿芙乐尔号巡洋舰，我在年轻时就知道了。

　　在这次旅行中，我有幸参观了仍然停泊在涅瓦河上的阿芙乐尔号巡洋舰。这舰艇现在是一个博物馆，供大家参观。

　　汽车一拐进码头，就看到阿芙乐尔那巨大的舰身。它漆成浅灰色，舰上高高矗立着三个大烟囱和一根更高的桅杆，告诉我们这是一艘古老的军舰。我们登上了军舰，首先看到的是大炮筒，那个发出十月革命信号的功臣。然后我们走进舰舱，瞻仰在舱内陈列着的五百条件与该舰光荣历史有关的文件和物品，有当年水兵们使用过的物品，有记载着昔日辉煌的老照片，还有很多枚勋章，其中一枚是以阿芙乐尔号巡洋舰为主题设计的"十月革命"勋章。

　　我们还乘坐游船在涅瓦河上游览。游船上备有伏特加、水果、面包和鱼子酱。我们一边品尝着这些美味佳肴，一边欣赏着两岸美丽景色。两岸古老和现代的建筑，教堂、皇宫、民居，掩映在万绿丛中。圣彼得堡这座芬兰湾三角洲上的古城显得十分美丽。游船上还有歌舞表演。演员们表演了几个节目以后，还邀请我们和他们一起跳舞。我和妻子不会跳舞，但也经不住这快乐气氛的感染，也加入了歌舞队伍，蹦了起来。

　　6月21日下午，我们乘火车来到了莫斯科。

作者夫妇在谢尔盖雅夫镇游览，后面是三圣教堂

　　第二天，我们乘坐旅游大巴，游览了离莫斯科不远的谢尔盖雅夫镇、弗拉基米尔镇和苏斯达里镇。这几个小镇各有特色，十分美丽。

　　23日，我们开始了在莫斯科的旅游。这是我第二次来这里了，故地重游，分外亲切。红场的中心建筑是用红色花岗石和黑色大理石建造的列宁陵墓，墓背靠克里姆林宫宫墙，墙下栽有一排四季常青的枞树。我二十多年前来这里时列宁墓是对外开放的，进去瞻仰了列宁的遗体。现在墓的入口处有士兵把守，不对外开放。

　　在克里姆林宫宫墙和列宁墓之间整齐排列着已故苏联共产党和国家领导人的陵墓。每个墓前都有一块墓碑，一尊塑像。我最有兴趣的是想看一看斯大林的墓。1953年3月斯大林逝世以后，他的遗体被装入水晶棺，安葬在列宁墓之中。那时列宁墓上，有一块大理石墓碑，写着斯大林的名字。1961年，在赫鲁晓夫担任苏共总书记的时候，他的遗体被从列宁墓中移出，安葬在克里姆林宫宫墙脚下。我眼前的斯大林墓非常简朴，一块墓碑，一尊半身塑像，上面的铜牌简单地写着斯大林的姓名与生卒年份。

　　红场南端是著名的圣瓦西里大教堂。这座教堂中间是一个带有大尖顶的教堂冠，八个带有不同色彩和花纹的小圆顶错落有致地分布在它周围，上面还有九个金色洋葱头状的教堂顶。整座教堂造型独特，色彩鲜艳，富丽堂皇，是我

作者夫妇在红场

见到过的外观最为华丽的一个教堂。

　　红场北侧的马涅什广场上，有一座典型的俄罗斯风格的朱红色建筑物——历史博物馆，据说馆内收藏有大量文献图片和雕刻品。我们没有时间进去参观。

　　红场的东面是古姆商场，它是莫斯科最大的商业中心。我们进去看了看，商品非常丰富，应有尽有，和我二十多年前来莫斯科时形成鲜明对照；但商品非常昂贵。

　　红场古朴庄严，一片肃穆。它是莫斯科最古老的广场，是莫斯科重大历史事件的见证。广场上有许多来自世界各地，特别是中国的游客。

　　6月24日下午，我们去参观克里姆林宫。宫墙左右两侧对称耸立着斯巴斯克和尼古拉塔楼，每座塔楼上面日夜闪耀着一颗红水晶五星，这是克里姆林宫的象征。克里姆林宫通向红场的一座大门上方，有一幢高达10层的方形钟楼，钟楼上端有个巨大的自鸣钟。我们进入了大门，进入了这个神秘的世界，这个一直令我向往的地方。

　　走进克里姆林宫，一眼就看到了一座面向莫斯科河的漂亮建筑，这就是大克里姆林宫。专门请来带我们参观克里姆林宫的俄罗斯女导游说，这栋建筑建于15世纪，是一座完全按俄罗斯传统风格建造的宫殿，又名多棱宫，其第二层的多棱大厅外墙均以多棱白石所砌，因而得名，曾是皇家举行婚礼和沙皇接见外国使臣的地方。我们参观了宫内的两个大厅,其中一个叫宝石大厅。室内用多种宝石装饰,十分精美,别具一格,墙边竖立着许多有华丽浮雕的螺旋柱。

克里姆林宫内有四个教堂,其中圣母升天大教堂最为巍峨壮观,五个金色的圆顶金光闪闪。俄罗斯女导游说,沙皇曾在这里举行过加冕典礼,大文豪托尔斯泰也就是在这个教堂被逐出教门。它的西边有报喜教堂,南边有天使大教堂。我们都走进去看了看。天使大教堂是彼得大帝以前莫斯科历代帝王的墓地。我们看到了其中几个沙皇的坟墓。

克里姆林宫中央是索皮尔娜雅广场。广场中心是大伊凡钟楼,曾经是莫斯科最高建筑。钟楼旁有一沙皇钟,号称世界最大,重200吨。附近有一件16世纪建造的巨大的沙皇大炮,长5.35米,口径40厘米,重40吨。我们站在这两个奇迹前面摄影留念。

克里姆林宫东南部是苏联部长会议大厦、苏维埃最高主席团大厦和克里姆林宫会议厅。它们是十月革命后七十余年里苏联国家政治活动的中心和党政机关所在地。苏联解体后,这里仍是俄罗斯联邦政府的办公地。它们不对外开放。我们只能在外边看看外观,其中一栋黄色四层楼外搭了脚手架,正在装修。

克里姆林宫整座宫城平面呈三角形,占地27.5万平方米,外围砌以朱红色的宫墙,宫墙上有15座高低错落、形状各异的塔楼,其中五座最高的塔楼顶尖上,各装置一颗直径六米的红水晶五星。宫内还有大片花园,花草纷繁,林木葱翠。

我们看到了一群无比雄伟壮丽的艺术建筑群,它在1990年被联合国教科文组织列入世界文化遗产名录。克里姆林宫是俄罗斯的象征,是人类历史、文化和艺术的瑰宝。

参观了克里姆林宫以后,我和夫人应我多年的俄罗斯朋友安德烈的邀请,到他家做客,受到他和他夫人的热情接待。

美洲篇

纽约联合国总部——多元文化的艺术殿堂

从 1992 年到 2011 年的 19 年时间内，我曾有幸十多次进入纽约联合国总部，大多是去参加联合国召开的有关重要会议。

1992 年 3 月，我以中国代表团成员的身份，参加联合国环境与发展大会第四次筹备委员会会议。我第一次走进了联合国大楼。我的大学同学万经章，时任中国常驻联合国代表团政务参赞，带我在联合国总部参观了一些地方。

1999 年，我被联合国环境署录用，成了联合国的一名高级职员。当年年底，我出差纽约。正在美国西部一所大学学习的女儿夏雪专程到纽约和我见面。万经章当时也已加盟联合国，担任联合国高级政务官，在联合国总部上班。他又专门陪同我和女儿参观游览了联合国总部，为我们讲解展现在眼前的一切。

2004 年，我退休后加盟国际可持续发展研究院报告部后，曾多次以联合国

联合国秘书处大厦

2009年5月在联合国大会堂举行联合国可持续发展委员会第17次会议，作者在主席台左下侧秘书处席位上做记录，撰写《地球谈判报告》

秘书处成员的身份来这里参加联合国可持续发展委员会会议，为会议撰写《地球谈判报告》。

联合国总部位于纽约东河河畔，曼哈顿第一大道42街到46街的对面。联合国总部大楼包括联合国秘书处大厦、联合国大会堂、会议楼和图书馆四部分。

联合国秘书处大厦，是一座浅蓝灰色方方正正的大楼，地上39层，地下3层，外墙用铝合金、玻璃和大理石等材料装饰，看上去十分雄伟壮观。大楼的首层是大堂，多功能区和餐饮区，二、三层是休息厅和通向各会议大厅的通道，四层以上是秘书处工作人员的办公室。联合国有一个不成文的规定，部门越重要占据楼层越高，秘书长的办公室在高高的38层。

大厦前面是一个广场。广场上，192面五颜六色的各国国旗迎风飘扬。会员国国旗的排列顺序是由联合国大会代表席位的抽签结果决定的，每年都有变化。广场上有一个圆形喷泉，边上矗立着一尊名为"单一形式"的大型石雕，象征世界是一个互为依存的整体。大楼和东河之间，是一个大花园。这里不但是国际政治的中心，而且是一个多元文化的艺术殿堂。大楼内外，世界各国赠

日本赠送的和平钟

送的各种艺术品琳琅满目。

六十多年来，随着联合国成员的增多，来自各国的赠品也越来越多。这些赠品展示了丰富多彩的多元文化，美化了联合国的环境，把联合国总部大楼变成了一个汇集天下艺术品的博览馆。半个世纪以来，已接待游客5000万人次。

联合国的首要宗旨是维护世界和平，许多艺术品都与这一主题有关。

在联合国大楼的正面有一座日式亭阁，里面挂着一口大钟，这是日本联合国协会赠送的和平钟。每年联合国大会开幕前，秘书长都要带领秘书处的高级官员来这里敲响这口和平之钟，为人类祈求和平。

安理会议事大厅内，在主席台后面的高墙上，悬挂着由挪威艺术家创作的"再生鸟"壁画，描绘的是人类从"二战"的劫难中浴火重生的场面，表达了人类对和平与自由的追求。

在联合国大楼三楼通向大会堂的走廊里，有一组日本广岛原子弹袭击后的图片和被烧焦的实物，揭示了战争的残酷，告诫人们永远不要忘记过去。

联合国大楼北侧的广场是游人参观的必经之路。广场的入口处有一座青铜

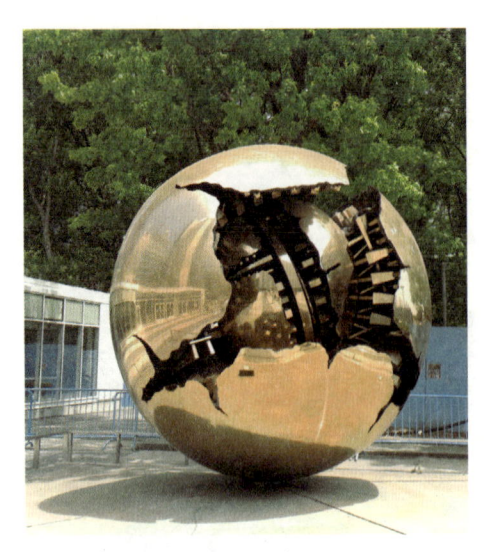

意大利赠送的"球中球"

雕塑"球中球",或叫"世界同心",是意大利艺术家的杰作,表现的是一个濒于分裂的地球,呼吁人们维护世界和平,以避免世界遭受崩溃的厄运。

这座雕塑的南侧,是卢森堡赠送的"不要暴力"大型雕塑,一支枪管打了结的手枪。这样的一支手枪,子弹势必无法出膛。雕塑家要和平不要暴力的思想以十分直观的方式表达了出来。

广场外面是绚丽多彩的联合国花园。春天,这里樱花烂漫;夏天,这里繁花似锦。在茵茵绿草之中,一件名为"铸剑为犁"的青铜雕塑十分引人注目。它是苏联的赠品,表现一名健壮的男子手举大铁锤砸向一把弯曲的长剑,体现了世人铸剑为犁,不要战争的心愿。

联合国的大草坪上,有一座"消灭邪恶"的大型雕塑,是用美苏两国的导弹残骸做成的。这是当时苏联为纪念美苏达成削减中程导弹协议而送给联合国的一件礼品。

在联合国松柏围墙的一侧,陈列着一件赫赫有名的冷战时期的遗物:一段残存的彩绘"柏林墙",演绎的是冷战时期东西柏林人民希望跨越障碍自由往来的故事。这是统一后的德国专门从柏林远道运来的一段墙体实物。

在联合国大楼通往大会堂的一面墙上,有一幅大型彩色瓷拼壁画。这是美国给联合国的赠品。画面上的众人在祈祷,上面写着"Do unto others as you

卢森堡赠送的"不要暴力"　　　　　　　　　　　苏联赠送的"铸剑为犁"

would have them do unto you"（你欲人如何待你，你就该如此待人）。这同我国先哲孔老夫子"己所不欲，勿施于人"的名言有异曲同工之妙。可惜的是，送此礼品的世界唯一超级大国，自己并未按此哲理办事。

联合国大楼内外，还有许多不同国家赠送的不同类型的艺术珍品，比较吸引人的有芬兰赠送的、来自音乐家西贝柳斯故乡的"不锈钢竖琴"，爱尔兰的大型雕塑"移民船"，法国的世界"人权宣言大理石纪念碑"，荷兰的演示地球绕轴自转的仪器"傅科摆"，美国的阿波罗号飞船宇航员从月球上带回的"月球石"，波兰雕塑"音乐家肖邦"、马其顿的"和平鸽壁画"、俄罗斯的雕塑"生命之树"，以及泰国金色龙船"王船"，等等。

联合国陈列着三件中国赠送的艺术珍品。

在联合国二楼代表休息厅的南墙上，高高地挂着一幅中国向联合国赠送的巨幅手织万里长城挂毯，这是1971年中国恢复联合国合法席位后赠送给联合国的第一件艺术品，如今已成为联合国的镇楼之宝。宽敞的代表休息厅在联合国大楼内占有重要地位。平时，这里是各国常驻联合国大使、外交官以及联合国秘书处官员磋商交往的地方。每年9月联合国大会和其他重要活动期间，各国国家元首、政府首脑和政府官员纷纷前来参加会议，代表休息厅便成了他们的临时会所。四十多年来，中国的这幅长城挂毯，高高在上，见证了联合国数不

作者 2010 年 5 月在参加联合国可持续发展委员会第 18 次会议期间在长城挂毯前留影

尽的五洲四海的风云变幻和春夏秋冬。

在联合国花园中心的草坪上，摆放着中国政府 1995 年为庆祝联合国成立 50 周年而赠送的巨型青铜器"世纪宝鼎"。1995 年秋，联合国为纪念成立 50 周年举行盛大的庆祝活动，不少国家为联合国送去了精美的礼品。宝鼎由上海博物馆监造，高约 2.1 米，象征即将到来的 21 世纪；鼎底座高 50 厘米，象征联合国成立 50 周年；鼎上铸有 56 条龙纹，代表中国 56 个民族；鼎座上铸有"世纪宝鼎"和"中华人民共和国赠"的篆文凸字。此鼎做工精美，融我国古代高超的铸造技术和现代科技于一体，是一件古朴、典雅、浑厚、庄重的艺术珍品，反映了中国人民对联合国和 21 世纪的美好祝愿。一经安放，世纪宝鼎立即成了各国外交官和游人驻足观赏的宝地。

我每次去联合国总部，总要去看看上面说到的这两件宝物。我还会去秘书处大楼三层的通道，去看一看中国赠送的另一件宝贝——大型象牙雕刻"成昆铁路"。它是中国政府 1974 年赠送给联合国的。这件艺术品，栩栩如生地描绘了我国成昆铁路穿越崇山峻岭，胜利通车的雄伟场面。这座牙雕共用了 8 根象牙，由 98 位牙雕艺人费时两年雕刻而成，巧夺天工，精美绝伦，是一件举世瞩目的艺术珍品。1984 年，"成昆铁路"牙雕与苏联第一颗人造卫星模型、美国"阿波罗"

中国赠送的"世纪宝鼎"

宇宙飞船带回的月球岩石，作为象征人类进入宇宙、征服自然的三件划时代物品，被授予"联合国特别奖"。

2015年10月，我在网上看到一则消息，说"成昆铁路"象牙雕刻已于2013年联合国总部大楼装修前撤出，搬到了中国常驻联合国代表团驻地。最近我写信给一位仍在联合国总部工作的朋友，问他此件是否放回联合国大楼。他回答说没有。

成昆铁路象牙雕刻被移走，我想与《濒危野生动植物物种国际贸易公约》有关。该公约于1975年7月1日生效。据此，大象是受保护的濒危野生动物物种，象牙贸易是被禁止的。这件象牙雕刻作品是在该公约生效前创作的，没有什么问题，但在联合国总部摆放和宣传象牙制品，总是有些不妥。我想这是它被移走的原因。尽管如此，"成昆铁路"象牙雕刻仍不失为一件宝贵的艺术品。

成昆铁路象牙雕刻被移走了，但现在在联合国总部，仍然有三件来自中国的礼品。这第三件就是2015年9月国家主席习近平在纽约出席庆祝联合国成立70周年仪式时代表中国政府赠送给联合国的"和平尊"。和平尊高165厘米，最大直径79厘米，以中国红为主色调的尊身上绘有景泰蓝纹饰。顶部的龙饰象征守望和平。两侧的象首、凤鸟寓意天下太平，人民安康。尊身展翅高飞的七

美洲篇 | 159

作者 1992 年 3 月在联合国大楼前

只和平鸽，代表联合国为世界和平而奋斗的 70 年。这件艺术品现在放置在联合国二楼代表休息厅，和长城挂毯在同一个地方。

"和平尊"以中国古代青铜器中的"尊"为原型，表达中国对联合国的重视和支持，也是十三多亿中国人民对联合国的美好祝福。"和平尊"展示了中华民族的悠久历史和当代文明，也体现不同文明和文化交流互鉴、兼容并蓄、共同进步。"和平尊"传递了中国和中国人民求和平、谋发展、促合作、图共赢的愿望和信念，这也是联合国宪章的精神。

2011 年 5 月，我最后一次进入联合国大楼。希望有一天，我还能去那里，去看看"和平尊"和其他没有见过的稀世珍宝。

中国国家主席习近平赠送的"和平尊"

参观世贸中心重建 *

2011 年 5 月 3 日，我和国际可持续发展研究院报告组同事、年轻美丽的美国女孩立斯·委立茨一起走出了纽约东 52 街我们居住的一栋大楼，向离那里不远的联合国总部走去。联合国可持续发展委员会第 19 次会议于 5 月 2 日至 13 日在联合国总部举行，我和立斯及其他四位同事是作为报告组成员来这里为此次会议写报告的。我们一边走，一边谈论着对昨天会议开幕的看法。当我们走到第一大道快到联合国的时候，立斯对我说："网上有消息说，萨特姆·侯赛因被打死了。" 我听了觉得奇怪，说："萨特姆不是几年前就被绞死了吗？" 她愣了一下，立即说："说错了，是本·拉登被打死了。" 我立即说："啊，这可是件大事。" 立斯是美国人，从她的脸上，可以看出她为这世上头号恐怖分子之死感到欣慰。

我听到这个消息，更多的是难受，不由自主地向西南方向看了看，离这里不远的地方，那里曾经矗立着七座大楼。那一组建筑，统称世界贸易中心，原为美国纽约的地标之一，位于纽约市，曼哈顿岛西南端，西临哈德逊河，建于 1962—1976 年，占地 6.5 公顷，由两座 110 层 411.5 米高的塔式摩天大楼和 4 幢办公楼及一座旅馆组成。两座摩天楼被人们称为"双子塔"。它们曾经是世界上最高的建筑。我从 1993 年至 1997 年曾作为中国政府代表团团员出席联合国可持续发展委员会第一次至第五次会议，在纽约期间，曾去世贸中心参观。1999 年年底，那时我以联合国环境署环境突发事件协调员的身份赴纽约出差，我女儿夏雪正在美国上大学，我们曾一起去世贸中心大楼参观。2001 年 9 月 11 日，以本·拉登为首的基地组织发动了对世贸中心的恐怖袭击，双子楼和世贸

---

* 本文原载于 2011 年 7 月 12 日《北京青年报》。

中心七号楼当时坍塌，其余四栋楼严重损坏后被拆除，近三千人在此事件中遇难。

我还亲历过另一次拉登发动的恐怖袭击事件。那次事件发生在1998年8月7日，恐怖分子在肯尼亚的内罗毕和坦桑尼亚的达累斯萨拉姆同时制造了针对美国使馆的爆炸事件。内罗毕爆炸案造成253人死亡，其中12人为美国人。我当时担任中国常驻联合国环境署副代表，我和夫人一起，常驻内罗毕，亲历了那次爆炸事件。

5月8日是星期日，联合国可持续发展委员会会议休会，我决定去世贸中心旧址参观。我前两年来纽约时，也去那里参观过，所以对世贸中心重建情况早已有所了解。"九·一一"事件以后，当时的纽约州州长乔治·帕塔基于2001年11月成立了一个"下曼哈顿开发公司"，作为监督世贸中心重建的官方机构。后来，经过招标、投标和审查等手续，最后确定新世贸中心将包括一座541米高的商业楼，原来起名"自由塔"，后来决定还是用原来"双子塔"中一号楼的名字，即"世贸中心一号楼"。该楼共105层，总高度为象征美国建国年份的1776英尺（541.3米），该高度包括了设在顶层的观景台和电视发射天线，如只计算到大楼顶层屋顶，其高度为1368英尺（417米），与原世贸中心大楼差不多。该楼预计于2014年建成，它将是美国的最高楼，但由于阿联酋迪拜的哈利法塔等高楼的建成，它将不是世界第一高楼了。

为纪念在"九·一一"事件中的遇难者，决定建造一个"国家九·一一纪念广场和博物馆"，该设施由"九·一一"事件后成立的世贸中心纪念基金会和纽约与新泽西州港务局主持进行。世贸中心纪念基金会是一个非盈利机构，负责筹措资金，后来将这组纪念性设施更名为"世贸中心国家'九·一一'纪念广场和博物馆"。纪念广场低于地面30英尺，中间在原双子塔的原址上建两个水池，四周是树林，广场墙上刻有"九·一一"事件中死难者和救援过程中牺牲的警员和消防队员的名字。两潭水池，就是以史为镜的意思。它们就是两面镜子，透过镜子，让人们永远看到那倒塌了的双子塔，和被埋在它们底下的死难者，记住恐怖主义对人类的威胁和与恐怖主义斗争的必要性。建成以后，每分钟将向水池中抽入52000加仑的水，形成两个全美国最大的人工瀑布。

除上述两组建筑以外，此外还有五座高楼，均为写字楼。世贸中心2号楼共79层，楼高387米，加上天线，共411米，将是纽约的第三高楼，略低于总高度

作者拍摄的世贸中心建筑工地

为 448 米的帝国大厦，该楼计划于 2014 年完工；3 号楼共 71 层，楼高 352 米，加上天线，共 378 米，计划于 2014 年完工；4 号楼共 64 层，楼高 297.13 米，计划于 2012 年完工；5 号楼共 52 层，楼高 270 米，是住宅和办公用房混合建筑，计划于 2013 年完工；7 号楼也是 52 层，楼高 226 米，该楼已于 2006 年建成。

我乘坐地铁 C 线，在世贸中心站下车，出了车站，就是著名的百老汇大道，向西走一百多米，路右侧就是世贸中心建筑工地，左侧是圣保罗大教堂。离我最近的是"国家'九·一一'纪念广场和博物馆"工地，周围被高高的护栏包围着，抬头向北看去，有好几栋大楼正在建设中，其中一座绿色屋顶的楼，周围没有脚手架，也没有吊车，我在 2008 年来这里时就见过，显然是早已建成的 7 号楼了。有一座楼特别引人注目，虽然尚未完工，但其高度已超出所有其他在建楼宇和已建成的 7 号楼。有一队旅游者，正在听导游讲解，我凑了过去。导游指着那栋高楼说："这就是世贸中心 1 号楼，现在已盖到 64 楼了，每星期上升一层楼。外墙玻璃幕已装到了 34 层，钢筋混泥土楼面已铺到 57 层了。"他指着围栏后面的工地说："纪念广场上已种了 150 棵树木，两个水池也已完工。博物馆游

作者在世贸中心建筑工地外

客中心已经建成，外墙玻璃正在安装。纪念广场和博物馆将于今年'九·一一'十周年时对公众开放。"只见巨大的吊车吊着巨大的玻璃板在 1 号楼外墙外移动。其他几座在建高楼旁边也矗立着巨大吊车，数千名施工人员正忙碌在这个工地上，它可能是世界上规模最大的一个建筑工地。百老汇大道和圣保罗大教堂两边的富尔顿大街和维西大街上路人如织，大多是来这里参观的，很多人在照相，其中不少是中国人。一对中国老年夫妇和一对年轻人在那里照相，见了我，过来要我给他们四人照个合影。老先生介绍说，那年轻女孩是他女儿，男孩是女婿，都在纽约读研究生呢。建筑工地入口处有武装警察站岗，四周有武装警察巡逻，他们腰间别着手枪和警棍等，十分警觉地注视着来来往往的人。

我向圣保罗大教堂走去。该教堂是 1766 年建成的天主教教堂，是纽约的一大古迹。教堂入口处的围栏上挂着一面旗帜，看上去有点像美国国旗，上面写着："Flag of Honor"（光荣之旗），还有这样两句话："这面旗帜上写着那些在'九·一一'恐怖袭击中遇难者的名字，现在和永远，它代表他们永垂不朽。我们永远不会忘记他们。"

我走进了教堂的花园。一进门，看见一块牌子，上面写着两个醒目的大字"Historic Landmark"（历史性地标），还有如下一段话："圣保罗大教堂是曼哈顿一座现仍继续使用的最为古老的公共建筑，是殖民时代留下的唯一的一座教堂。1789年，乔治·华盛顿就任第一任美国总统后，曾在圣保罗教堂祈祷。"花园内庄严肃穆，有很多参天古树。这教堂与世贸中心近在咫尺，在"九·一一"袭击中却安然无恙，确实是个奇迹。人们说，这要归功于这些大树，是它们挡住了双子楼倒塌时产生的巨大冲击波，其中一棵大树甚至被连根拔起，使教堂幸免于难。

　　我走进了教堂，看前面是高高耸起的神父布道的讲台，中间有信徒做仪式时就座的椅子，墙上是绚丽多彩的宗教画和神像。这些和我以前参观过的许多教堂是一样的。教堂的四周，陈列着反映"九·一一"事件后救援情景的照片，和救援牺牲人员和受难人员的遗物。一个大玻璃柜中陈列着许多牺牲的消防队员和警员留下来的领章和肩章，放着他们的亲属正在哭泣的照片。这俨然是反映"九·一一"事件的一个博物馆。事件发生后，许许多多的人，从纽约和美国的其他地方，来到了圣保罗大教堂，展开了在美国史无前例的救援行动。看着这些照片和遗物，我涌起了对恐怖主义者的无比愤怒，和对那些参与救援的志愿者的无比崇敬。在这个世界上，善良的人还是多数。我在内心祈祷，愿这个世界多一些和平，多一些善良；愿这个世界没有战争，没有恐怖。

拉斯维加斯印象

"世界赌城"拉斯维加斯，是美国最光怪陆离和最具魔力的城市。我以前至少有两次去这座城市的机会，但都错过了。一次是 20 世纪 90 年代初，应美国国务院邀请，国家环保局一个考察团访问美国，日程中有拉斯维加斯。我当时负责提出组团方案，但没有把自己列入。还有一次是 2003 年年底，我女儿从美国西华盛顿大学毕业，她母亲前去参加毕业典礼，我由于联合国环境署驻华代表处公务繁忙，没有去。我女儿带她母亲游览了拉斯维加斯。回来后，妻子把她和女儿拍的照片给我看，说："拉斯维加斯太有意思了，太漂亮了，你有机会一定要去看看。"

机会终于来了。2006 年 6 月下旬，我赴温哥华为第三次世界城市大会写报告。我妻子对我说："拉斯维加斯离温哥华不远，你开完会可以去那里看看。"我说："太好了！"为完成这个计划，第一件事是要办美国签证。我自己写了一封信，说我完成了在加拿大的工作任务后，要去拉斯维加斯旅游。签证办得十分顺利，签证官给了我一个一年多次入境的访问签证。然后，我在北京家里通过互联网预订了温哥华和拉斯维加斯之间的来回机票和饭店，并付了款。为吸引游客，价格不是太高。

6 月 24 日傍晚，我结束了温哥华的工作，乘坐阿拉斯加航空公司 694 航班，飞过了一片干燥的不毛之地，来到了这座令许多人痴迷的城市。着陆前通过飞机的舷窗，看到的是一片无比灿烂的灯光。我夜间曾经在世界的许多城市降落，没有见过哪一座城市如此辉煌，如此明亮。当我走进拉斯维加斯国际机场，一眼就看到了许许多多五光十色的老虎机恭候在各个大厅，有的刚抵达的游客已经在尝试他们的运气。

我要了一辆出租车，去已经预订的饭店。我的目光被无数闪耀的霓虹灯及

拉斯维加斯一景

极有特色的豪华旅馆所吸引，一幢幢高耸的大厦，以五光十色的广告和霓虹灯标着一个触目惊心的大字："Casino"（赌场）。我来到了名叫"South Coast"（南海滨）的饭店。我预订的是三星级饭店，但出现在我面前的是一个二十多层的崭新的现代化建筑。走进大厅，是一个巨大无比的赌场。门口的迎宾员将我领到了饭店总服务台，服务员彬彬有礼地请我登记，然后交给了我房间的钥匙。我被分配在21层。整个饭店兼赌场装饰豪华，设备讲究，不亚于世界一流的五星级宾馆。

安顿下来以后，我在饭店和赌场转了一圈。它的一、二层是赌场。除一层那个大赌场外，还有许多大小不一，适用于各种不同赌博方式的赌场和专供大款们赌博的VIP room（贵宾室）。赌场24小时营业。赌场内设有酒吧间、咖啡座、餐厅和茶室。除赌场外，还有各种各样的娱乐设施，有儿童乐园、电影院、剧场、保龄球馆、健身房，室外有游泳池。三层以上是旅馆的客房。

在饭店和赌场，我看到了各种肤色的来自世界各地的男男女女，老老少少。赌场内和游乐场内，到处人头攒动。我明白了，来这里的有两种人，一种是抱着发财的美梦来赌博的；还有不少的人是来观光度假的。拉斯维加斯以赌博闻名于世。近年来，随着许多超大型观光旅馆的兴建，一些大型主题乐园、表演剧场的开张，它同时也已经变成了一个适合男女老少以度假为目的的娱乐中心。

逛了一圈，已将近午夜，我回房间睡觉了。第二天早餐以后，我先到室外的游泳池游了一会儿泳。游泳池很大，也非常华丽，但人不多，大多是大人带着小孩在那里戏水。由于这里气候炎热干燥，不太适合室外活动。

我来到了大赌场，眼花缭乱，红、黄、蓝、绿的灯光夺目扑来。赌博方式各种各样，赌具林林总总，轮盘在飞转，骰子在颠动，扑克牌在飞舞，"老虎机"中金属角子跌落下来，发出"叮咚、叮咚"的声响……在我这样一个不谙赌道的观光客的眼里，好像是一幅五彩缤纷的图画，也是一组杂乱无章的乐曲，看起来倒也蛮有意思。我在一种叫 Black Jack（黑杰克）的扑克牌游戏前停了下来，仔细做了一番观察。每个桌后站着一个庄家，桌前坐着数目不等的赌客，最少的可以一人，最多有六七人，桌上放了一块牌子，标着投注最低额是 5 美元、25 美元、100 美元或 500 美元，也设有上限，从 2000 美元到 10000 美元不等。据说在贵宾室内是没有上限的。我在每桌前至少观察一副牌的始终，发现庄家赢的次数大大多于赌客，当然也经常有后者赢的时候。

我发现庄家中有不少华人。有一张桌前站着一位庄家，看上去像华人，当时她桌上没有赌客。我走了过去，她热情地招呼我，问我是否想试试手气。我说："我不会。"她说："我可以教你。"我说："算了。"她说的是英文。我用中文问她："你是不是中国人？" 她立刻高兴地用中文回答说："是啊！你是台湾来的吗？"我说："不，北京来的。"我去过世界各地的几个赌场，澳门的赌场自然不用说，其他地方，如内罗毕和美国大西洋城，往往每个赌场里都有不少中国人在赌博。但这个赌场的中国赌客却寥寥无几，我有些奇怪，向这位当庄家的同胞提了出来。她笑了笑说："这是个新赌场，大陆的中国人都还不知道呢。你到其他赌场看看，就会看到许多中国人的。"她告诉我，她以前曾在别的几个赌场工作，不少从大陆来的客人，一个晚上输掉 1000—2000 美元如同家常便饭，有钱的中国人在贵宾室，一个晚上可以输掉几十万，甚至几百万美元。她笑了笑又说："赢钱的人也是很多的啦。" 听她的口音和说话的神态，看来是个老移民了。

拉斯维加斯的精华地段是俗称 Strip 的拉斯维加斯大道。不去这个地方，就等于没有来过拉斯维加斯。我要了一辆出租车，对司机说："去 Strip。"司机说："Strip 很大，你究竟要去哪里呀？"我说："去最热闹的地方。"司机是一个波兰移民，来这里有十多年了，英文说得不错。他说拉斯维加斯当地居民只有160万，每年游客有3700万。这座城市的人口增长特别快，平均每天有5000人到这里寻找工作和定居。博彩业是这个城市的第一大产业，博彩业和相关的服务业和旅游业每年为这个城市创造400亿美元的财富。一路上不时可以看到正在兴建的兼营赌场和娱乐事业的大型度假饭店。他告诉我，在拉斯维加斯，无论你走到哪里，都可以赌博，连加油站和超市都放着老虎机呢。

出租车在一个大型饭店前停了下来，司机说："这里是Strip的中心。"这又是一个多功能饭店。饭店前是一个广场，有喷泉，有大型雕塑。走进这个饭店，发现布局与南海滨饭店很不一样。大厅内是假山和喷泉，左边往前，远远地可以看到一个大赌场；右边有一条室内街道。我先去看了一下赌场，发现比南海滨饭店的赌场还要大。再看看桌上放着的表示最高和最低的投注额，发现普遍要比南海滨高。我匆匆看了一眼，就来到了那条美丽的室内街道，两旁都是精品商店。墙上和天花板上有五彩缤纷的图画和五光十色的灯饰，还镶嵌着雕塑作品，有飞马、仙女和骑士，这实在是一条艺术水平很高的画廊。

我走出了这个饭店，行走在拉斯维加斯大道。多功能饭店一个连着一个，我走进了几家，每家的建筑各具特色，但里边的内容大同小异，有赌场、有旅馆、有娱乐设施。突然，我听到了一阵炮弹的爆炸声，不远处还看到了弥漫的烟火。我吓了一跳，但很快镇定下来。知道离我不远处正在表演海盗大战呢。我立即走了过去。表演在大道旁的一片人造水面上进行，后面搭建着十分逼真的城堡。水上面两边各有一条海盗船。右边船上是清一色的男海盗，个个是彪形大汉，穿着18世纪的海盗服，一人爬上高高的桅杆，手里拿着一个长长的望远镜在瞭望，甲板上的海盗正在向对面的敌舰开炮。左边船上是清一色的女海盗，个个是高个儿美女，正在向对面的敌舰进攻。观众站在一条桥上观望，我加入了观众行列。这里烟雾弥漫，炮声连天。双方都在不时大声叫喊着什么，可能是指挥员在发布命令，战士们在回答。突然，男海盗船被击中了，开始下沉，海盗们一个一个跳入水中，向敌舰游去。女海盗停止了进攻，把男海盗一个个拉上了她们的船上。奇怪的是，胜利者并没有将失败者以俘虏处理，而是将他们以贵宾相待。男男女女一起唱起了歌，跳起了舞。大战在歌舞声中结束。

夜幕降临了，拉斯维加斯大道到处是各种造型的五彩缤纷的霓虹灯光，它使这座城市变得无比绚丽多姿。在豪华的赌场门前，除炮火连天的海盗大战外，我还看到了用现代科技模拟的火山爆发，情景逼真，气势宏伟磅礴，让人看了心惊肉跳！许多建筑、喷泉、雕塑的设计精美，造型奇特夸张，令人叹为观止。

拉斯维加斯的文艺表演世界闻名。我来这里前，就做了一些调研，知道这里既有高雅的音乐、舞蹈和戏曲，也有低俗的脱衣舞等表演。我妻子和女儿曾看过一场歌舞，说不错，但价格太贵。我想，来拉斯维加斯而不看表演，以后会后悔的。我在一家十分豪华的旅馆兼赌场外看到了一个歌舞节目的巨大广告牌，上面写着"Show Girls"（表演女郎）。我在旅行前曾查阅了一些拉斯维加斯歌舞表演的资料，知道这是那里最为著名的一种表演形式。我走了进去，找到了表演厅，花了一百多美元买了一张票。剧场富丽堂皇，已坐满了观众。我等了十多分钟，表演就开始了，布景和服装十分艳丽、华贵。这种舞蹈容纳了各国移民，包括非洲、爱尔兰和南美舞蹈的特点，既轻松活泼又热情奔放，好莱坞西部牛仔乡村舞会和百老汇的音乐剧中的跳唱风格也融入了其中，使其演出风格既具美国民俗又不失高雅与绚烂。我在这里度过了一个十分愉快的夜晚。

来到拉斯维加斯，只要是大人，很少连"老虎机"也不摸一摸的。如果你只把它当成一种游戏，而不是当成发财的捷径，那么无论输赢，你都会从中得到快乐，诀窍是要给自己定一个输赢的指标，譬如 50 美元，达到了这个指标，你就住手。拉斯维加斯赌场的每台老虎机每年要从赌客口袋里掏走 10 万美元。如果你想在此地发财，十之八九会碰得头破血流。

拉斯维加斯是旅游者的天堂，是赌徒们的地狱。

圆梦夏威夷

2008年5月19日，我乘坐的美国大陆航空公司15次航班平稳地降落在夏威夷檀香山国际机场。访问夏威夷，是我二十多年来一直梦寐以求的愿望。我终于来到了这里，心里有一点激动。我取了行李，走出了机场大厅，一眼就看到了我的朋友托菲克·西迪基博士，我们两人的双手紧紧地握在了一起。我看到了博士眼中的泪花。他对我说："Aloha！"我的眼睛也湿润了，说："托菲克，你好吗？"他说："我很好，你呢？"我答道："很好！"这种非常普通的问候方式，我们不知道曾经重复过多少次，但以前都是在北京，这次是在夏威夷了。他帮我推着行李，来到了停车场，坐进了他的汽车，西迪基博士自己开着车，我坐在他的边上，我说："托菲克，你刚才说的Aloha是什么意思？"他说："这是夏威夷语，相当于Hello，也有I love you（我爱你）的意思。"

我和托菲克相识已经二十多年了。20世纪80年代，我在国家环保局做外事工作，托菲克是夏威夷美国东西方中心环境政策研究所的研究员。为执行《中美环境合作谅解备忘录》下的合作项目，他曾多次来华访问。我负责接待。这样，我们成了朋友。

1996年，我赴肯尼亚内罗毕担任中国常驻联合国环境规划署副代表。1999年，我成为联合国环境规划署的一名官员，在那里工作了七年多。很多年没有和他见面，但是我们一直保持着联系。2004年，我从联合国退休。

我们十多年没有见面。后来，他减少了在美国东西方中心的工作，自己成立了美国21世纪环境与能源研究所（GEE-21）。2007年年初，他给我发了邮件，邀请我担任该所的理事。我接受邀请，成了该研究所的一名理事，但事实上，我只是挂了一个名，没有做什么实际工作。

在我们相识的二十余年中，托菲克曾多次邀请我去夏威夷访问，但因各种原因，一直没有成行。

　　机会终于来了。2008年5月3日至24日，在纽约联合国总部召开联合国可持续发展委员会第16次会议，我以国际可持续发展研究院报告组成员的身份参加会议。在做旅行安排的时候，我突然想起了托菲克的邀请，我决定趁此机会去夏威夷旅行。我给他发了邮件，告诉他我的想法。他回答说，他和夫人听到这个消息都十分高兴，欢迎我和我夫人一起去，他的研究所将负担当地的费用。他还说："趁你来夏威夷的机会，我们将召开理事会的年会，讨论研究所的工作。"而且他还给我发了一封正式的邀请信。我回信感谢他对我的邀请，告诉他，我夫人因有其他事情，这次不能和我一起去了。

　　这样，我就踏上了夏威夷这块土地，圆了我一个二十多年的梦。托菲克把我送到我下榻的卡佩奥拉尼女皇饭店。卡佩奥拉尼女皇是夏威夷最后一个皇帝，是戴维·卡拉卡娃的妻子。托菲克告诉我，饭店前面就是著名的外基基海滩。他说："这是夏威夷最美丽的海滩，有空儿的时候你可以去那里散步、游泳。"安顿下来以后，托菲克带我到附近的一家中餐馆吃晚饭。

　　第二天，即5月20日，托菲克和夫人乌尔丽卡一起来到了饭店，他说："你在夏威夷期间，我们会全程陪同你在岛上游览。"我说："你们不用都陪着我，我可以参加一个旅行团到处看看就可以了。"他说："你是我的老朋友，是我们最重要的客人，我们说好了一定要全程陪你。"我只好坐进了他的汽车。

　　这样，我就开始了在夏威夷的游览。乌尔丽卡不断给我介绍夏威夷的情况。她说，夏威夷由8个大岛和120多个小岛组成，主要的8个岛屿是夏威夷岛、毛伊岛、卡胡拉韦岛、拉奈岛、莫洛凯岛、瓦胡岛、考爱岛、尼豪岛。檀香山是夏威夷的首府，位于瓦胡岛，夏威夷的总人口约130万，檀香山的人口就有90万，是夏威夷的政治、经济和文化中心。在这几个岛中，夏威夷岛是最大的一个岛，有冒纳罗亚火山和基拉韦厄火山。乌尔丽卡说："整个夏威夷最有名的旅游景观是海滩和火山，现在火山大多处于活动期，不能让游客接近，所以，这次你就不能去看了，而且你也没有时间。"因此，这次我就在瓦胡岛参观，没有去其他岛。

　　汽车行驶在海边的公路上，看到最美丽的景色就是海滩和海洋。当天，在明媚的阳光下，海洋显得分外迷人，海水的颜色由近至远从浅蓝到深蓝变幻无

作者和乌尔丽卡在夏威夷海滩

穷，我从来没有见过这么美丽的海。我们不时地在一些风景特别优美的海滩上停下来，其中一处的海当中有一个小岛，岛上有座山，这山看起来就像一顶帽子，托菲克说，这座山的名字叫 China Hat（中国帽）。我们下了车，走上海滩，沙子是那么细、那么白。夏威夷的海滩世界闻名。我早就听人说夏威夷海滩是最美丽的，这次目睹了她的美丽。有几个人在海中游泳。天空和海洋一样蔚蓝，飘着大朵大朵的白云。岸上，棕榈树的树叶在微风中摇曳，各种鲜花争奇斗艳，在微风中起舞，欢迎远方来的客人。他们指着一种开得十分美丽的花告诉我："这是 Hibiscus（芙蓉花），是夏威夷的州花。"

我们又来到了波利尼亚文化中心。波利尼亚人是 5 世纪迁移到檀香山的，可以说是夏威夷的土著居民了。这个文化中心是反映波利尼亚人建筑和文化的设施。该中心依山傍水，中间有个人工湖，人工湖将中心分为夏威夷、萨摩亚、斐济、汤加、塔西堤、马克萨斯、毛利等七个村落，代表波利尼亚七种不同文化，各村落建筑均保持几百年前的传统风貌，从不同侧面反映民族文化特色，是吸引游人的拳头项目。在文化中心，我们看到了波利尼亚人的舞蹈表演，男青年们穿着夏威夷衫，抱着吉他，弹着优美的乐曲，用低沉的歌声，倾诉心中的恋情；

跳舞的女郎，挂着花环，穿着金色的草裙，配合音乐旋律和节奏，表现出优美的姿态。纯洁的感情如诗如画，令人陶醉，叫人流连忘返。

我们后来到了另外一个海滩。那里的海浪汹涌澎湃，年轻人正在冲浪，我们看到一些小青年踩在一块板上，随着海浪飞到半空，一会儿又消失在海中，给人惊心动魄的感觉。乌尔丽卡说，这是这里的小青年最喜欢的运动，都是18岁以下的孩子，大了就不做这样的运动了，因为太危险了，去年，夏威夷一位著名的冲浪运动员，在冲浪过程中就丧生海洋。

第三天，我们召开了研究所的理事会年会。托菲克是研究所所长，乌尔丽卡是研究所的财务主管。参加会议的还有夏威夷大学商学院马世教授和苏依特霍德教授，以及夏威夷能源管理集团总裁费格理乌兹先生。这个会议的参加者都穿着夏威夷衫，我也穿了一件花衬衣，是我儿子从泰国曼谷买给我的，看上去也有点像夏威夷衫。会议开始的时候，托菲克首先将我介绍给其他各位理事，并对我表示热烈欢迎，同时也将其他理事做了介绍。托菲克做了工作报告，乌尔丽卡做了财务报告，各位理事对两个报告进行了讨论。托菲克还说，研究所要增加新的理事，他提出了人选名单，马世教授也提出了一名人选，大家讨论以后都表示同意。各位理事还对研究所今后的工作提出了许多有用的意见。

当天下午，我应邀到托菲克家做客。他们住在周围风景十分美丽的一套公寓房内，窗外青山绿水，楼下有花园，不远处还有一个人工湖，湖中心停泊着一些游艇，还有些游艇在湖中行驶。乌尔丽卡说，这些游艇都是这里的住户拥有的，他们既把它作为游览的工具，有时候也用作到附近集市购物的交通工具。他们家里有许多中国的工艺品，墙上挂着来自中国的画。托菲克从柜子里拿出了一个漆器首饰盒。他对我说，这是在20世纪50年代中期周恩来总理访问巴基斯坦时送给他父亲的礼物。我拿过来一看，漆器上有一行烫金小字："中国国务院总理兼外交部长周恩来敬赠"。托菲克说，当时他的父亲是巴基斯坦白纱瓦大学校长，周总理访巴时赴该校参观，该校授予周总理法学博士学位。后来，他父亲也曾访华，受到了周恩来总理的接见，他父亲和周总理成为了朋友。在以后的几年中，周总理每年都给他父亲寄一盒中国茶叶。托菲克还拿出好几本关于中国的书和画册，以及一些他和中国科学家们合作研究的成果报告。

第四天中午，我和托菲克一起在海边的一个饭店用了午餐。他把我送回旅馆，

21世纪环境与能源研究所理事会会议

说：“我马上要参加一个会议，不能送你去机场了。”我说：“你和乌尔丽卡花了那么多时间来陪我，谢谢你们。” 他又说："我和乌尔丽卡都很喜欢中国，与中国结下了深厚的友谊，我有你这个朋友，感到十分高兴。希望下次你夫人和你一起来。这里还有许多美丽的地方你没有去过呢。"我说："我们肯定还会见面的。"

我登上了出租汽车，托菲克挥着手说："Aloha!" 我也说："Aloha!" Aloha 在这里的意思是"再见"， 它几乎是一个万能词。

Aloha，美丽的夏威夷。

布宜诺斯艾利斯散记

阿根廷，是一个离中国很远很远的国家，它位于南美大陆的最南端。2007年3月，我去了那里，在它的首都布宜诺斯艾利斯住了将近二十天。我这次阿根廷之旅是为《联合国防治荒漠化公约》审议公约执行情况委员会第五次会议撰写《地球谈判报告》。

16世纪初，西班牙人来到了这块南美大陆的人口稀少的三角形土地，在那里建立了一个国家。经过500年的发展，现在全国将近有4000万人口，大都集中在中部的布宜诺斯艾利斯和科尔多瓦两个大城市中，仅布市就有1500万人口。阿根廷土著居民是印第安人，人数很少，据说很像我国的西藏人。阿根廷有千变万化的自然景观和地形地貌，湖泊、山脉、冰川、森林、草原，应有尽有。与巴西交界处的伊瓜苏瀑布是世界上最宽的瀑布，气势磅礴。我原想在工作完成以后去那里一游，但此地离布市很远，在紧张工作将近半个月后，感到非常疲劳，又考虑到去年刚去过世界上最高的、位于加拿大和美国交界处的尼加拉瓜大瀑布，因此放弃了这个想法。回来以后，又有些后悔。可能这辈子看不到这一世界奇景了。

会议期间有一个周末，加上会后一天，有三天自由活动时间。我按照报告组同事、阿根廷前驻华大使埃斯特拉达女儿安琪尔斯给我安排的日程，或晃悠在布市街头，或穿梭于教堂和博物馆中，或漫步在公园和植物园内。

布宜诺斯艾利斯是拉美最繁华的都市之一。西班牙语 Buenos 是"好"，Aires 是"空气"，布宜诺斯艾利斯就是"好空气"的意思。布市的空气的确好，每天蓝天、白云，看不到一点发展中国家城市普遍存在的空气污染。该市位于拉普拉塔河西岸，风景秀美，气候宜人，有"南美巴黎"之称。拉普拉塔河据称是世界上最宽的河流。市内以街心公园、广场和纪念碑众多而著名。城市建筑多受

在布市街头购买的皮质盘子

欧洲文化影响,至今还保留有几个世纪前的西班牙和意大利风格的古代建筑。

在我们居住的哥伦布旅馆不远处,有一条"解放者"大道。我出了旅馆,往右拐,走两百米左右,就到了这条布市最宽,也是最美丽的大道。我不知道它有多宽,大概有 100 米吧,比北京的长安街还要宽。路的中间有两道绿化带,路的那边是一个沿街长几公里的花园。3 月是这里气候最好的时节。公园中各种各样的花草树木,竞相争艳。最引人注目的是一种叫作"酩酊树"(palos borrachos)的开满紫色花的大树。这种树在布市到处可见,十分灿烂美丽。安琪尔斯告诉我,阿根廷的国花是赛波树,它四、五月开花,那时这种树上长满一串串的、如火如血、如天空中燃烧的云霞的红花。我见到了这种树,可惜的是季节不到,花还没有开放。

布市因为有许多杰出的雕塑作品而骄傲。不但在博物馆中,而且在市中心广场,在街头的绿化带,在公园和植物园,到处都是雕塑,主要是石质和青铜的,其中有在 19 世纪中期和 20 世纪初期担任过阿总统的米特雷、萨米恩托和阿尔维亚尔等人的塑像。它们高高挺立在布宜诺斯艾利斯的街头,纪念这些为阿根廷独立、统一和发展做出了巨大贡献的伟人。

我专门去参观了阿根廷国家美术馆。这里陈列着一万多件自 16 世纪以来阿根廷、西班牙和意大利等国画家的美术作品。我在这里还看到了几件我国明清时期的瓷器,有人物、花瓶和器皿等。两个清代的大瓷缸特别引起了我的注意。

我看到有好几个人在美术馆内照相,服务员并不阻拦。我对着大瓷缸也拍了一张。这一对瓷缸的美丽使我震撼。我参观过许多国家的博物馆和美术馆,从巴黎的卢浮宫到纽约的大都会博物馆,到处都能看到中华民族的艺术瑰宝。每当此时,我总是感到十分激动和自豪。

阿根廷人大多信念天主教。布市内有许多天主教堂。我参观了名为皮拉尔圣母大教堂(Nuestra Senora del Pilar Basilica),也叫多米尼肯大教堂(Dominican Church),建于1732年,是布市最大的教堂之一。我和其他几个外国旅游者一起,走了进去。与我以前参观过梵蒂冈的圣彼德大教堂、意大利罗马大教堂、英国伦敦的威斯敏斯特教堂或德国的科隆大教堂相比,是显得小了一点。但它同这些教堂一样金碧辉煌,圣坛和其他礼拜用品都是两百多年前的古物,四周墙上布满耶稣基督的塑像。这天是星期六,虔诚的教徒们正在做礼拜,教堂内庄严静穆。我微闭双眼,虔诚地站在那里,耳边传来神父布道的声音。神父用的是西班牙语,我听不懂,但好像又听懂了。我似乎进入了一个有神的世界。

出了教堂,我到了与此一墙之隔的世界著名的雷科莱塔公墓。这里,在高墙的包围下,在无比肃静和庄严的氛围中,安息着阿根廷的几代精英。一列送葬队伍正慢慢地行进在公墓的小路上。人们穿着黑色服装,没有人说话,但也听不到哭声。看来他们是在送别一位寿终止寝的长者。我行走在公墓的小路上,看着雕刻得十分精美的塑像、石碑和石棺,就好像行走在雕塑博物馆内。每一座墓,都是一个小型的石质建筑,大理石的门面和花岗岩的墓棺。长眠在这里的有上面已经提到的萨米恩托和阿尔维亚尔总统、独立运动的英雄威廉·布朗,著名的拳王安吉尔·弗波和作家维多利亚·奥坎波斯等。每座墓前都有出自著名雕刻家之手的塑像,有的是立体头像,有的是全身像,也有的是平面雕像。其中的一部分作品,已经成为世界著名的艺术珍品。这已经不是通常意义上的公墓了,雷科莱塔是一座在世界上享有盛誉的艺术宝库,吸引着众多来自世界各地的旅游者。

最近在《北京青年报》看到一篇文章,介绍上海新建了一个名为"福寿园"的公墓,一些名人的坟墓已迁入。有的还请人创作塑像放在墓前。例如,乔冠华的墓前放了一座反映他在联大开怀大笑的头像,出自著名雕塑家之手。该公

作者在多米尼肯大教堂前

墓被人们称为人文公园。我想不久以后，福寿园会像雷科莱塔一样，成为一个热门的旅游景点。我也会去的，至少要去看看我年轻时的老领导、我所崇拜的外交家乔冠华。

多雷戈广场也是安琪尔斯建议我去的一个地方。这是布市最古老的广场之一。广场上，中间是一座雕像，不知是谁。四周的树荫下，摆着许多的地摊，主要出售旅游工艺品。我四周转了一圈，在一个小摊前停了下来。摊上摆着一些小首饰和几个艺术盘子。我妻子曾特别嘱咐过："到阿根廷，不要买别的，但一定要买一个盘子回来。"摊子的主人是一个漂亮的小姑娘。我拿起了其中一个，很轻，盘上的图案是一对年轻男女在跳探戈。这盘子很有特色，我很喜欢。我问小姑娘："用什么做的？" 她笑着说了几个字，是西班牙语，我听不懂。旁边摊上的一个男子用英语告诉我是牛皮做的。我和妻子喜欢收集艺术盘，最近十几年来，每到一个国家，我们总要买一个盘子。在我北京的家的餐厅里，做了一个专门的玻璃架，放了几十个从世界各地收集的盘子。它成了我家的一个亮点。来我家的客人，对此都十分欣赏。但迄今还没有牛皮盘呢。我问小姑娘：

作者拍摄的阿根廷国家美术馆内的中国清代大瓷缸

"多少钱呀?"她说:"25比索。"这相当于8美元,不算太贵,我立即付了钱,买了下来。小姑娘不但长得漂亮,而且打扮得也很有特色,白色的背心,黄色的裙子,脖子上、脚上和手上戴满了她小摊出售的首饰,看上起活像一个时髦的小模特。这里的旅游者不少,但中国人很少。我这个中国人引起了旁边摊位上两个女孩的注意,她们走过来看热闹。这两个女孩也很美丽。我说:"我们一起照个相吧。"她们立即表示同意。旁边会说英文的男摊主主动过来帮忙按快门,还告诉我那个小女孩是阿根廷人,另外两个女孩是哥伦比亚人。照完相后,我先说"gracias"(谢谢),又说"chao"(再见)。她们挥着手,对我说:"chao。"多雷戈广场四周有许多古玩店。我到处转了转,没有买什么东西。

阿根廷人都很热情,乐于助人。我在布市游览时,经常要问路。我手里拿着安琪尔斯给我准备的日程。有些景点靠得很近,虽有地图,但我往往也找不着。这时,我就对着一个当地人说:"hola!"(你好!)然后指指日程上的景点的西班牙文,无论是大人小孩都会热情地告诉我如何走。曾有人告诉我,阿根廷人太热情,你若问路,有时被问人并不真正知道如何去,他(她)也会给你

美洲篇 | 181

乱指一通。但我从未碰到过此种情况。

我在布市的游览，并不是万事如意。有一次，当我行走在一个街心公园时，突然，一条大狗"汪汪"地叫着向我窜来，我吓了一跳，但立即镇静下来，停住脚步。眼看这狗就要冲我咬来时，不远处，一个坐在草地上的妇女叽里咕噜说了几个西班牙词，那狗收住脚步，回头望了望那妇女。那人给它做了个手势，它立即飞奔了回去。我继续往前走，心还在扑通扑通直跳，谁知那疯狗又再一次似箭般地向我冲来。这一次"汪汪"的叫声更加厉害。我愤怒了，冲着那女人喊道："Stop your dog!"（制止你那条狗！）不知那女人是听懂了我说的英文呢还是听出了我的愤怒，她又一次把狗叫了回去。我立即快步走到马路上，躲到了一间咖啡屋内，要了一杯咖啡。咖啡屋十分典雅幽静，我的心慢慢地平静了下来。

在过去的半个多月中，我在布市街头不知看到了多少狗，有大狗和小狗，但以大狗为多，大多不系绳子或链子。司空见惯了，从未遭到过袭击，这是第一次。有时还看到一个人带着十多条狗在街上行走。我问安琪尔斯，此人怎么养那么多狗，她说："她是 dog sitter."（狗保姆。）她解释道，那里，有不少住公寓房的人养狗，没有时间和地方溜狗，因此托人来做此事。狗保姆这个行业，我还是第一次听到。我对《地球谈判报告》报告组组长索丽丹特说："你们这座城市，我什么都喜欢，就是不喜欢那么多的狗。"她说："我们也不喜欢，但也没有办法。"

阿根廷文化中，最能体现其民族文化迷人风情的，是探戈舞蹈。阿根廷是探戈的发源地。在街头、舞厅和酒吧，你可以看到人们在跳探戈；在专门的探戈剧场，你可以看到世界一流的探戈舞表演。报告组的两个同事，男的叫安德烈，是澳大利亚人，女的叫艾莉克丝，是加拿大人。安德烈的女朋友是智利人，艾莉克丝的男朋友是美国人。安德烈和艾莉克丝的朋友也专门来到了布市，为的是和他们相爱的人在一起跳探戈。两对青年男女都去舞厅跳探戈。他们邀我一起去，还说舞厅便宜，连晚餐每人总共 20 美元。我不会跳舞，没有和他们一起去舞厅，而去了一个名为马德罗的探戈舞剧院观看了一场世界一流的探戈舞表演。剧院派专车接送，包括晚餐和表演，花了 80 美元。

剧院位于拉普拉塔河河畔，剧场面对河的一侧的墙全部是玻璃的，可以看到河上来往的船只和两岸灯火辉煌的建筑。剧院内坐满了来自世界各国的旅游者。晚餐是阿根廷一流的厨师做的。主菜我要了一份猪排，十分可口。还给了我一瓶红葡萄酒，我喝了一杯。吃饭时一位摄影师和一对青年男女演员到各桌为观众和演员合影，说照片不好可以不买。我也照了一张。吃完饭，才看表演。有乐队伴奏，表演是一流的。一对对身材高挑的青年男女翩翩起舞。男的身着高雅的晚礼服，舞步优雅、大方，充满绅士风度；女的身穿艳丽的晚礼裙，舞姿矜持、高贵，充满女子柔情。每个节目的服装都不一样。男子用右手搂着女伴的腰，随着舞曲节拍前后左右移动舞步，交臂而舞，时快时慢，在梦幻般的舞曲中倾情投入，演绎着充满南美浪漫风情的探戈舞蹈。在舞蹈节目的中间，穿插着男声独唱，高昂激扬，十分动听。剧院内不断响起阵阵掌声。

　　节目快结束时，摄影师送来了我和探戈演员的合影。我觉得不错，就花了15美元买了这帧照片。

附篇

探访以色列：行走在历史和现实之间*

2011年6月中旬，受以色列旅游部和以色列航空公司的邀请，我有幸对这片面积并不大，但充满神奇的土地进行了一番探访。无论是动感的地中海海边城市特拉维夫－雅法、充满宗教色彩和历史感的耶路撒冷，还是世界知名的度假地——死海，都给我留下了美好的印象。

如果不是亲临这片土地，你不会相信它的美好，更不会想到它是那样的生机勃勃、色彩斑斓。难怪以色列会被《纽约时报》列为全球旅游胜地十佳之一。

特拉维夫－雅法——动感且现代

以色列的首都特拉维夫位于地中海旁边。它比较现代，代表着以色列的活力。特拉维夫的全称是特拉维夫－雅法，从名字上就可以看出是两个城市的结合。

特拉维夫最早是一些犹太移民为逃避雅法的高房价而兴建的。渐渐地，它的发展超过了以阿拉伯裔为主的雅法，成了以色列最时尚的城市。在这里你可以从酒店大堂直接步行到海滩，涌入地中海畅游，也可以在入夜到海滨的酒吧品饮红酒佳酿，呼吸地中海带来的新鲜浪漫的空气。当然这里也有鲍豪斯风格的建筑、一流的博物馆和画廊等着你去欣赏和探寻。

市郊的雅法古城，如今是特拉维夫式生活的代表。这座有4000年历史的老港口现在已经变身为特拉维夫著名的艺术区。我们的导游是一位来自北京的女孩，她形象地把这里比喻为以色列的798。与798不同的是，这里依山沿海而建，

---

* 本文原载于2011年7月6日《北京青年报》，作者夏雷系本书作者夏堃堡之子，《北京青年报》记者、国际部主编。图片由北青传媒股份有限公司总裁、《北京青年报》记者孙伟拍摄。

以色列小学生参观名胜古迹

且年代久远，房子全部由巨大的岩石砌成，墙壁上开出各种颜色、各种形状的门窗，旺盛的开花植物爬满了石头缝隙和住家的阳台。擦肩而过的以色列少年儿童热情地与你打招呼，并停下脚步，摆好姿势让你拍照。

在雅法，我们拜访了以色列著名艺术家拉娜·古尔女士的家。她的家占据了古城中最好的位置，站在三层巨大的露台上，浩瀚但平静的地中海海面一览无余。

她的作品以金属雕塑为主。与她的作品相比，影响最深的还是她的国际影响力，大屋的各处挂满了她与世界名人的合影，克林顿夫妇、拉宾、基辛格……

雅法有一座通往海边、巴洛克风格的圣彼得大教堂方向的许愿桥，桥上同样有12星座标记。据说只要双手按着自己的本命星，面向地中海许愿，就会应验。

在以色列有两种比较特殊的纪念品，一种是挂在门檐上的像门轴的东西，

巴哈伊空中花园

里面有《圣经》中的一则文字；另一种是像手形的护身符。虽然在以色列各地都可以见到类似的纪念品，但是雅法艺术区的纪念品最精美，当然价格也最高。

海法——"空中花园"之城

我们来到以色列第三大城市海法，海法的名字，出现于3世纪，据说此名与希伯来文的 hof yafe 有关，意思是"美丽的海岸"。海法有一块土地卖给了巴哈伊信徒，信徒在海法造了一座"巴哈伊空中花园"，非常漂亮。到达海法，首先映入眼帘的就是一面山坡上的空中花园。它就是巴哈伊教的圣地——巴哈伊神殿与空中花园。从上向下看去，巴哈伊花园很整齐，很漂亮；从下向上看去，巴哈伊花园是非常适合朝圣的场所，一个一个的台阶连接着几个花园沿山笔直向上。这里是俯瞰整个海法市的最佳地方。进入空中花园,感觉非常清静和神圣,其中甚至有许多有明显中国风格的青铜器摆设。

去巴哈伊花园需要提前预约,但这里非常值得一去。从巴哈伊花园也可以来到山上的城市中心。巴哈伊花园山脚下是所谓的"德国殖民地",是一个比较有味道的旧街区。

马塞达——永不陷落

我们沿着90号公路,开车前往死海,在途中顺访马塞达古要塞。这里是犹太人不屈民族精神的象征。

马塞达是以色列中部山地伸向死海岸边的最前沿,东北南三面是悬崖峭壁,山顶是像桌面一样的平地,在死海的反衬下显得特别险峻雄伟。最初,希律王在此建立了自己的行宫。66年,犹太人爆发反抗罗马人统治的起义,70年起义失败,耶路撒冷被毁,1000多名起义者退守于此,罗马人追踪而至。在罗马人准备发动最后的总攻前夜,1000多名马塞达勇士聚集起来,决定宁可去死也不做罗马人的奴隶。由于犹太人戒律中不可自杀,他们选出10个人,杀死所有其他的同伴,然后再相互杀死。等第二天罗马人攻上这个要塞时,见到的只有遍地尸骸,而此前这些勇士在马塞达坚守了足足有三年之久!被救活的幸存者让马塞达勇士的英雄故事流传世间,而马塞达的遗址则淹没在岁月的黄沙中,直到1838年被重新发现。

马塞达要塞的山顶有几个足球场大,除了宫殿废墟,还依稀可以辨认出储水池、犹太会堂等的遗址,有的甚至连地面的马赛克和墙面的油漆都依稀可辨,使人能够大致设想起义军在这里度过的最后岁月。对于犹太人来说,马塞达是捍卫民族生存的代名词。以色列军队的新兵宣誓仪式在这里进行,誓词里有一句:Masada shall never fall again!(马塞达永不陷落!)

死海——躺在海上读报纸

在前往死海的路上,我们一行人观赏着车外的风景,一路上只是感觉光秃

在耶路撒冷哭墙祷告的犹太教徒

秃的，有点儿戈壁的感觉。沿着公路路基下面，不时看到被铁丝网隔离的区域。导游告诉我们，铁丝网的另一面就是约旦了。死海的两边分别是以色列和约旦，死海算得上一海跨两国了。

死海整个区域位于海拔 400 米以下，可以说是世界最低点。所以坐在车里也可以轻微地感觉到气压变化。死海是著名的皮肤疗养胜地，因为死海泥具有很好的药用价值。为此，死海有个非常有名的特产，就是死海泥和海盐提炼成的 AHAWA 牌护肤品。我们在进入死海游泳区的路上看到了 AHAWA 的专卖店，更确切地说是研究中心。在这里你可以买到真正的 AHAWA 产品，不同功能的，满足不同人的需求。据说此护肤品是埃及艳后最喜欢的。

在死海里最好是仰泳。死海中含有矿物质和高达 7% 的盐分，鱼类和其他生物无法存活。因此死海的浮力大，人可以平躺在水面上却不会沉下去，即便是不会游泳也不用担心。不过，亲自下到死海体验后发现了为什么在死海里仰泳是最好的游泳方式。这是因为：第一，死海海底不是泥沙，而是海盐的晶体，脚踩在上面非常扎脚；第二，死海水非常咸，甚至很苦，所以如果不小心吃到嘴里或者沾到眼睛上，都非常痛苦。所以在死海里最重要的是保护好眼睛。在死海里泡个二三十分钟就需回到岸上冲洗一遍，长时间泡在里面，皮肤里面的水分会被其榨干。在死海，也没有多余的娱乐活动，很多人会尝试躺在海面上读报纸作为留影。白天如此，晚上你也可以夜泳，仰面朝天，一边漂浮，一边数着天上的星星。

耶路撒冷——安静亦喧嚣

到达耶路撒冷是周五安息日的下午。在安息日，以色列人不使用有创造力的东西，都回家休息。街上车很少，电梯也不能自己按，全部楼层自动停靠。街上偶尔可见的就是穿着黑色礼服和戴着礼帽的传统犹太教徒。

入城之前，我们参观了橄榄山和橄榄山附近的一个教堂，看到了很多橄榄树，橄榄枝叶非常漂亮。又到了锡安山，看到了鸡鸣教堂，教堂顶端有一个公鸡的风信子标志，非常好认。周五晚八点，安息日一结束，大街上立即热闹了起来，车水马龙，人们涌向餐馆享用美食。

我们不甘寂寞，作为"外乡人"加入了他们的行列。品一刻牛排，伴着一口红酒，从餐厅窗户望去，大卫塔的灯光点亮了，耶路撒冷的夜生活刚刚开始。

第二天，我们参观了大卫王墓和"最后的晚餐"的房间。"最后的晚餐"的房间据说有很多典故。基督教有一个房间，天主教也有一个房间，据说那个房间里还有一张桌子，摆设跟达·芬奇的《最后的晚餐》画作非常相似。遗憾的是，我们看到的那个房间里什么都没有，只是看门的管理人告诉我们这是"最后的晚餐"的房间，不知真假。

当我们离开耶路撒冷，经过新城，发现有很多现代化的建筑和干净整洁的马路。耶路撒冷有着悠久的历史，也正散发着新兴的生活风貌。耶路撒冷对于我们来说一直非常神秘，它是神圣的宗教圣地，它令人着迷。耶路撒冷是个文化冲突力很大的地方，我们在这里感受到了不同的文明。

古巴：那些人那些事儿*

古巴，一个相距中国遥远的加勒比海岛国，虽同为社会主义国家，但她还是在我们面前蒙上了一层神秘的"面纱"。在今年冬日到访那里之前，我们的内心充满了好奇，脑中画满了问号。那里的风土如何？那里的人情如何？正是带着这些疑问，我们不远万里从北京来到了美丽又温暖的哈瓦那。

记得小的时候，我们都唱过一首歌：美丽的哈瓦那，那里有我的家，明媚的阳光照新屋，门前开红花，爸爸爱我像宝贝，邻居夸我好娃娃……

是的，我们来啦，来探寻明媚的阳光，来寻找曾坐在门前的好娃娃。

在这里，西班牙裔白人与黑人的混血占37%，西班牙裔白人占51%，黑人占11%，华裔占1%。我们的导游雅琪拉是位漂亮女孩，她的爷爷是中国广东华侨，

在哈瓦那一处老建筑长廊下乘凉聊天的长者和少女

哈瓦那街头，一位正在阅读古巴共产党中央委员会机关报《格拉玛报》的老人

---

* 本文原载2011年12月21日《北京青年报》，文/夏雷，图/孙伟。

古巴海军战士参观莫罗城堡，它建于 1587 – 1597 年，作为哈瓦那城预防海盗袭击的要塞

因此她有四分之一的中国血统。雅琪拉告诉我们："自从卡斯特罗领导的革命成功后，在古巴就完全消灭了种族歧视。"我们看到的情况也是这样。小学校里，各色人种一起上课，和谐相处；街上两个老人，一白一黑，正在对弈。

由于美国长期的经济封锁，如今古巴的汽车大多还是几十年前的老爷车，也有一些苏联时期的拉达轿车。近年来，也进口了一些中国的吉利和奇瑞 QQ 轿车。特别是中国的宇通大轿车在这里的旅游公司配备很多。看到中国的汽车在这里跑，我们感到很亲切。就连我们乘坐的车也是一辆金杯柴油车。

拥有蓝天、碧海和历史遗迹，使古巴成为旅游胜地。2011 年，到古巴旅游的世界各地游客估计达到 200 万，但其中只有不到一万中国游客。这是因为中国离古巴过于遥远。

古巴有着革命的传统，其领导人菲德尔·卡斯特罗擅长演讲，据说他每次都会讲上几个小时。如今他病退，我们没机会碰到他在大广场演讲了。有个故事是说他有一次演讲时间过长，由于炎热晕倒了，到医院治疗醒来后，又回到了广场继续演讲。

虽然卡斯特罗是革命领袖、开国元勋，曾经是国家最高领导人，但是我们看到的他的照片和其他形式的形象不是太多，见到最多的倒是另外一位已经故去的革命者：切·格瓦拉。格瓦拉是古巴的全民偶像，人们习惯亲昵地称他为

古巴一座小镇上赶着马车的两个人

"切"。在这里，T恤衫、背包、油画，雕塑，处处都有"切"的形象。我们想这也是当今古巴领导人靠"故人"引领民众思想的过人之处吧。

在短短的几天时间，我们感觉到，这里虽然物质生活水平还很低，但是由于政府实行食品配给制，大家基本的温饱还可以保障。也可以说，这里的幸福指数并不低，我们从这里的人常面带微笑就可以感知一二。

如今，在菲德尔·卡斯特罗的弟弟劳尔·卡斯特罗的领导和倡议下，古巴的经济体制改革正在悄然启动。他在12月18日对古巴全体人民发表讲话时称：如果要"拯救革命"，就必须实行经济体制改革。在此之前的几个月，古巴人第一次被允许购买房产，第一次被允许购买私家车，未来还会有更多的第一次等待着古巴人民去创造，去体验。

我们期待的是，无论古巴人贫穷还是富有，内心是幸福的，生活中永远充满欢笑！

安哥拉：战后重建艰难起步*

提起安哥拉，人们不禁会想起其长达 27 年的内战。在战争时期，约有 400 万居民流离失所，近 50 万人流落到异国他乡沦为难民。目前那里人民的生活状况如何？战后重建家园的进展如何？近日我们探访了刚刚结束内战不久的安哥拉。

战乱是导致贫困的主因

内战在非洲大陆接连不断地发生，而安哥拉的内战是持续时间最长的。战乱夺去 100 万人的生命，许多人沦为难民，许多儿童成为孤儿。安哥拉内战始于 1975 年建国伊始。2002 年 4 月，政府与安盟叛军签署了正式停火协议，六周后叛军头目诺纳斯·萨文比被政府军击毙，这场长达 27 年的战争方告结束。这是非洲最长的一场内战。

从 2002 年 4 月结束内战至今，在政府和联合国机构的帮助下，300 多万无家可归者已经返回家园。总共已有 26.765 万难民在政府的帮助下从邻国回到自己的国家。据联合国发表的一份公报说，估计目前还有几万安哥拉难民生活在邻国刚果（金）、刚果（布）、赞比亚、纳米比亚以及南非和博茨瓦纳。

难民们返回家园后面临的最大问题是生存问题。许多人的土地不复存在，一些土地由于在战争期间埋上地雷，无法耕种。难民们不得不依靠政府和联合国机构的救济度日。

---

* 本文原载于 2006 年 4 月 4 日《北京青年报》，文 / 夏雷，图 / 中央电视台记者安赛岗。

在安哥拉万博省的一所小学，几名学生从"窗户"内向外观望

世界饥饿地图非洲"飘红"

联合国世界粮食计划署曾在 2004 年 7 月的第三次非盟首脑会议上散发过一份世界饥饿地图。在这份地图上，非洲，尤其是黑非洲全面"飘红"。世界粮食计划署把世界各国的饥饿程度分为五个档次，饥饿人数超过全部人口总数 35% 的国家被标注为危险的血红色。黑非洲国家中除了南非、尼日利亚、纳米比亚、乌干达和加蓬等少数几个国家外，几乎全部陷入血红。全世界除了南部非洲外，仅有六个国家属于这个档次。

在非洲南部，气候变化还导致沙漠面积日益增加。《自然》杂志预计，随着温室效应导致全球气候进一步变暖，非洲南部的喀拉哈里大沙漠上的沙丘将进一步扩大。到 2099 年，流沙将侵袭安哥拉的大部分地区。

面临饥荒和艾滋双重灾难

世界粮食计划署驻安哥拉代表理查德·可尔西诺认为，由于粮食短缺，安哥拉仍然面临饥荒和艾滋病蔓延的双重灾难。许多人营养不良，致使艾滋病发病率大大提高，形势非常严峻。另外，联合国有关机构报告说，由于受干旱等因素影响，包括安哥拉在内的一些南部非洲国家的粮食大幅减产，已有几百万人面临饥荒，需要国际社会提供紧急援助。

安哥拉计划部长对粮荒表示忧虑并呼吁国际社会继续采取措施解决粮食危机。这位部长指出，尽管安哥拉已经做出计划，通过进口和粮食援助弥补粮食供应出现的缺口，但是仍然需要进口大量粮食。

粮食计划署提供多层面援助

值得庆幸的是：早在内战期间，粮食计划署和其他联合国机构就在安哥拉开展了紧急粮食援助工作。那时，不少老百姓为了活命，每天不得不冒着枪林弹雨去野外寻找食物，有的甚至拔出用于标明地雷位置的木桩当柴烧。粮食计划署的工作挽救了不少老百姓的生命。

目前，粮食计划署在该国的粮食援助活动力度不小，仅仅在我们采访的万博省就有80090人受益。

在安哥拉的万博省的一个联合国粮食计划署设立的粮食发放点，一名从邻国刚刚返回的难民告诉记者，他是步行两天时间，从50公里之外来这里领取粮食的。他说，他最大的愿望是能够找到工作，自食其力，而不是永远依靠救济。其实，他在邻国赞比亚避难时有一份在大学里面的工作，可以养家糊口。但是

卖水果的妇女和她的孩子

对家乡的思念，使他义无反顾地回来了。

战后重建刚刚起步

在自然资源非常丰富的安哥拉，目前仍然有人死于饥饿与疾病，还有几十万人急需人道主义救援。历经近三十年的战争，基础设施遭到严重破坏，全国没有一条平坦的公路。在我们到达采访的万博省，往往一段10公里的路途，即使乘坐四驱越野车也要走上一个多小时。

目前，安哥拉政府已经启动了公路、铁路的重建。中国公司也参与了这项建设工作。一条贯穿该国主要省份长达1300公里的铁路就是由中国铁路建设总公司所属的分公司承建的。

对老百姓最大的威胁来自残留的地雷，常年内战各派都为打击对方埋下了大量地雷，有些雷区资料丢失，给排雷工作带来了很大困难。每年都有一些老百姓被炸死、炸伤，一些则是由于老百姓冒险进入埋有地雷的土地耕种造成的。

英国的非政府组织"光环信托"（HALOTRUST）和其他一些机构目前在安哥拉开展排雷工作，并且在当地开展防雷、避雷方法教育，对当地的重建提供了帮助。

世界粮食计划署发放粮食

莱索托：三重威胁困扰山地王国*

莱索托王国对中国人来说是相对陌生的国家，它地处南非腹地，全境皆为山地。这决定它可以"创造"两个世界之最：四周为南非所环抱，是世界最大的国中国；世界上唯一全境海拔都在 1500 米以上的国家。

近年来由于莱索托受到粮食短缺、艾滋病肆虐和政府对社会服务能力有限的"三重威胁"的影响，越来越多的人口，特别是农村人口缺乏食物来源。

研究表明，艾滋病是导致劳动力丧失，进而使家庭收入大幅度下降的主要原因。农产品产量下降和失业人数上升又使粮食短缺情况进一步加剧。

我们近日应联合国世界粮食计划署（World Food Programme，WFP）之邀，在莱索托实地了解了艾滋病防治和粮食安全问题现状。

艾滋病传播使劳动力人口减少

对于莱索托政府来说，艾滋病不仅仅是一项健康问题，而是一项关乎社会、经济和文化发展的问题。艾滋病的传播影响到了该国人民的经济生活。世界银行预测，到 2015 年，莱索托的国内生产总值将减半。

世界粮食计划署进行的一项调查研究认为，艾滋病传播对造成该国粮食短缺产生的影响是显而易见的。在莱索托的南部低地区域，艾滋病的迅速传播使那里的劳动力人口减少，农业生产大受影响、粮食产量下降。为解决饥饿问题，一些人采取不同的手段生存。他们或外出乞讨，或每天减餐，或靠到野外觅食为生。联合国世界粮食计划署和粮农组织进行的另外一项调查显示，由于艾滋

---

* 本文原载于 2006 年 3 月 20 日《北京青年报》，文/夏雷，图/安赛岗。

病传播的影响，50% 的农户缺乏劳动力，难以满足在农业生产季节的需要。

收入来源减少　粮食不能自给

在莱索托有相当一部分农业劳动力靠到南非的矿场工作为生，然而由于近年来南非采矿业萎缩，一些企业关闭，到南非打工的莱索托人的经济来源不再有保障。这也直接威胁到了莱索托家庭的食物来源。对于莱索托的穷人来说，只有部分依靠外来帮助才能填饱肚子。

事实上，莱索托自己的农业生产已经不能满足其全部粮食需求。自从 20 世纪 70 年代起，人均粮食产量一直呈下降趋势。在 1980 年，莱索托粮食产量可以满足 80% 的国内粮食需求。在 20 世纪 90 年代，莱索托粮食产量可以满足 50% 的国内粮食需求。到 2004 年，粮食产量只能满足 30% 的国内粮食需求。

世界粮食计划署志愿者向平民发放粮食

等候领取救济粮的平民

莱索托儿童

世界粮食计划署呼吁加大粮食援助力度

值得庆幸的是，联合国世界粮食计划署作为世界上最大的人道主义援助组织，近几年一直在莱索托开展粮食援助工作。

目前世界粮食计划署的粮食发放点每月向 18 万人提供粮食援助，而在去年的高峰时期则向 377840 人发放食物，主要是玉米面和食用油。受援助人数的减少主要是由于向粮食计划署捐助的国家和机构提供资源的减少，或未能完全履行承诺。

除了直接提供粮食援助外，世界粮食计划署也在莱索托开展其他形式的援助项目，比如遏制艾滋病传播项目、母亲与儿童健康项目。但也由于捐助额的减少或停止或减缓，对孤儿或易受伤害儿童的帮助已经大幅度减少到原来的三分之一。

联合国世界粮食计划署南非局的新闻官员迈克尔·哈金森先生对我们说："仅在莱索托的南部低地地区和森曲河谷就有50.5万人面临粮食短缺问题，一些'易受伤害群体'，比如说孤儿和儿童更需要帮助。"因此他呼吁捐助国应当进一步加大对贫困国家的援助力度。

"中国礼物"帮扶孟加拉国贫民 *

2008年和2009年，中国政府通过世界粮食计划署向孟加拉国共捐款230万美元，受益人数达40万人。

2009年12月6日一大早，已是两个孩子母亲的21岁孟加拉妇女莫蕾在她的家乡——锡拉杰甘吉县萨亚达巴德镇的一家粮库，从世界粮食计划署反饥饿亲善大使、体操王子李宁手中接过了一袋印有Gift of China（中国礼物）字样的面粉。

作为中国第一位"世界粮食计划署反饥饿亲善大使"，李宁此行的目的是考察中国政府通过世界粮食计划署向孟提供的专项粮食援款的落实情况。陪同李宁一同访问的有中国驻孟加拉使馆外交官和中国农业部的代表。

李宁：中国援款项目组织得好、效率高

萨亚达巴德镇有50000居民，其中3000人为极度贫困者。世界粮食计划署的合作伙伴孟加拉国妇女事务部、当地政府以及当地一个非政府组织在这些极度贫困者当中挑选了220名妇女，作为中国政府通过世界粮食计划署的脆弱群体发展项目对孟加拉援助的参与者。

脆弱群体发展项目是世界粮食计划署在孟实施的最大项目。该计划为居住在粮食匮乏地区的妇女提供培训、贷款和食物援助。

12月6日，世界粮食计划署反饥饿亲善大使李宁在这里考察中国援款落实情况时，和中国驻孟加拉国大使馆政务参赞王愚、世界粮食计划署驻孟加拉国

---

* 本文原载于2009年12月10日《北京青年报》，文/夏雷，图/孙伟。

代表约翰·艾列夫一起为这 220 名贫困妇女发放了由中国政府资助购买及加工的强化面粉。而从李宁手中接过面粉的莫蕾只是世界粮食计划署在捐款者的支持下，和孟加拉政府通过脆弱群体发展计划帮助的 75 万极度贫困妇女之一。

李宁在发粮现场表示，孟加拉国落实中国援款项目效率很高，组织得也很好，的确改善了一些贫困妇女的生活。他说："今天我见到了那些每天饱受饥饿折磨的妇女儿童。他们十分感谢中国的援助，并告诉我，世界粮食计划署的项目使他们的未来变得更加美好。"

世界粮食计划署驻孟代表：中国的援助非常及时

中国政府 2008 年和 2009 年共通过世界粮食计划署向孟加拉国捐款 230 万美元，主要用于脆弱群体发展项目，受益人数达 40 万人。在 2009 年 1 月至 2010 年 12 月的项目实施期间，受益妇女每月可领取 25 公斤强化面粉，面粉的外包装上均印有"中国礼物"字样。

据世界粮食计划署项目负责人安瓦鲁尔·卡比尔介绍，世界粮食计划署将采购的小麦运到指定的面粉厂先加工成面粉，然后再加入营养元素，这样受益人在吃了强化面粉后可以改善他们的身体状况，提高抵抗力。

除此之外，受益妇女还将参加一些技能培训，为日后就业打下一定的基础。世界粮食计划署驻孟代表约翰·艾列夫指出："中国对 40 万孟加拉人伸出援手，不求回报。在妇女培训过程中，如果没有粮食援助，这些妇女没法学习技能，也不会获得赚钱所需的信心。"

他表示，中国的援助非常及时，对孟加拉国贫困人口很有帮助。他说："在西方援助国因受经济危机影响减少援助的时候，中国政府开始通过世界粮食计划署向孟加拉国提供援助，我们对此十分感激。"

中国大使：期待和世界粮食计划署进一步合作

作为反饥饿亲善大使，李宁在孟期间还参观了世界粮食计划署正在为一个社区建造的防备洪水袭击的应急避难所和世界粮食计划署在孟加拉国首都达卡贫民窟实施的小学供膳项目。

孟加拉是世界上受气候变化和自然灾害之苦最深的国家之一。世界粮食计划署负责帮助孟加拉人民更好地适应日益频繁的洪水和飓风，过去35年，世界粮食计划署和孟加拉政府合作，修建了4120公里的灌溉河道和17000公里的堤坝。在洪水多发地区，堤坝作为应急避难所，能在下次洪水灾害来袭时多挽救一些生命。

12月8日，李宁和中国驻孟加拉国大使张宪一以及世界粮食计划署驻孟代表艾列夫一起来到位于达卡西部米尔布尔的瓦桑泰克贫民窟，参观了一所由当地非政府组织开办的小学。

小学只有九名学生，2009年4月开始实施世界粮食计划署的小学供膳项目。根据这一项目，每名小学生每天在学校可以领到一袋含有所需能量和营养素的强化饼干。李宁赞扬了世界粮食计划署工作人员在帮助贫民窟儿童返回课堂方面所做出的努力，并向学生们分发了饼干。

中国驻孟加拉大使张宪一表示："中国和孟加拉都是人口众多的发展中国家。我很高兴看到中国的援助给孟加拉人民带来了发展。我们期待与孟加拉国和世界粮食计划署的进一步合作。"

世界粮食计划署官员在分发中国援助的粮食　　世界粮食计划署雇用孟加拉妇女建造洪水应急避难所

与中国联合国蓝盔部队一起感受东帝汶[*]

东帝汶只需和平

经过 27 小时的飞行，2000 年 1 月 20 日晚 10 时 30 分，我们终于抵达了澳大利亚西北部城市达尔文。幸运的是，1 月 21 日早晨，我们遇到了一位开饭馆的中国人，他来自香港，在此已有两年了。黄皮肤、黑眼睛的标记使得我们俩得到了一份免费的中国餐，尽管我们执意要给钱。他十分兴奋地问："去东帝汶的中国解放军什么时候来？"尽管民警与军队不是一回事，但他总是在交流中将解放军与民警混为一谈。中国民警的行动显然使他十分自豪。

由于东帝汶是联合国托管，我们无须再次签证。此时，我们得到了三条消息，第一条让人兴奋，中国民事警察十人中已有八人在东帝汶首都帝力上岗值勤，两人在外地工作。第二条让人沮丧，帝力的八座旅馆已被炸毁六座，其余两座物价昂贵。第三条有点令人紧张，一些反独立分子十天五次袭击东帝汶边境，冲突时有发生。但无论如何，我们要去东帝汶走走、看看。

从空中俯瞰帝力，那是一座洁白色的海滨城市，而走近她，你会发现那一座座白色小楼的窗户里往往是烧焦的痕迹。帝力 80% 以上的建筑被烧毁了。

1 月 22 日上午当地时间 8 时 30 分，我们乘坐的 17 座小飞机经过一个半小时的飞行，抵达了东帝汶首府帝力。一下飞机，我们发现机场似乎只有我们这架飞机是白色的，其他的飞机都是迷彩绿。

在候机厅，我们接受了帝力海关第一次安检。据称，在此之前进入这个国

---

[*] 本文原载于《时代潮》杂志 2000 年第 4 期，文/王林 夏雷，图/王林。王林时任《北京青年报》记者，现任《法制晚报》社长兼总编辑。

家都如入无人之境。仅仅10分钟的入关手续时间，从我们身旁走过进入帝力的部队就有澳大利亚、马来西亚、意大利、新加坡、泰国等七八个国家的。士兵的军服、武器时刻提醒你，这是一个联合国托管的地区。

我们在飞机上遇到的两位广东同胞的帮助下，顺利地进入了市区，找到当地最安全的一家饭店——奥林匹亚饭店。这座饭店实际上是一艘驳船，停在海上，有一条长长的栈桥与陆地相连。

据一位意大利宪兵说，这里是联合国过渡行政当局指定饭店。在饭店的栈桥口除了有保安人员守卫外，联合国维和部队的士兵也在那里荷枪实弹守备。"这里最安全"一点不假。对我们而言，安全的代价有点沉重，每天195美元，而房间只有8平方米。双人间还是上下铺。还好卫生条件不错。如今，帝力仍然可以视为一座巨大的军营，街道上各种标有UN（联合国）字样的军车穿梭来往，各国国旗被醒目地贴在车上。而最多的车型就是"陆虎"吉普。武装直升飞机不时在帝力起降。而在海面上，大约有六艘舰艇停泊在海面上，其中有两艘是直升机航空母舰，上面停满了直升机。帝力人看上去很喜欢这些来自五湖四海的军人警察，并不是因为他们手里的美钞，而是他们给帝力，给东帝汶带来的和平。

华裔是最后一批从东帝汶撤离的商人，也成了第一批返回的商人。据了解，目前已有数十名华裔商人返回了东帝汶，最早的是一位75岁的叶老先生。之后，华裔商人陆续返回帝力市。在帝力街头华裔商人店铺的生意十分火爆。由于当地目前没有关税及任何税收，因而商品价格开始下降。与此同时，华裔的商店运作十分有效，部分商品如啤酒、饮料已开始恢复到战前的水平。

大多数开始经营的华裔目前都以百货零售为主。叶先生及其子女的商店已开始从国外进口电冰箱、洗衣机等大件家电。

叶先生的儿子叶富恭称："目前，局势正在趋于稳定，如果当局能够完全控制局面，我们商店便可重新装修开业。"

一位华裔商人说："东帝汶几乎有了上帝给予的一切，阳光、海滩、森林、石油，现在只需和平，东帝汶人就会有一个繁荣的新祖国。"

多国民事警察应对挑战

1月25日上午7时左右,在东帝汶首府帝力市发生了数百人参加的冲突。四名本地人受伤被送进医院。上午10时左右,东帝汶过渡行政当局与东帝汶全国委员会、多国维和部队在帝力宾馆进行了紧急磋商,对此事进行调查。

帝力宾馆戒备森严,意大利维和部队及澳大利亚维和部队包围了宾馆,保护会议正常进行。当地年轻人大约数百人集结在此等候消息。与此同时,帝力警察局也抽调警力在此维护秩序。此前,在冲突发生后,帝力警察曾将多名参与冲突者带进警察局进行调查,并收缴了一些凶器。

联合国东帝汶过渡行政当局代表与维和部队新西兰司令官及东帝汶全国委员会代表经过两小时的磋商后,于中午12时结束会议。全国委员会的发言人说,此次冲突是由赌博引起的。而此前,东帝汶警方称是因双方对事情的看法不同而引发的冲突。冲突的地点是在帝力集贸市场。看来究竟是一般的刑事械斗,还是政治冲突,还有待调查。

据当地人士讲,帝力市目前各种冲突时有发生。一般治安问题与政治问题混在一起,对于初来乍到的多国民事警察来说的确是一个挑战。

25日早上9时,我们按计划出发去采访泰国军队在帝力设立的救护中心。正当我们采访之际,一位母亲抱着一个满头是血的小孩跑了进来,大声地用本地土语说着什么,泰军医生急忙进行伤口处理。由于语言不通,此时我们还没有意识到有什么事情发生。

帝力宾馆此时已被意大利、澳大利亚军队包围,三辆装备车上机枪已架好,所有的士兵全副武装注视着四周,验明证件,我们进入宾馆,宾馆里面则是联合国警察与东帝汶全国委员会的人员防备,中国民事警察徐志达也参加了防备行动。散会的瞬间最为紧张,当百余名本地人走出大院时,联合国部队士兵每个人都将武器端在手里,四周巡视,观察着人群的一举一动。人群向西走去,但并没有散开,像是游行,军人则时刻保持警觉,以防冲突再次发生。直到采访结束,本地人仍聚在一起谈论着什么,恐怕谁也无法知道明天还会发生什么。

东帝汶正在变得越来越好

26日上午，帝力市的码头聚集了大批人群，多国维和部队的士兵全副武装守卫着一条通道。我们前去询问得知，东帝汶的一批难民将返回帝力。人群聚拢，一是为了寻找失散的亲朋好友，一是为了对回家的难民表示欢迎，而士兵则还要加强戒备，以防难民中有反独立的民兵混入东帝汶进行破坏。

1月27日早上，我们如约来到多国部队新闻办公室，两辆军用"陆虎"等候在那里，四名全副武装的士兵，其中包括一名女兵已经整装待发了。

5时30分整，两辆军车出发，我们坐在前车，驾驶和副驾驶都将冲锋枪摆在座位旁边，手枪放在仪表盘下的架子上。军车开得很快，一直向西。

大约两个小时后，一个哨卡出现在我们眼前，两辆坦克横在路上，机枪手已瞄准了我们的吉普车。这是多国部队澳大利亚军队的边防哨卡，仔细验过证件后才放行。司机伯尼军士告诉我们，这里已进入了边境巴里伯，澳军的防区。

"看，飞机！"同伴提醒，天空中两架标有UN字样的武装直升机向我们飞来。吉普与一辆军用奔驰卡车一同到达海滩，约二十名士兵跳下卡车立刻散开，面朝外，将直升机围在当中。飞机刚停稳，里面便走下来一位将军。此时，我们才知道这次行动的内容——联合国多国部队今天要与印尼方面就边境地区的冲突进行磋商，那位将军便是多国维和部队的司令官、澳军司令考斯格罗夫中将，而印尼方面则是奇奇将军。

就在此时，边境道路的那一端，一列车队呼啸而来，印尼士兵、宪兵、警察立刻与澳军士兵布起双岗，将要谈判的屋子四周围了起来，不多时，印尼将军的直升机到了。

我们在房间外的草地上站着，四周印、澳双方的士兵有点紧张。不远处，埋伏的士兵与装甲车构成了第二道防线。美国ABC电视记者开始向印尼记者借火点烟，而我也壮着胆子向一位印尼宪兵要烟抽，气氛开始缓和，直到一位印尼士兵大着胆子邀请跟我们一起去的澳军女兵合影，旁边的双方士兵才开始谈天，笑声不断，印尼兵大吃澳军的曲奇饼，而澳军则要求与印尼兵合影。

笑声、谈话声响成一片，最后屋里的两位印、澳军官跑出来，要求屋外的人小点声。边境谈判大约一小时，双方将军互相赠送礼品，两人步出会场，印

夏雷采访联合国东帝汶维和部队司令考斯格罗夫中将

尼和多国部队带来的媒体记者大约 20 人一拥而上，多国部队的记者纷纷采访考斯格罗夫中将，而印尼媒体则围住奇奇中将，双方记者界线分明，只有我们在双方之间来回奔忙。15 分钟后，直升机升空，车队起动，一东一西，双方呼啸而去，边境哨卡的警戒线这才撤去。

事后了解到，此次谈判双方均表示满意。双方对边境发生民兵骚扰事件的原因表示将进行调查，以保证东帝汶与印尼边界的和平。

东帝汶的边境十分美丽。据说，雨季过后，在蓝天下，这个有 300 年历史的小城是一个避暑的胜地。

中国警察是警界精英

在 1 月 30 日采访联合国东帝汶过渡行政当局在澳大利亚达尔文建立的民事警察培训中心。接受我们采访的教官哈廷先生正是中国民警的老师，谈到中国民警的成绩，哈廷赞不绝口。他说："中国的这几名警察是我们警界中的精英。"这位来自加拿大的教官刚刚结束了对中国首批赴东帝汶民事警察的培训工作。

据哈廷介绍，这五位民警分别来自深圳、辽宁、北京、上海，其中深圳两名。这位教官还知道他们的年龄、职务，对他们的一切了如指掌。哈廷介绍说，中国警察到来之前，他已从联合国提供的资料中得知，这批中国警察十分勤学，具有相当高的职业水准，且射击、驾驶经验十分丰富。

"开始我担心他们的英语水平，但很快我发现我们之间的交流十分顺畅，他们和我探讨的都是专业问题。培训之后，又有点担心他们的考试，但没想到来自非英语国家的中国警察能够全部过关。"哈廷先生在采访时几乎每隔一会儿就要使用"惊奇""没想到"这样一些字眼，显然，他为自己培训的这些中国学生感到骄傲和自豪。而这次培训已有数名别国警察被淘汰出局。

耸立在北京街头的《北京青年报》宣传牌上是夏雷与考斯格罗夫中将握手的照片

"凭我多年的观察，你们国家一定派来的是警界中的精英。"哈廷先生介绍说，中国警察带来的装备比来此培训的任何一个国家的装备都要齐全，装备非常充分。他说："中国政府一定很重视这次行动，尽管这是中国第一次派出民事警察。"

哈廷先生十分愿意用"职业"这个词汇来形容中国警察的一切，他说："我很高兴东帝汶将有一批非常职业的警察去值勤。"

晚上，我们去网吧发邮件，一位深圳民警先于我们到了那里，正在发邮件，是他的数码留影。他说："今天是妻子的生日，我在这里的照片就是我最好的礼物。"他叫王卫东，结婚只有一个多月，看着他手里的妻子照片，我们无法去形容那时的那份心情。

来自阿富汗的报道*

阿富汗人的第一次

在阿富汗塔利班政权垮台以后,阿富汗人便不停地有了各种各样的第一次。

第一次拳击赛、第一次文艺表演、第一次足球赛、第一次剃胡子、第一次开播电视节目、第一次有了电视女主持人、第一次有了女士浴室、第一次有了女子美容院……我们在喀布尔的日子里几乎每天都在经历着阿富汗人的第一次。而每一个第一次都是一条世界关注的大新闻。一个苦难深重的国家现在开始了一个崭新的历程。一位阿富汗知识分子说,目前阿富汗所经历的这些第一次不过是阿富汗民族改革开放的开始。

英国军队即将与阿富汗反塔联盟军队在喀布尔国家体育场发生"冲突"。由此,喀布尔将迎来五年来的首场足球比赛。

在体育场内,工人们正在场内进行清理工作。由于五年来这里基本没有打扫过,所以,清理工作十分繁重。记者看到,几名工人在场内用扫把扫着灰尘,同时,一位画家也在场内画着马苏德的画像。据场馆负责人介绍说,这次打扫主要是为了本周的足球赛。此次足球赛将是一支由来此参加维和行动的英国士兵组成的"英国队"与一支阿富汗反塔联盟士兵组成的"阿富汗队"进行比赛。这是阿富汗五年来的第一场足球比赛,有一些官员也要到场观看。

记者在与场地管理人员的交流中了解到,足球在当地是一项很受欢迎的体育项目。他不会担心此次比赛的票房问题。他说:"比赛时观众一定会爆满的。"至于票价问题,他说目前还没有定下来,大约不会超过30000阿富汗尼。他还

---

* 本文原载于1月4日、6日和23日《北京青年报》,文/王林 夏雷 图/王林。

夏雷采访驻守美国驻阿富汗大使馆海军陆战队队员

指着体育场外的一处房子说:"看看那家人吧,他们的楼是唯一一个能够从场外观看比赛的地方。比赛那天,那家人一定会在他家房顶上卖票赚钱的。"

据了解,此次比赛是一场友谊赛,真正的阿富汗国家足球队还没有成立。历史上阿富汗足球队也没有取得过什么好成绩。但是,阿富汗人对足球的热爱确实有世界水平。"足球,我们爱死它了。"一位阿富汗足球迷说。

拳击赛也是阿富汗人喜欢的一个体育活动。我们目击的这场拳击赛是阿富汗三年来首次举办的拳击赛。对于喀布尔人来说,这是他们生活重新开始的重要标志之一。

也许你不相信,阿富汗的拳击运动已开展了五十多年,是阿富汗人的重要传统体育项目,虽然拳击还没有为阿富汗争取到国家荣誉,但是它深受当地人的欢迎。但是在三年前这项运动由于战争被迫停止了。这是喀布尔市的两家俱乐部之间在三年之后的一次正式比赛。这也标志着拳击运动将在这里重新获得新生。

当日下午两点,马里夫俱乐部一间破旧不堪的比赛和训练两用房内已是人声鼎沸,这里马上就要上演一幕马里夫俱乐部和法亚兹俱乐部之间进行的拳击大战。门票是一个人15000阿富汗尼，相当于五元人民币。这对于贫困的喀布尔人来说，也是一笔不小的支出。

在这里看比赛是没有座位的，每个人自己解决，有人坐在窗台上，也有人席地而坐。而比赛选手的装备也很简陋。有人用的是职业比赛的拳套，也有人用业余比赛的拳套。虽然是业余比赛，但是他们都没有头盔，甚至有的拳手连鞋子都没有，光脚上场比赛。至于运动服，则是五花八门，还有人穿的就是平日里的衣服。最有意思的是，本次比赛的裁判员使用的"开场锣"其实是一个破旧不堪的铜锅。裁判员用一把铁尺来敲击那口铜锅，以宣布比赛的开始与结束。

马里夫俱乐部的负责人是阿克塔尔，他从七岁开始练习拳击。据他自己介绍，在过去的几十年间，他代表阿富汗去过许多国家参加国际比赛，并在国内的比赛中获得过20面奖牌。阿克塔尔对我们一再强调说，拳击台虽然简陋，却是按照国际标准尺寸搭建的，绝对可以进行任何的国际比赛。

比赛开始了，两名拳手你来我往，相互进攻，比赛进行得十分激烈。他们一个穿着短裤，一个穿着长裤，没有带头盔。手套一位用的是职业赛的薄手套，另一位用的是业余赛的厚手套。尽管如此，并没有影响挤满拳击台外围的一百多名观众的情绪。他们高声呐喊为拳手助威。

这一场比赛以马里夫俱乐部的拳手获胜告终。获胜的拳手是一位做女鞋的鞋匠。他对今天的胜利很高兴，也感到意外，因为他刚刚练习拳击一年多，而且大部分时间是在家里偷偷地练。

就在喀布尔人为足球赛而积极准备的时候，一只自由鸟在喀布尔亮起了美丽的歌喉。这是阿富汗五年来的第一次文艺演出，对于喀布尔人来说，这一天创造了两个第一次。

为了这次演出，喀布尔艺术团的男女演员足足准备了一个星期。演出地点在阿富汗国家剧院。目前已不能说是一所歌剧院了，在遭到轰炸之后，这里的剧场已是残垣断壁，原本室内的剧院现在已是露天的了。阿富汗文化部还是举办了这场演出，选择这样的地点、这样的时间、以这样的方式举办演出，其实这是一种象征，它象征着人们对艺术、对生活、对重建家园的渴望和决心。

来这里观看演出的有两百多人，尽管人数不多，但还是把剧院挤满了。阿富汗文化部部长也到这里以表示对阿富汗文化事业的重视。

演出的是一幕舞剧，首先有十几名男演员在台上跳舞，他们在阿富汗传统音乐的伴奏下，表现着国家剧院在烈火中的痛苦。随后，有一个女演员登场，她代表着自由之鸟，给阿富汗人民带来了和平。

在演出之后，我们采访了女演员鲁阿，她是整个阿富汗极少几个不用面纱的妇女之一，这一举动使她在阿富汗具有很高的知名度。她说，在塔利班统治时期，她没有工作，失去了她所热爱的艺术。她在家里能够偷偷地听收音机里的音乐。当时这样做是很危险的，但是她无法控制自己对音乐的爱好。今天，她能够成为这场演出的主角，她很激动。她说："我终于可以在几年之后重新从事我所热爱的艺术了。"

这场演出引来了世界上几乎所有著名媒体的关注，美国著名电视媒体CNN甚至还进行了电视直播。鲁阿也因此而成了当天阿富汗媒体的新闻焦点。

在众多的第一次里，我们曾经很想采访一下女子美容院，但是几次申请都被拒绝了。翻译告诉我们，女子美容院是全阿富汗新闻记者最难采访的地方。在这样的一个国家里，女子美容院的开设本身就是要冒很大风险的，而如果将它向外国记者开放，那么，这家美容院的生存就会立即成问题。

当我们即将离开阿富汗的时候，喀布尔的国际机场也将迎来五年来第一个民用航班；第一家外国使馆将向阿富汗人开放办理签证业务；喀布尔的浴室也将开设女部；政府的第一批女性公务员也即将上岗……

在这许多的第一次中，一个封闭的国家正在走向开放。

100美元能兑换1公斤的阿富汗尼

阿富汗的货币叫"阿富汗尼"，在我们刚来的时候，阿富汗尼与美元的汇率是24000比1，而今天汇率已经达到了25000比1。据说，阿富汗尼还有贬值的空间。有一部分阿富汗人就是靠做美元的兑换生意而生活的。

外国人在阿富汗一般都用美元，很少使用阿富汗尼。这主要是使用的问题。要知道，兑换100美元的阿富汗尼，那些钞票如果是千元大钞，则需要用纸袋子装25沓，大约有一公斤重。如果换成当地最大面额的万元大钞的话是两沓半，使用起来感觉虽好，但很不方便。

因此，我们在阿富汗的采访记者一般只是准备一点小额的阿富汗尼，作为小费使用，而一般付款都用美元。有意思的是，当地人见到外国人一般也要求美元结账，给他阿富汗尼，反而不高兴。即使是给小费也是如此。

在阿富汗的消费是很高的，尤其是对于外国人来说。价格对于这里的人来说，只是具有参考价值，而不具有实用价值。内外有别，价格的双轨制盛行。我们买与阿富汗人自己去买，同样的东西可能有两个价格。

据了解，一个普通阿富汗人的月收入大约不会超过100美元，一个阿富汗警察的月收入是70美元。而我们租一辆汽车、雇一个翻译、租一间房子，一天的费用就在两百美元左右。这还不算付小费等临时的开支。

今天，翻译和司机又找我们，声称昨天前往迈丹城采访时属于跨省采访，需要付出差补贴，尽管迈丹城与喀布尔的距离还不如北京到天津的距离远。反正先答应着，以后再说了，该给的我们是一定要给的。

阿富汗妇女的生活

她们蒙着面纱悄悄地向往着时尚。在和平到来之际，她们在平静的生活中又有了一种向传统挑战的冲动。

在阿富汗首都喀布尔街头，常能看到妇女们走上街头"血拼"（shopping）的场面。无论在大小的市场上，女人购物的越来越多，这与塔利班时期截然不同。

在金店一条街上，一共有46家店铺聚集在这里。我们看到来此购买金饰品的大都是女人。

在一家店里，老板纳达尔告诉我们，他的生意比过去好多了，因为最近一个月来，结婚的人越来越多，而金饰品是阿富汗妇女出嫁必备的嫁妆，是阿富汗妇女的最爱。他说，现在喀布尔每一克的金价是10美元。这些金饰品大都是从伊朗和沙特或其他周边国家进口的，由于这些国家的文化与阿富汗较为接近，所以设计的首饰式样很能够赢得阿富汗妇女的喜爱。这位老板还告诉我们，来他这里买首饰的大多数是准备结婚的妇女，他现在每天可以卖七八条项链。虽然这里聚集着许多金店，但是，他的生意并没有受到影响，还是不错的。每天的收入能够达到五六十美元。

我们在这里好不容易说服一位妇女接受我们的采访。她告诉我们，她在为她哥哥选购首饰，哥哥马上要结婚，这些首饰是为未来嫂子准备的。购买一条项链和一对耳环是大多数阿富汗人结婚的常规礼物。

在喀布尔，女人逛街的地方绝不只是金店，花店、服装店、路边的化妆品摊位都是妇女逛街的好去处。

在服装店内，我们看到摆满了各种各样的布料和各种女士服装。在一家店里，他们的服装和面料绝大多数是从韩国进口的，因为韩国的这些布料质量好价钱低，很受阿富汗妇女欢迎。据老板介绍，由于现在阿富汗尼的贬值，所以进口的价格又提高了，他的生意没有以前好了。

在这里我们还看到货架上挂了很多婚纱，这些婚纱的面料都是巴基斯坦生产而在阿富汗缝制的，一套婚纱的价格为50美元。我们见到一位来买婚纱的妇女，她告诉我们，她是来给自己的妹妹买婚纱的，这是她给妹妹的礼物，明天她就要结婚了。她说，她喜欢颜色比较淡的婚纱，但是这里的婚纱红色和绿色的比较多，她只得买了一件红色的婚纱送给妹妹。

在一间卖化妆品的店里，柜台上摆满了各种各样的化妆品，有口红、香水、粉底、润肤霜、洗头水、化妆盒，等等，这些商品都是从欧洲、中国、日本经巴基斯坦的卡拉奇进口到这里的。最受欢迎的还是欧洲的品牌。我们在柜台上发现了中国生产的美容珍珠粉底蜜，产地是中国的上溪义西工业区。我们也不知道这个中国产地到底在哪个省。另外，我们还见到中国义乌生产的"美女士"牌香水，售价合四美元。中国的香水在价格上占有优势，但这里卖得最好的还是欧洲的香水。

我们还采访了两名来自潘杰希尔省的妇女，她们是来这里给自己准备嫁妆的。她们告诉我们喜欢样式比较简洁、穿着比较方便的欧式服装，但在这里很难买到。我们问她，再漂亮的服装在面纱的遮盖下也不会达到原有的效果，那怎么办？这两位姑娘隔着面纱说："我想摘下，但是怕别人笑话我。"

阿富汗妇女传统的面纱是从头到脚面的大面纱，几乎跟长袍一样。这种蒙面长袍在这里每一件售价约合25美元。而面纱下面的真正的女士服装一套至少要50美元至100美元。看来传统与现代在阿富汗妇女身上发生了比较严重的冲突。

阿富汗人可分为两种：一种是摄影发烧友；而另一种是摄影恐惧症。前者是男人，后者是女人。界限分明，反差极大。

在街头拍照，几乎所有的男人都对此感兴趣，一看镜头就来神，非常具有表演欲。如果你给两个人中的一个拍了照片，另一位没有，那这位兄弟就会以为你瞧不起他，跟你急。背着相机在街头很多人会要求你给他照一张相，能满足他的这个愿望，那他高兴坏了。

孩子们更是对照相感兴趣。我们到集市上去采访，刚刚开始拍照，身边就围拢了大约几十个孩子，欢呼雀跃，跟着我们一路，时不时地闯入镜头，有的时候真是没办法。但是孩子们的眼睛是纯洁无瑕的，这里的孩子比世界上任何一个地方的孩子都具有满足感。给他照一张照片，数码相机的话再给他看一眼效果，他能够高兴得跳起来。甚至要美上一天，这是他向别的小朋友炫耀的资本。

与此相反，如果你对着一位围上头巾面纱的女士拍照，这些女士会赶快躲起来，或是马上回避，随之而来的就是抗议的声音。要给女士拍照就必须用长焦镜头，远远地拍，搞不好你只能够拍上一个背影。

尽管这里已不是塔利班统治了，但是由于信仰的问题，阿富汗的女人没有摘去面纱。据我们的翻译告诉我们，前几天，喀布尔最大的一条社会新闻还是一位姑娘爱上了一位小伙，由于家庭不同意，而离家出走，最后被家人找了回来的爱情故事。

这里的婚姻还大多是遵从家庭的意志，自由恋爱成亲的很少。我们的翻译说，这里男女婚嫁主要是父母做主，男方只能够通过父母从女方家里拿来的照片才能够看到女方的真面目。漂亮不漂亮只能够看照片了，至于说女方的人品和文化程度则没有什么特别的要求。

阿富汗男人找老婆的主要标准是注重外貌，男人普遍不愿意找一个有文化的女人做妻子。"女子无才便是德"在这里极有市场。

目前来讲，阿富汗女性敢于摘取面纱的恐怕只有喀布尔电视台的几个女主持人和喀布尔歌舞团的几位女演员了。如果她们走在大街上，那回头率将是100％。

在一个女性需要蒙面出行的社会里，女子学校本来就是不多见的。阿尔法特女子学校是喀布尔唯一的一所女子学校，这里所有的学生都是女生，一共有3000名学生，年级从一年级到十二年级不等。

在我们来到教育部取得采访许可证后，校方才答应我们的采访要求。在采访中，学校校长哈桑介绍说，这里的学费是每月两万阿富汗尼。钱虽然不多，但还是有些家庭的孩子付不起学费。哈桑说，这里的女孩很少是出身富裕家庭，因此学校对家庭贫困的孩子采取不收或少收学费的政策。目前学校共有100名教师，其中只有两名男教师。

随后，我们在一位教师的带领下，参观了几个正在上课的班级。这里的教学环境与北京相比真是大相径庭。在她们的教室中一般没有桌椅板凳，有的连老师的教案桌也没有，也没有取暖炉。几乎所有的学生都坐在地上，女孩子只垫了一块塑料布。门窗是用塑料布封起来的，以保证室内的温度。黑板好像已经不能够再叫黑板，那只是在墙上用黑色的油漆涂抹的黑色块，而且，粉笔写上去很不清楚。这就是孩子们的教室。在中国，希望小学的条件都要比这里好多了。

我们走进其中的一个班级，见到我们的到来，学生们马上起立致敬，随后，女生们立刻将头巾围了起来，要知道在这样的一个国家，女人是不能够与陌生男人面对面的。

在这间不大的教室里容纳了75名高中学生。老师介绍说，学生正在上化学课，对于复杂的化学问题，学生们都表示出浓厚的兴趣。遗憾的是，她们根本就没有化学实验室来指导孩子们做化学实验，加深孩子们对这门学科的认识。

在另一间教室里，五年级的学生们正在上英语课，她们高声地朗读课文，"他是一个男人，她是一个女人"。之后，学生们踊跃举手朗读课文。

五星红旗通行无阻

连接喀布尔和迈丹的公路十分平坦，这是阿富汗最好的一条公路。据我们的翻译介绍，这条路是塔利班政权期间修建的。

我们乘坐的汽车开了大约二十分钟，突然停了下来，前面是一个检查站，士兵们正在对过往的车辆进行盘查。幸亏我们出发前将国内带来的一面五星红旗插在了汽车上，士兵们见到五星红旗马上挥手示意让我们先过去。

经过一个多小时的车程，我们到达了迈丹。这是一个不大的小城，如果不是翻译介绍说我们已经到达迈丹，我们还会以为它只是一个小村庄呢。

迈丹城驻扎有一支由几十人组成的部队。部队配备有三辆坦克和十挺机枪。在部队的营地我们见到了指挥官米尔阿普杜奎尔，他和部下盛情邀请我们到营房里做客。大家席地而坐，主人则端上绿茶和砂糖款待我们。他们对我们从国内带来的香烟很感兴趣，每人一支大家围在一起吞烟吐雾聊了起来。

米尔留着长胡子，个子不高，但精神抖擞。据他介绍，这支部队的主要任务是保卫迈丹城并负责检查过往车辆。令我们想不到的是，米尔在1970年的时候，在北部的一个城市曾经为在那里的中国工程师工作，他当时是一名电工。米尔说，在他生命的46年中，中国对阿富汗一直友好相待，从没有改变过。米尔希望更多的中国商品能够进口到阿富汗，比如汽车和电器，他曾有一辆中国产的自行车，但由于没有钱用，不得已卖掉了。"我们是兄弟。"米尔说。

在米尔一个劲地说中国好话的时候，营地的院子里响起了枪声。我们有些担心，米尔安慰我们说这是士兵在训练，这里的安全完全没有问题。又过了一会儿，院子里的坦克又发动了起来，马达声让我们听不清他随后的说话声。米尔介绍说，这是他的弟兄们要去巡逻了。部队的一位坦克手站了起来，向外走去。

在这些战士里面，还有一些娃娃兵，他们只有十二岁左右。然而，从他们对枪的熟练程度来看，他们俨然又像一个老兵。谈到战争，米尔感慨地说，他已打了23年仗，打仗使他衰老得很快。战争使得阿富汗人饱受贫穷。

26岁的法希姆是军营中的小兵，每个月可以领到24万阿富汗尼（约合100美元）的军饷。他说，他最想成为一名工人，但如果政府需要的话，他会继续服役。

当我们离开时，营地里的所有战士都出来送我们。在被坦克履带轧得坑坑洼洼的院子中，记者一一与他们握手说再见。

在阿富汗喀布尔的出租汽车很多都是日本的二手车，以"丰田"克罗娜旅行轿车为主。这种车一天的租金在90—120美元之间，当然是带司机的价钱。

来到喀布尔的第一天，我们租用的是以前凤凰卫视的黑色"克罗娜"，每天向车主巴依老爷缴90美元。

第二天，我们搬家后，本来准备另外租一辆汽车，谁想到，巴依老爷闻讯问明原因后自己主动降价，将每天的90美元租金降到了每天50美元，而且包括油钱在内。开始我们还觉得很合算，就继续用他的汽车。后来我们一打听，发现城里的出租车都降价了，我们的价钱和降价后的出租车的价钱还是差不多，真是买的没有卖的精。

阿富汗的美食就是肉，这里的羊肉串其实是非常美味的。在喀布尔街头，一串烤羊肉串的价钱大约合人民币五分钱，但分量是国内的三倍以上。一般人大约吃上三四串就已经饱了。

当地人的饮食十分简单，每天只吃两顿饭，一般是馕和一个汤就够了。所谓的蔬菜就是生菜拼盘，几片黄瓜加上几片西红柿和一些大白菜，这就是阿富汗人的蔬菜食品。

阿富汗人的食品目前供应其实从市场上来说是十分丰富的，只是价格偏高，一瓶可乐需要3—4美元，一包饼干要价10美元。记者从市场上购买了10听可乐、两包饼干、几瓶罐头，就花去了大约50美元。这对于我们来说还是可以接受的价格，但是对于阿富汗人来说，这几乎就是天价了。

当地人的平均收入一个月不会超过20美元，一个警察的月收入是15美元。这里唯一高收入的工作就是给外国记者当翻译，或给他们做汽车司机，每个月收入在300美元左右，以这样的收入水平要保证温饱应该还可以。

冬日中探寻德累斯顿文化和艺术之美*

2014年初隆冬时节，轻纱般的雪雾笼罩着易北河南岸的德国古城德累斯顿。可歌可泣的历史与巴洛克的艺术风格，在朦胧中交织，化成如梦似诗的意境；既壮观又细腻，既磅礴又凄迷，既永恒又古老。巴洛克建筑形式源于罗马和巴黎，17世纪和18世纪之间，在欧洲盛行一时。它结合了绘画艺术、雕塑艺术、庭院设计等，孕育出华丽雄壮的效果，予观赏者强烈的感官刺激。德累斯顿的茨温格宫和赫夫基大教堂，充分地流露着巴洛克的风格。在蒙蒙的雾霭

茨温格宫

---

* 本文原载于《青年周末》杂志2014年5月总第419期，文/夏雷 图/孙伟。夏雷于2013年12月调任《青年周末》杂志主编、记者。

森帕歌剧院内景

瓷器壁画——王侯队列图

和金黄色的阳光催化下，茨温格宫大庭院内雅致的喷泉、精细的草坪和四周灵妙的石雕，仿佛形成了时间的旋涡，把我们推向那远古的年代。前身为宫殿的茨温格宫，现已改建为博物院。天主教宫廷教堂是萨克森最大的教堂。这座近三百年的建筑物，外部竖立了无数英姿飒飒的雕像。里头的布道坛、圣坛和管风琴更是不同大师的设计。

森帕歌剧院是19世纪建筑师戈特弗里德·森帕的杰作之一。自1841年落成后，歌剧院遭逢两次被摧毁的厄运，1985年第三次修复后重新开放。瓦格纳格纳、施特莱斯、韦伯等音乐巨匠，都曾是这演奏厅的常客。德累斯顿有一幅101米长的瓷器壁画——王侯队列图，追述韦廷王朝的历代君主。国王以骑马列队的形态，生动地展现于画中。圣母大教堂可以说是德累斯顿的市徽，其巨型圆顶的轮廓，早已成了这城市风景线不可或缺的一部分。1945年战火中抵抗不了炮弹的破坏，大教堂在建成两百多年后轰然倒塌。留下的残垣断壁，在战后的

圣母大教堂

年代，提醒着人们战争的残酷。教堂的重建计划终于在1992年展开，并在2005年10月31日建成重新开放，重执其圣职。教堂的重建过程，尽可能地利用被炸毁后残留下来的砖块。所以，新教堂的墙壁中，依然清晰可见无数灰黑色石砖。新旧砖的衔接处，看似一道道的伤疤，唤起教堂的旧创。尽管如此，教堂优美的线条依然壮丽非凡。

绿穹顶珍宝馆位于德累斯顿老城区，是典型的巴洛克式建筑。它最早可追溯至1586年，为王室专门收藏珍宝之用，因绿色的屋顶和柱子而得名。德累斯顿绿穹顶珍宝馆有新老两部分馆藏，共藏有15—18世纪用黄金、白银、象牙、琥珀、宝石和砖石制作的艺术品三千多件，是欧洲最大的皇家珍宝博物馆。

德累斯顿因其文化和艺术气息，而有"易北河畔的佛罗伦萨"之称。谁没见过德累斯顿，谁就没见过美。美，完全被德累斯顿所定义。

瓦努阿图：另一种时间 另一种步调*

南太平洋岛国瓦努阿图是一个比较贫穷的国家，却被国际权威机构评选为全球幸福指数第一的国家。人们捕鱼、种地、跳舞、编织，沿袭着自古以来的生活方式，日子过得自由自在。幸福是每一个人追逐的目标，但幸福的内容却大不相同。瓦国人享受的是"另一种时间，另一种步调"。

瓦努阿图拥有未被破坏的完整海岸线和生态系统

* 本文原载于 2016 年 3 月《青年周末》总第 513-514 期合刊，文 / 夏雷　图 / 东方 IC 瓦努阿图旅游局。

幸福指数　全球第一

瓦努阿图的确是又一个尘世。它国名的意思是"永远的土地"。行走在瓦努阿图，你会一直在思索她被评为"最幸福国度"的理由。

瓦努阿图的幸福不只在沙滩和海洋，而是更多地在原色的花朵、缤纷的草裙、夺目的彩绘和明艳的衣衫里。当然，它更隐藏在那些暗褐的皮肤、雪白的牙齿、清澈透明的眸子和宽厚温暖的笑容里。这个由南北跨度1200公里的83个岛屿组成的群岛共和国，是一块几乎未经人工雕琢的天然璞玉。在首都维拉港的山林以及其他岛屿，看不到现代文明沾染过的任何痕迹，人们尊重传统，与天地共存，沿袭着自古以来的生活样貌。除了绿松石一般的海水，不亚于任何一个岛国的纯白沙滩，她更是原始自然的秘境之地，比起惯常的度假海岛，瓦努阿图多了一份深邃的文化魅力。

火山喷发　大自然发威

瓦努阿图在地质构造上属于两个地壳板块交界地带，共有九座火山，其中七座在陆地，两座在海底。瓦努阿图的火山遗迹对研究南太平洋火山岩形成历史有重要的科学价值，同时也是旅游观光、休闲度假的好去处。目前瓦努阿图最著名的亚苏尔火山正在喷发。炙热的岩浆看似恐怖，却也变成了瓦努阿图的一大旅游景点。

亚苏尔火山海拔361米，矗立在瓦国塔纳岛东部，地处环太平洋火山地震带，是世界上最活跃的活火山之一。熔岩翻滚、火山灰升腾并伴随着雷鸣般巨响，这是火山正在喷发。以前，人们把火山视为神明，如今火山对他们"同样重要"，因为火山不仅喷出炽热的岩浆，还给当地居民带来收入，带动当地旅游业的发展。上千名游客每年涌向火山周围，希望借此机会近距离领略火山喷发的威力。滚烫的岩浆发出嘶嘶声，拍打着火山口，伴随着熔岩抛向空中。游客大多赶在黎明前观看这一震撼的场面，在没有围栏保护的情况下近距离感受热浪迎面扑来的刺激。亚苏尔火山喷出的熔岩多直起直落，很少斜向喷射，因此被称为"世界上最容易亲近的火山"之一，一般不会伤及游客。

在瓦努阿图美丽的海湾撑起一叶独木舟是很惬意的事情

当年,成龙的电影《十二生肖》最后的镜头就是在这里拍摄的。当地居民当时非常热情地与成龙交谈,得知他要挑战活火山,也都为他捏一把汗。毕竟那里是真正的极限之地。剧组人员要穿过无人涉足的泥泞路,越过险滩,才能到达火山脚底,而上山的路无法通行任何交通工具,成龙只能带队"空手走上去,要走一个半小时"。

亚苏尔火山已经成为瓦努阿图的第一景点,在旅游信息中心和街上的书店,到处可以看到火山的图片。它最特殊之处就是一直都在小规模喷发之中,是世界上唯一的开辟成可在火山口近处看它喷发的旅游景点。据瓦努阿图旅游局介绍,火山的"脾气"实在让人琢磨不定,有时喷得大一些也有伤人的可能,游客们一定要在当地导游的指引下小心前往观看。

陆地跳极 疯狂"成人礼"

瓦努阿图还有一个陆跳(Land Dive)的运动全球独一无二。陆跳是瓦国彭特科斯特岛原住民的一项传统仪式,每年四五月或六月举行。它既是祈祷丰收的祭奠仪式,也是男孩的成人礼。

彭特科斯特岛的陆跳地点位于该岛南部一处空旷的山坡上,三四十米高的

本文作者夏雷访问瓦努阿图时留影

"跳台"很简陋。在山坡最上端选一棵大树,去其枝叶留其主干作为中心支柱,以藤条绑木杆的方式搭起二三十米的高架。高架枝条上须包裹宽大的树叶,以防被太阳晒干而易折断,再用长长的藤蔓捆在附近的大榕树上保持稳定。跳台共五层。正下方是被铲得松软的泥土,防止悬跳者受伤。

陆跳开始,首先跳的总是一位没有经验的少年。他从最下面的第一层跳台开始起跳。他两个脚踝上拴着藤条,藤条的另一端固定在跳台上,然后头部向下,纵身往下一跳。最理想的陆跳是头部尽量接近地面,以考验其勇气和意志。少年勇敢地从初级跳台上成功跃下后,成年男子的高难度陆跳开始了,一级一级增加高度,各种空中飞跃看得人眼花缭乱。此刻,女人们也有自己的任务,穿上草裙,手挥枝叶,载歌载舞,为男人们助威。

陆跳从孤岛传到外面的世界,还要感谢美国《国家地理》杂志(National Geographic)的记者卡尔·穆勒。1970年,他来到瓦国,决定亲身体验一下这种缚藤跳跃,从23米高的竹制跳塔上一跃而下,成为部落以外第一个有历史记载的参加陆跳的人。英国女王伊丽莎白二世和教皇约翰·保罗二世分别于1974年和1986年在此观看这一仪式。

这是进入工业化社会之前,人类社会最为疯狂的"成人礼"之一。瓦国的陆跳让男孩子体验接近死亡的恐惧,只有克服了懦弱的人,才能赢得同龄人的尊

陆跳现场兴高采烈的少年们

重，胆怯的人是不能被族人接纳的。这之后便是"新生命"的开始，脱胎换骨，一种更高层次上的新生，进入成人群体，负起成人的责任和义务，成为部落文化的建设者和传承者。

1979年4月1日，英国牛津大学冒险俱乐部成员从当地245英尺高的克里夫顿桥上利用一根弹性绳索鱼贯而下，开创了现代蹦极的先河。真正发扬光大则是在新西兰，新西兰人成立了世界上第一个反弹跳跃协会。从此，陆跳发展为蹦极。蹦极很快风靡全球。陆跳是蹦极的雏形，瓦努阿图应该说是蹦极的发源地。

潜水胜地"二战"遗迹

作为世界的一员，瓦努阿图一直都奉献着自己的力量。今年9月3日，在中国人民抗日战争暨世界反法西斯战争胜利70周年阅兵式上，瓦努阿图总理基尔曼作为政府首脑代表出席，瓦努阿图也派出人员参加阅兵。

在七十多年前的"二战"时期，以美国为首的盟军在太平洋岛屿建立了很多军事基地，这些军事基地被用作防御和反击日军的重要据点。瓦努阿图有两千多名土著居民曾经为美军基地工作，这些居民不仅帮助美军修建基地，还帮盟军搜集日军的相关信息。

"二战"时，日军已经打到瓦努阿图北部的所罗门群岛，美军一夜之间在维拉港的黑沙滩登陆，建立了基地。其间，约有10万美军驻扎在瓦努阿图。战争结束后，很多军用物资都没有撤走。在岛上至今还有美军遗弃的辎重，废弃的机场跑道长满荒草。路边的浅水湾处，坦克隐约露出水面。岛上的聪明人发掘了美军当年的垃圾填埋场，挖出可口可乐玻璃瓶，洗刷干净，当成纪念品出售，每个售价要五美元多。

瓦国的桑托岛被誉为自然和探险之都。"二战"期间，美军一个主要军事基地就驻扎在那里，岛上至今还能看到当年的军营和士兵夜晚的娱乐场所，甚至还能找到坠毁的战斗机残骸。现在，包括总统号豪华游轮在内已被确认的海底遗址就有二十处之多。直到现在，基地遗迹依然吸引着大量游客的参观。

桑托岛首府布干维尔港则是世界闻名的潜水胜地。1942年一艘由豪华游轮改装的运兵船，载着5500名美军，在此进港时触上了美军自己的封港水雷，不久便在近岸的珊瑚礁上沉没。此游轮距海岸仅百米之遥，而船首和船尾离水面分别只有约20米和70米深，正好成为潜水爱好者和猎奇探险者的乐园。附近还有一处海湾，也是潜水的好去处。"二战"结束时，美军不想带走重型装备，将装备全部倾倒进海里。当你戴上潜水镜浮在海面上向下望时，那些压路机、推土机、铁轨、吊车和大炮等虽已被海藻覆盖，珊瑚遮掩，但其轮廓仍依稀可辨。

遇见丹麦：童话世界的绿色旅行*

应全球最大的水泵公司、丹麦格兰富集团的邀请，2016年5月底我有幸到访这个以安徒生童话享誉世界的国度。我此行最大的收获是看到了丹麦在环境保护方面在全球的表率作用。丹麦人民很富有，但是他们的生活很节俭。丹麦资源很丰富，但是他们不挥霍浪费。这里的人们正在以一种绿色的生活方式，享受着生活。

自行车很流行

真正的丹麦，不仅是个童话王国，而且跟中国一样，还是一个自行车大国！骑车出行，是丹麦人的一种低碳生活方式。在丹麦，从三岁小孩到百岁老人都能骑自行车。10个丹麦人中有9个人有自行车。由此可见，这种环保出行方式在丹麦的普及性。

有调查显示，丹麦人是世界上幸福指数最高的人。对于丹麦人来说，他们的生活是简单宁静的，骑自行车是他们休闲锻炼的一大时尚。500多万人口的国度拥有自行车420万辆，这不能不说是个真实的"童话"。

漫步在丹麦首都哥本哈根的大街上，仿佛置身于20世纪80年代的中国，频繁出现各色自行车的踪迹，不时还会有很"拉风"的骑车人，从身边"风驰电掣"而过。

丹麦的儿童一般在学龄前就学会了骑自行车。丹麦的自行车文化中最棒的一部分就是每个人都爱骑自行车，不管是高官、律师、教师还是学生，即便是

---

* 本文原载于2016年8月《青年周末》总第536—538期合刊。文、图/夏雷。

他们的王储也喜欢骑自行车。

你随意问一位骑车的人，为什么骑车出行？答案一长串：出行方便、快捷；自由灵活、好停车；低碳环保、锻炼身体……

我发现首都哥本哈根的自行车道有两种：一种是独立设置的专行道，路面铺有蓝色塑胶，没有机动车和红绿灯的干扰。另一种是与机动车道伴行的，但机动车道、自行车道和人行道从高度上依次分开，互不干扰。

有车不开的丹麦人，让童话王国更幸福纯净！

丹麦奥胡斯步行街骑自行车的少女

地下水可以直接饮用

丹麦的饮用水几乎全部源自地下。四面环水的丹麦人世代都以能直接饮用不经任何消毒处理而直接采自地下的"自来水"为豪。这不仅得益于丹麦特殊的地质条件，更要归功于丹麦政府在地下水资源的保护、净化和合理利用方面下足了功夫。

丹麦环境部迈克·豪尔副司长向我们中国媒体记者介绍说，丹麦通过最严苛的立法从根本上保护地下水，防止人为污染。目前，丹麦全国设有多个地方环境监测中心，对所属地区内的地下水进行实时监控与检测。丹麦政府还坚持透明公开原则，所有的监测数据都会公布于政府网站，以便民众及时了解当地水资源信息。

此外政府还采取了一系列措施规范和限制农田杀虫剂及化肥的使用，以此预防地下水源遭污染。近三十多年来的跟踪研究表明，通过引导农民科学施肥，丹麦地下水质量显著提升。

丹麦还通过征收高额水税倡导民众节约用水。丹麦水价极高，消费者顾忌价格，也从另一方面减少地下水的不必要浪费。

哥本哈根皇家图书馆后院　　　哥本哈根市政厅前

在参观丹麦第二大城市奥胡斯市郊的一家水厂时，该厂的负责人克里斯蒂安先生介绍说："丹麦供水体系高度分散化，大小自来水厂遍布全国。高效的配给系统，也能降低管道损漏率。作为供水商，我们不断开展科研活动以提供应用率、降低开采成本。"

此外，丹麦人还注重节约用水，并通过高水价来保证有充足的资金进行污水处理，让水资源不受损害。丹麦自来水每立方米自来水的价格大约为50丹麦克朗（约合55元人民币），高水价加强了居民的节水意识，也鼓励了大量节水新技术的诞生。

工业品行销世界

丹麦虽是欧盟中较小的国家，但工业相当发达。其产品不仅种类较多，而且相对较新，显示出丹麦工业界适应发展、抓住机遇的能力。

邀请我们访问的格兰富集团便是丹麦工业界的佼佼者。参观格兰富总部的

奥胡斯音乐之家前

工厂，只见地板表面放射出明亮的光泽，而机器有节奏的砰砰声会让人联想到脉搏。在格兰富总部的博物馆内，你可以看到各个历史时期的水泵陈列，产品系列丰富，行销世界。

格兰富为了保持其领先地位，将公司重点放在科研和发展中。位于边昂布的格兰富业务发展中心致力于不断扩大公司现有业务领域和提高产品质量，例如，让水泵更加节能。除了现有业务领域，格兰富开发的新业务领域都采用可持续性的工艺和技术。

目前该集团是全球泵业的领导者之一，其年生产量近 1600 万台。格兰富在 1995 年就进入中国市场。据格兰富（中国）投资有限公司副总裁张小岩介绍："得益于优异的性能和质量，格兰富的产品已经成功打入了水立方、鸟巢、人民大会堂、国家大剧院等高标准建设项目。"中国目前是格兰富除丹麦之外全球第二大市场，占据着全球销售量的十分之一。

后 记

我长期从事环保领域的国际合作和环境外交工作，访问了世界上几十个国家和地区，还在东非美丽国家肯尼亚工作和生活了七年。我喜欢旅游，常常利用工作之余去参观各国的自然景观和历史遗迹。我还喜欢文学。1981年，我第一次走出国门，到了肯尼亚，回国后写了一篇题为《内罗毕天然动物园漫游》的散文，发表在8月16日《人民日报》上。以后陆陆续续写过一些以环境为题材的小文，发表在《北京晚报》、《北京青年报》《科技日报》和《中国环境报》等报刊杂志上。

本书收集了我30年中断断续续写出的一些文字，描述了我访问过的部分国家和地区的所见所闻，还夹杂了一点我亲身的体会和感悟。

此书附篇中收入了我的儿子、《北京青年报》记者、《青年周末》杂志主编夏雷写的几篇文章，其中两篇是他与时任《北京青年报》记者、现任《法制晚报》社长王林先生合作完成的。文中图片是北青传媒有限股份公司总裁、《北京青年报》记者孙伟先生和中央电视台记者安赛岗先生拍摄的。这些文章从不同的视角观察世界，是给本书加入的一点佐料。我向他们表示感谢。

著名编辑家、作家，前《人民文学》杂志常务副主编崔道怡先生专门为本书作序；前环境文学研究会秘书长、《绿叶》杂志执行主编、作家高桦女士为本书的编辑和出版提供了宝贵的指导和支持；中国生态书画院常务副院长、著名书法家张世俊先生专门为本书题写书名。我对他们致以特别的谢忱。

我大学同学、前联合国高级政务官万经章先生，香港朋友李强先生，我的朋友、联合国高级翻译沈关荣先生，中国国际广播电台非洲总站站长江爱民先生，中央电视台驻内罗毕记者廖亮先生，联合国内罗毕办事处中文翻译仇翠文女士，以及年轻朋友章则女士等为本书的写作和出版提供了各种形式的支持和帮助。我对上述人士一并表示衷心感谢。

2017 年 5 月